PERCY FRANCISCO ALVARADO GODOY

I0561343

ENTRE EL DOLOR Y LA TERNURA

EDITORIAL LETRA VIVA
CORAL GABLES, LA FLORIDA

ISBN: 0996107142
ISBN-13: 978-0-9961071-4-3

Printed in the United States of America

ENTRE EL DOLOR Y LA TERNURA

El amor es como don Quijote:
cuando recobra el juicio
es que está para morir.
Benavente.

A Michelle y a Camilo,
A Inti e Imilla:
los que supieron vivir y morir,
persiguiendo un sueño.

DATOS SOBRE EL AUTOR

Percy Francisco Alvarado Godoy nació en Escuintla, Guatemala, el 18 de julio de 1949. Fungió durante los 22 años como colaborador secreto de los Órganos de la Seguridad del Estado de la República de Cuba, recibiendo diversas felicitaciones, condecoraciones y reconocimientos de la jefatura por los logros en el enfrentamiento a servicios enemigos y a la contrarrevolución en Miami. Infiltró varias organizaciones terroristas radicadas en el exterior, estableciendo contacto directo con terroristas como Luis Posada Carriles, Gaspar Jiménez Escobedo, Francisco José Hernández Calvo, Arnaldo Monzón Plasencia, Luis Zúñiga Rey.

Contribuyó a desarticular decenas de planes terroristas contra Cuba, entre ellos la voladura del famoso cabaret Tropicana.

Es graduado de Licenciatura en Ciencias Políticas en la Universidad de la Habana y ha cursado varios cursos de post grado. Es profesor invitado en varias instituciones universitarias.

Actualmente labora como periodista, escribiendo más de cuatro centenares de artículos de análisis y denuncia en sitios alternativos como Rebelión, Cubadebate, Aporrea, Adital, Alainet, Visiones Alternativas y muchos otros, entre ellos varios órganos de la prensa cubana e internacional.

Es miembro del consejo Editorial de sitio web Cubadebate, del Grupo de Periodistas contra el Terrorismo y del Comité Internacional para la liberación de los Cinco Héroes.
Ha publicado los siguientes libros:

- Confesiones de Fraile: Editorial Capitán San Luis, La Habana, 2003.
  (Traducida en Inglés e italiano. Se prepara su edición en griego).
- Reflexiones de un antiterrorista: Editorial Abril, La Habana, 2004
- Cuando los dioses se volvieron Hombres: Editorial Abril, 2005
- De terroristas y canallas: Editorial de Ciencias Sociales, La Habana, 2007.
  Se encuentran en proceso de edición varias de sus obras, que incluyen:
- Poemario "15 Razones."
- Novela "Sobreviviendo entre el dolor y la ternura"
- Novela: "Aquí las tardes son más grises"
  Se encuentra en proceso de preparación:
- "Las batallas ideológicas en el siglo XXI"
- "Historias de agentes"

Ha recibido diversas condecoraciones y reconocimientos por su labor como articulista.

1

Todo comenzó inesperadamente aquella mañana inolvidable y extraña de abril de 1965. Las calles del centro de la ciudad parecían haberse puesto de acuerdo y convergían en la vieja plaza poblada por edificios opacos y silenciosos, que guardaban la memoria del tiempo entre sus paredes desteñidas y cansadas. Cada una de esas calles almacenaba sobre su lomo de piedra y polvo muchas historias anónimas, incapaces de prolongarse más allá de los caprichos de Cronos. Las calles no perdonan y –aunque los humanos lo ignoremos– soportan en silencio el paso de las gentes sin prestarles atención, despreocupadas detrás de su pétrea anatomía. Las calles nunca lloran, tal vez porque no nos perdonan el paso apresurado e indiferente con que las recorremos, cargados con nuestras propias preocupaciones. Ni siquiera imaginamos que puedan estar tristes, que sobre su alma de adoquines y polvo pueda caber un sueño. Las calles no tienen tampoco, como nosotros, el privilegio de viajar adondequiera y cuando quiera. Carecen del derecho de amar y ser amadas. Solo sufren en silencio una angustia contenida a fuerza de resistir el paso del tiempo y de la gente. Nadie las tiene en cuenta. Las calles sólo sufren y esperan en su viejo oficio de testigos indiferentes. Para eso fueron creadas y aceptan su destino con resignación. Carecen de sus propias calles para huir, en busca de otro destino.

Sobre estas calles, cual buitre que intenta devorar de un solo golpe los ancianos edificios y la antigua plaza, se erige un cielo plomizo, vestido de un gris oscuro y lastimero. Todo parece envuelto en un sopor inmutable, congelado en el tiempo. Las horas y los días, incluso los años, han visto siempre el mismo paisaje angustioso e inmóvil:

la descolorida catedral, que se levanta majestuosa sobre los restos de una ciudad arrasada más de una vez por los terremotos, aparentando una tímida sobriedad. En el otro extremo de la plaza, se levanta el Palacio Nacional, en franco desafío al vetusto templo.

Cuánta intriga y ambición ha visto en su interior el Palacio a lo largo de los años. Casi nunca ha llegado a sus habitaciones un sueño puro. Gris como el cielo, este edificio parece una mole aplastante y amenazadora. Simboliza el poder, la autoridad ganada en las urnas a través del engaño o conseguida mediante asonadas incruentas. Los transeúntes pasan frente a él y bajan los ojos con temor. Nadie se atreve a desafiarlo. Siempre ha sido así. La gente lo sabe y también su piso de mármoles costosos, que nunca ha conocido el saludo de un pie descalzo o de un zapato barato y gastado por el tiempo. Siempre han caminado sobre él la bota militar y el caro zapato lustrado, desconocedores de la humildad y las carencias. Siempre ha sido así. No ha habido hasta hoy otras opciones: sólo conspiraciones, trampas urdidas en silencio, secretos guardados en los escritorios y tanta muerte anunciada. Este es un palacio donde los sueños se quiebran, se despedazan para quedar olvidados en el oscuro laberinto de un archivo. Aquí se habla en nombre de todos, para beneficio de pocos; en nombre del ocio, la abulia y la complicidad; en nombre de la ambición y el desasosiego.

En el centro de la plaza se erige la vieja fuente, semejando a una corona de piedra y agua. Ella conoce también los secretos: las ilusiones de los enamorados han crecido a su lado; las promesas de amor eterno han sido hechas al amparo de la noche. Pero además sabe de sueños rotos y ha visto muchas veces el rostro de la desesperación. Comprende el misterio y la leyenda que tejen los hombres para escapar de la dura realidad de cada día. Entiende de la sangre derramada, del grito desgarrado que escapa de la garganta antes de la muerte. Y, sobre todo, observa la frustración de los hombres, su desesperanza; aunque sabe que nada puede hacer: solo callar, soportar con su frente de piedra los golpes de la vida; resistir sin darle espacio a la agonía y guardando su obcecada dignidad de piedra.

El resto de las edificaciones ubicadas alrededor de la plaza se levantan con timidez, envidiando su porte majestuoso al Palacio y a la Catedral. En sus portales la vida despierta y comienza a advertirse su rostro multicolor y cotidiano.

Algunos indígenas han colocado sobre las aceras diversas piezas de artesanía. Sus ojos opacos y sin vida parecen quebrarse ante la escasa luz de la mañana y contrastan con los vivos colores de los ponchos, bolsas y otros objetos. Conservan la esperanza de vender algo a un turista ocasional y así ganar un poco de dinero que les permita obtener el sustento necesario para ellos y su prole. Siempre ha sido así: si no se vende, no se come. Saben mejor que nadie que la suerte es un caballo desbocado que casi nunca se detiene para favorecerlos, sólo pasa junto a ellos, ensimismado en su locura ocasional, sin mirarlos. Ni siquiera la suerte es democrática.

Uno a uno van llegando desde lejos, con sus pies descalzos, cargando enormes bultos en los que traen diversos objetos y una magra esperanza. Rostros curtidos por el sol y el rocío de la noche. Vidas desgajadas que sólo saben resistir a toda costa. Callados, encerrados en su nostalgia de dioses vencidos y humillados, olvidados por todos, marchan silenciosos por los caminos de la vida. Uno a uno se van sentando en los portales de los viejos edificios, esperan que el día que viene dé espacio al sustento, a la humilde tortilla de maíz, a un poco de frijoles o, quizás, a un poco de agua de arroz para sus hijos. Para ellos, la vida es siempre la misma rutina de la desolación, andarse callado intentando sobrevivir a toda costa.

En uno de los portales, un borracho duerme indiferente, despreocupado. No quiere despertar. Sabe que el nuevo día será igual a los anteriores. No conoce de las promesas de la esperanza. Desde que nació, tuvo la desgracia, como la gran mayoría de las gentes de este país, de encontrarse a las puertas del infierno de Dante Alighieri. Dormir siempre será mejor. No lo molestan las moscas ni el penetrante olor a orine que sale de sus pantalones. No lo molestan ni las pulgas ni los ladridos de los perros callejeros. No lo molestan los flashes de las cámaras fotográficas de los turistas norteamericanos y europeos que quieren llevarse su desgracia como recuerdo. Nada puede molestarlo ya. Vive su muerte diaria y cotidiana con la dignidad del abandono y la resignación, insertado en el paisaje de un tiempo detenido.

Yo estaba allí con toda la avidez de la adolescencia. Acababa de llegar a este mundo casi irreal y desconocido. Estaba mirándolo como uno más, sin abochornarme de mi atrevido papel de observador. No me importó que mis ojos se tragaran de golpe ese paisaje mañanero, ni que sólo necesitaran un poco de tiempo para acostumbrarse al rostro desnudo e hiriente de la trágica realidad. Estaba allí, con mis dieciséis años, tratando de identificarme con mis raíces.

Los que me vieron parado en el centro de la explanada o sentado en el borde de la fuente, no imaginarían que acababa de llegar luego de muchos años de ausencia. Con una edición barata de El pequeño príncipe, mi camisa blanca y el pelo desordenado, parecía un estudiante que iba hacia el instituto: uno más en el paisaje de siempre. Sin embargo, yo lo sabía. Llegaba de paso, luego de una larga zancada, tratando de hallar muchas explicaciones para mi vida.

Luego de casi doce años fuera del país, retornaba en busca mis orígenes. Mi patria, hasta hoy, había sido solo una suma de historias contadas por mis padres; estaba en las costumbres guardadas celosamente por mis mayores en medio de los fríos inviernos del exilio; estaba en aquella comida sabrosa, que tanto me gustaba cuando salía caliente de las manos de mi madre; en aquella música lastimera congelada en los viejos discos de mi padre y en las canciones que tarareaba mi mamá en la cocina y en la ducha; en cada rincón de la vieja casona de Buenos

Aires, en la que a fuerza de resistir poblábamos el exilio. Estaba en las viejas fotos descoloridas y manoseadas que ella miraba con nostalgia al caer cada tarde, en el dolor y en las heridas, en el luto cargado en las espaldas; también en la ausencia y en la nostalgia que acompañan al desterrado. Mi patria siempre vivió dolorosa y sangrante en el exilio, en las tonalidades sepia del rostro que se refugian en el recuerdo, en la ilusión rota y despedazada por el tiempo, en la ausencia que hiere sin remedio.

Podría haberme quedado toda la mañana observando la vieja catedral sin cansarme. Podría estar horas y horas estudiando los movimientos indescifrables de las palomas sin aburrirme. Sin darme cuenta, el paisaje me había insertado en él: era un objeto más dentro de este contexto invariable y claroscuro. Podría vivir en este letargo lastimero sin ser un extraño.

De repente, había dejado de ser un joven lleno de inquietudes e interrogantes, un visitante más, para convertirme en parte indisoluble de las reminiscencias, cuando aparecieron, procedentes de distintos lugares, un centenar de jóvenes enfurecidos. Sus gritos llegaron a mis oídos, sacándome de mi callada concentración. Venían en pequeños grupos, casi compactos. Los puños cerrados desafiaban al cielo grisáceo y al viejo palacio. Unas pancartas de cartón mostraban las mismas consignas que gritaban sin cesar: "¡Abajo la dictadura!", "¡Queremos ser libres!", "¡Cese la represión contra los estudiantes!".

Llegaron con sus uniformes y con la rabia en el rostro. Parecía que la vida se resistía, desde su nacimiento, a la resignación y al destino presupuesto. Unos con libros bajo el brazo, otros con morrales multicolores fueron convergiendo poco a poco en un mismo punto, movidos por una fuerza espontánea y superior, impredecible. Muchachas y muchachos adolescentes, contemporáneos conmigo, elevaban sus brazos firmes y amenazadores hacia lo alto como intentando romper la brisa mañanera con sus puños.

Se reunieron justamente frente a mí, formando una

masa humana compacta e intranquila. Ayudada por dos de sus compañeros, subió hasta la cresta de piedra de la fuente una joven que no alcanzaba los quince años de edad. Parecía que la piedra cobraba vida con ella, que salía de su letargo de siglos para hacerse sentir en una dimensión hasta entonces desconocida. Era hermosa aquella muchacha con la sorprendente fuerza de su juventud. Al verla no pude menos que compararla con el ángel dorado que emerge por sobre las gentes, allá en la calle Reforma, en Ciudad de México. Su negro pelo flotaba en el aire movido por el viento. Era un símbolo de vida que quería abrirse como una flor a la mañana. Sus grandes ojos verdes me miraron por un momento cuando comenzaba su discurso. Fue un breve relámpago. Algo dentro de mí tembló de inquietud. Ella no me conocía, pero me miró brevemente, como estudiándome. Luego comenzó a hablar a los demás:

–¡Compañeros! Hemos venido hasta aquí a protestar contra este gobierno militar que reprime a nuestro pueblo. No podemos continuar con los brazos cruzados sin hacer nada. Ha llegado el momento de actuar.

Se detuvo para escrutar a sus compañeros. Comprobó que todos la escuchaban sumidos en un profundo silencio. Entonces continuó, elevando más aún su voz:

–Diariamente muere de hambre gente de nuestro país; nuestros niños padecen de enfermedades curables que los matan; nuestros padres son asesinados cuando protestan. ¡No podemos permitirlo!

Mientras ella proseguía su encendido discurso, un grupo de soldados y policías había rodeado a la multitud. En silencio. Un teniente de rostro endurecido dio la orden y los uniformados se lanzaron como fieras contra los estudiantes. Los golpeaban con las culatas de sus fusiles y con macanas de hule. Pocos pudieron defenderse. La fuerza bruta fue cobrando una a una sus víctimas. Con los rostros ensangrentados y los cuerpos lastimados, fueron conducidos, arrastrados, hasta los camiones.

Con la joven oradora se ensañaron mucho más: dos soldados la bajaron de la fuente y empezaron a golpearla; su blusa blanca se manchó de polvo y de sangre. La pateaban sin consideración mientras ella se removía, adolorida, en el frío suelo de piedra. Nunca me hirió tanto la injusticia como esa vez, la sangre me hervía en el pecho y, sin pensarlo, me lancé contra los soldados. Nada podía haberme detenido; buscando fuerzas de no sé dónde, pude separarla de sus agresores. Enfurecido tiraba golpes al aire, sin poder controlar esa rabia que me nacía del corazón. Sin embargo, momentos después volvieron a la carga, esta vez contra ambos. El teniente se les sumó.

Nos golpeaban sin cesar y durante el forcejeo, por azar, alcancé con mi puño el rostro del oficial. Se tambaleó. Luego recibí un fuerte golpe y me sumí en la más completa oscuridad. De estar despierto, hubiera sentido las patadas del oficial contra mi cuerpo, me hubiera percatado de su rabia animal contra aquel que se había atrevido a golpearlo. De estar despierto, hubiera sabido que mi arranque caballeresco había sido en vano. El joven hidalgo, con su adarga quebrada y el cuerpo lastimado, había sido vencido por una fuerza superior. La joven a quien quiso defender con nobleza, yacía inconsciente junto a él. Apiñados en dos camiones nos trasladaron a uno de los cuarteles del ejército. Atrás había quedado la vieja plaza, cuya tranquilidad de siempre había sido rota de repente. Atrás quedaba el borracho, quien había salido de su sopor al recibir una patada en el pecho. Atrás quedaban los indígenas, que apenas tuvieron tiempo de refugiarse para escapar a la agresión bestial de los soldados y que vieron, impotentes, cómo les destruían sus productos. Atrás quedaban unos turistas asustados que no comprendían lo ocurrido. Atrás quedaban sacerdotes y beatas, quienes se persignaban y miraban al cielo buscando una respuesta. Atrás quedaron la vieja plaza, la Catedral, el indestructible Palacio Nacional y las calles ensangrentadas, que no sabían hablar ni lamentarse. Atrás quedaba la patria humillada, a quien había ido a buscar esperanzado y que me recibía adolorida e impotente.

Cuando desperté, apenas si podía mantenerme en pie. Todo el cuerpo me dolía terriblemente. La oscuridad en que me encontraba, acentuaba aún más mi impotencia. Mis ojos no veían las paredes descascaradas y enmohecidas. El penetrante olor a humedad, a vómito y a sangre me revolvía el estómago. Allí estaba yo, desarmado y casi vencido, sin saber con claridad qué había sucedido. Un frío sepulcral invadió mi carne lastimada.

Empecé entonces a conocer el rostro de la muerte, su parte violenta y dolorosa. Pensé en mis padres, tan distantes. ¿Sabrían algún día, si me tocaba morir, qué había sucedido? ¿Sabrían mis amigos lo que sentí en esos momentos? ¿Sabría mi tía Luisa dónde me encontraba? Ella me había despedido esa mañana bien temprano cuando salí a recorrer la ciudad... ¿Qué sucedería ahora conmigo?

Vomité y me desmayé de nuevo. No sé cuánto tiempo estuve inconsciente. Al despertar, vino a mi mente el rostro de la joven oradora. Me dejé llevar entonces por una fantasía inexplicable: ella caminaba conmigo por la rivera de un río, con el pelo suelto y vistiendo un largo huipil blanco. Me sonreía bajo la luz de la luna, que plateaba su rostro, embelleciéndolo. Ella era suficiente para forjar un mundo nuevo y acogedor. Su compañía me ayudaba a olvidar la oscuridad de la celda y el dolor insoportable que sentía. Ella era remedio para el padecimiento, bálsamo para la herida, agua para calmar la sed. Se había convertido en la mejor medicina contra la soledad y el miedo, contra la angustia y la carne destrozada. Me ayudó a resistir, a ser más fuerte ante lo que vendría.

Pensaba en la joven, tratando de esconder mi propio dolor disfrazándolo con un poco de esperanza e ilusión, cuando sentí abrirse la puerta de hierro de la celda. El ruido del metal al rozar el frío cemento, semejaba el grito lastimero de un moribundo. Entonces sentí un miedo terrible y creí que para mí todo terminaba. Unas poderosas manos me sacaron hacia una luz mortecina y me condujeron a la incertidumbre de una muerte posible. Pude ver el rostro de un soldado transformado en amenaza. Era un rostro inexpresivo que no sabía de la piedad ni de la compasión, moldeado por el sadismo y la indolencia. Acompañadas de un fuerte olor a aguardiente, salieron de su boca unas pocas palabras:

– ¡Vamos, hijo de puta! El teniente quiere conversar con vos.

A empujones me condujo por un largo pasillo casi tan oscuro como la propia celda, bordeado por las mismas paredes húmedas y descascaradas en las que el moho dibujaba figuras indefinidas, que aparecían ante los ojos de los torturados como nefasta advertencia. El piso estaba mojado y resbaloso. Sentí, tras cada paso, un frío sepulcral en mis espaldas. No sé cuánto tiempo me costó llegar a la meta: una oficina sobria, casi descolorida. No había un solo cuadro en las paredes, sólo un viejo almanaque en el que el tiempo había quedado olvidado hacía largo rato. En el centro, habitaba con indiferencia un antiguo buró de madera sobre el que estaba sentado el teniente. En su labio superior, levemente amoratado, yacía el recuerdo de mi osadía. El desgarbado oficial parecía un justo complemento al abrumador y escalofriante paisaje de la habitación. Me miró, escrutándome, con un par de ojos en los que la muerte habitaba sin pudor. Luego comenzó a hablar:

–Mira, muchacho, hemos podido comprobar que te encontrabas ocasionalmente en ese lugar y que no tienes nada que ver con esos comunistas revoltosos. Sin embargo, es bueno que aprendas a controlar tus impulsos. Ya ves lo que te pasó en esta oportunidad. Por suerte, tu tía, doña Luisa, conoce a un buen amigo mío, quien intercedió por ti. Yo sé que estás de visita y que no te relacionas con esos delincuentes. Procura de hoy en adelante no meterte en problemas porque, de lo contrario, tu suerte cambiará. ¿Me entiendes? Puedes irte cuando quieras.

Me quedé en silencio, sorprendido. Realmente no esperaba este desenlace. Sentí que volvía a vivir, olvidé mis
heridas y el dolor de mi cuerpo mancillado. Todo indicaba
que la muerte se marchaba sin cobrar una nueva víctima.
Fue entonces, cuando supe que seguiría viviendo, que la
luz seguiría poblando mis pupilas sin que la noche y el
silencio las apagaran, cuando vino a mi mente el rostro
de la joven como símbolo de vida y me atreví a preguntarle al teniente:

—Señor, ¿qué ha sido de la muchacha que apresaron
junto conmigo?

El teniente me miró con asombro: no esperaba esa pregunta. Se había dado cuenta de que mi intervención en
la plaza era explicable. Tal vez esta pregunta no hacía
otra cosa que refrendar mi inocencia y, a la vez, mostrarle
mi obstinada y total inexperiencia. No sé si mi niñez evidente o el cansancio le apaciguaron el huracán que casi
siempre parecía habitar su alma, pero por un momento
sentí que me miraba con lástima. Quizás por eso me respondió con aparente paternalismo:

—Creo que sabes muy poco de la vida y no sé qué pasará
contigo aquí. Esa muchacha que tú defendiste sin conocer
—añadió— es ya una experimentada delincuente. Se ha
convertido en líder de algunos estudiantes y en varias
oportunidades ha promovido desórdenes. Debes tener
mucho cuidado y evitar vincularte a ella. Parece que te
ha llamado la atención, pero no debes olvidar que su culo
tiene un cartel que dice: "peligro". ¿Entiendes? A gentes
como ella las vamos a acabar cueste lo que cueste. Esa es
nuestra misión y la cumpliremos sin rechistar.

Lo miré tragándome el odio. Por primera vez en mi corta
vida experimentaba ese sentimiento. Nunca había pensado que yo pudiera desear la muerte de alguien como
deseaba la de aquel teniente. Sabía que entre nosotros se
había levantado una barrera infranqueable: él siempre
estaría de un lado de la vida y yo del otro. Me vi entonces
en el lado escogido, unido a aquella muchacha y a otros
como ella. Me vi empujado junto al borracho, que alguna

vez tendría una oportunidad de resarcirse de tanto sueño roto; junto a los indígenas, que alguna vez volverían a ser dueños de su propio destino y rescatarían el derecho a la esperanza. No me quedaba otro camino que estar allí, junto a ellos. De repente pensé menos en mí, en lo que me podría suceder y me atreví a pedirle que sacara a la muchacha de la cárcel.

—Pero... ¿le ocurrirá algo a ella? —Pregunté con voz nerviosa— creo que merece estar afuera. La han golpeado mucho y...

Me interrumpió un fuerte puñetazo en la mesa. El teniente, no cabía duda, perdía la paciencia ante mi quieta terquedad. Ya no reía. Tenía el rostro descompuesto. De la burla con que me había tratado antes, pasó a experimentar un evidente sentimiento de odio y desprecio. Me miró como queriendo fulminarme con la llama que le brotaba de los ojos. Hubiera querido en ese momento aplastarme. Se paró delante de mí y casi me bufó en el rostro:

— ¡Óyeme bien, desgraciado! Ya me has cansado con tus estupideces. Te lo repito, ¡te rompo la madre si te vuelvo a ver con esa muchacha! Si tanto te preocupa, te puedo decir que ella saldrá de aquí dentro de poco, pero dudo que tenga ganas de volver a agitar a la gente contra nosotros. Con la lección que le hemos dado, dudo que pueda seguir adelante con su "luchita". Ella está acabada —y se rió como una hiena en mis narices. Un fuerte aliento cargado de tabaco y aguardiente invadió mi cara y me produjo unas náuseas que no pude evitar. El teniente me dio un fuerte empujón contra la puerta y al verme caer en las frías baldosas del piso, se limitó a exclamar:

— ¡Puedes irte a la mierda!

Me levanté con gran esfuerzo y salí del tenebroso lugar. Cuando el oscuro pasillo se disponía a tragarme, sentí cerrarse la puerta detrás de mí con el ruido ensordecedor de un cañonazo. Caminé por el húmedo corredor, siempre acompañado por el soldado que andaba como un gorila. A ambos lados del pasadizo, detrás de las puertas metálicas se escuchaba gemir a los prisioneros. Posiblemente en una de esas celdas estaba la muchacha. Sentí un dolor punzante en el corazón al recordarla. Yo era todavía muy joven para saber que, a veces, se empieza a amar a través del dolor; que el amor, como la vida, nace de mil maneras diferentes.

Subimos por unas escaleras y apareció ante mis ojos el gran recibidor del cuartel. La insuficiente luz del recinto me deslumbró. El lugar se encontraba atestado de soldados y policías, que se movían como fieras enjauladas. El fuerte aroma de algún desinfectante trataba vanamente de neutralizar el olor a sangre y a vómito que salía de las celdas. En un rincón, sentada en un largo banco de madera, se encontraba mi tía Luisa. Pude reconocer el rostro que, apenas dos días antes, me había ofrecido la expectativa de un feliz reencuentro con los míos. La acompañaba un señor desconocido para mí, que vestía con la elegancia sobria de un magistrado. Cuando la anciana me vio junto a mi sudoroso acompañante, se levantó como movida por un resorte y no pudo evitar que un grito escapara de su garganta. El señor la contuvo apretándole el brazo. Todos los soldados se pusieron en guardia, pero la tensión duró solo un momento. De inmediato volvieron a sus asuntos, mientras que nosotros, casi fundidos por el temor, caminamos hacia la salida. El soldado de rostro simiesco nos vio marchar con indiferencia, nos despidió con un bostezo y se dirigió al encuentro de sus próximas víctimas.

Mientras salíamos del siniestro recinto, mi tía me ayudaba a caminar. Entonces respiré con dificultad, pero queriendo tragar el mundo junto al aire frío de la noche. Lo hacía con desesperación, recuperando la vida que se quería marchar dentro de mí. Los tres representábamos un cuadro macabro y aterrador bajo la débil luz de una farola ubicada en el exterior del viejo cuartel. Un grupo de personas que se encontraban allí me miraban con estupor. Representaba sus temores y sus esperanzas, que colgaban de un hilo muy frágil: yo representaba el retorno esperado del ser querido y el golpe presumiblemente recibido por él: difícil ambivalencia en que se unían el dolor y el optimismo. Sus hijos y nietos estaban dentro del cuartel. Viéndome a mí podían suponer lo que les había sucedido a ellos. A todos los invadió una sensación de temor y un profundo dolor. Luego reaccionaron. No esperaron mucho para hacerlo. La sangre fluyó hacia sus pechos. La rabia contenida explotó en un murmullo de condena. No había diques que pudieran refrenarla y brotó desde lo más íntimo de cada uno de ellos.

Una anciana de rostro curtido y lleno de arrugas se acercó a nosotros. Una mezcla de temor y de ternura brillaba en sus ojos. Esas dos chispas oscuras sabían de la vida y de la muerte. Conocían la espera de largos años por algo que nunca llega; del sufrir diario, como una eterna costumbre que no se despega de la gente que vive aquí, que sobrevive aquí.

Puso la vieja su mano temblorosa sobre mi cara, acariciándola. No pudo contener las lágrimas. Estoy seguro de que no lloraba solo por mí. Lloraba por tanto tiempo vivido a tientas, por el dolor que desbordaba de su pecho frágil y a punto de quebrarse en mil pedazos, por un mundo sin promesas, por sus muertos dejados atrás en la memoria. Muchos lloraban junto a ella la desesperación y la impotencia, la espera dolorosa del ser querido.

Metido en mi propio dolor, no pude llorar junto a ellos. Parecía que había consumido todas las lágrimas que me había ofrecido la vida, que el alma se me había secado y solo un cauce seco me colgaba de los ojos.

—Mire lo que le han hecho, mi'jito —exclamó con una pena que se le brotaba de muy adentro, del sitio en donde vive la ternura. Parecía que yo me había convertido, de repente, en un familiar muy cercano para ella, en algo propio y lacerante. Tal vez me comparaba con su nieta que se encontraba encerrada en el cuartel y cuyo destino era impredecible. Era la abuela de aquella muchacha que yo había empezado a amar. Nadie me lo dijo, pero yo lo supe desde el mismo momento en que recibí sus caricias y sus lágrimas. Lo descubrí en el fondo apagado de sus ojos verdes.

Otro señor, al parecer un viejo profesor de secundaria, exclamó con los puños crispados:

– ¡Son unas bestias!

En los ojos de todos pude leer la misma pregunta: "¿Qué había pasado con los demás muchachos?". Nada podía responderles, a ellos les tocaría averiguar la triste verdad.

Mi tía me arrancó del pequeño grupo de personas y me condujo al auto donde nos esperaba el hombre desconocido. El Dodge negro se puso en marcha dejando atrás a los familiares de los detenidos. Atrás quedaban también el nerviosismo por lo que sucedería, la espera intranquila, el dolor por el golpe presentido. Atrás creí dejar mi breve experiencia de rebeldía, las horas de encierro doloroso y la nueva esperanza que nacía en mi corazón. Atrás estaba ella. ¿La vería de nuevo?

En el interior del auto, mi tía me mantenía apretado contra su seno, estrechamente unidos, desparramados en el asiento trasero, mientras el señor conducía en silencio. En la medida en que nos alejábamos del cuartel, experimentábamos la sensación de que el peligro iba disminuyendo. Ante mis ojos desfilaban las casi desiertas calles de la ciudad y la escasa gente que caminaba por las aceras, como si marchara hacia un destino incierto. El miedo en los ojos, la mirada furtiva y huidiza era lo que los distinguía en medio de las sombras. Todo parecía avergonzarse de la vida. Todo estaba invadido por la noche y trataba de sobrevivir en un poco de luz. La ciudad era como un enorme cuadro de Rembrandt colgado de las paredes del destino.

Cuando nos bajamos del auto, don Leoncio Ortega, el viejo magistrado que conocía a mi tía y era a la vez conocido del teniente, me dijo con voz persuasiva:

–Mira, muchacho, yo sé que estos animales se han ensañado contigo. Lo único que puedo aconsejarte es que regreses a la Argentina, allá donde están tus padres, lo más pronto posible. Estas bestias no olvidan.

– ¿Y nadie se atreve a detenerlos? –pregunté decidido.

—Nadie, hijo mío, absolutamente nadie.

Y con el rostro cargado de resignación, se fue don Leoncio en su auto hacia un destino desconocido para mí. No sabía si volvería a verlo otra vez, pero su advertencia me sumió en una profunda tristeza.

Al entrar en la casa, ayudado por mi tía Luisa, me recibieron los ojos llorosos de mi abuelita sentada en su silla de ruedas. Su rostro surcado por el tiempo parecía quebrarse en múltiples formas. Extendió sus brazos temblorosos hacia mí, desesperada. Quería alcanzarme y protegerme con su cuerpo frágil y huesudo. Me acerqué a ella, tratando de ahorrarle a su escuálida figura cualquier esfuerzo superior a sus posibilidades. Me dolía doblarme para alcanzarla, pero la búsqueda de un poco de ternura me lanzó a sus brazos. Me dio su bendición y me besó con infinito cariño. No sé cuánto tiempo nos quedamos unidos, fundidos entre el amor y la desesperanza, ella queriendo retenerme y yo incapaz de levantarme, huyéndole al dolor. Nos separaron mi tía y un solidario desconocido que apareció de repente desde la cocina. Me condujeron al baño y allí me desnudaron. El pudor no tenía fuerzas para resistir. Me bañaron. El agua caía sobre mí como un bálsamo reconfortante. Cuando me llevaron a la cama, pude ver en el espejo mi cuerpo lastimado. Un oscuro hematoma debajo del ojo izquierdo, una herida en la frente y el labio superior terriblemente hinchado. No miré más. Sabía que todo mi cuerpo estaba mancillado de la misma forma, agredido con saña y furor. Me acostaron y traté de conciliar el sueño.

Poco después, apenas unos minutos, me despertó el mismo desconocido, que resultó ser el doctor Avendaño, viejo amigo de la familia. Su rostro afable y su mirada bonachona entraron como una luz protectora en la habitación y en mi propio corazón. Estaba junto a la cama y sus manos examinaban, medían y valoraban el efecto de la golpiza. Me cosió la herida de la frente, puso compresas en mi cara y me recetó unos calmantes. Con una voz suave y reconfortante, me dijo:

–Menuda golpiza te han dado, muchacho. Son unos animales. Por suerte no aprecio ninguna fractura en tu cuerpo. Todo es cuestión de esperar con calma la recuperación.

Me miró con una mezcla de lástima y cariño, tal vez viéndose en mí y recordando con añoranza los años pasados y lejanos de su juventud. Él había participado más de una vez en manifestaciones y conocido en su propia carne las secuelas de estas golpizas. Había experimentado el dolor, la impotencia de sentir que los soldados lo golpean a uno sin que pueda defenderse. Había conocido alguna vez lo hermoso de soñar, de conspirar en un pasillo de la escuela o en un aula. Había disfrutado el sabor que tiene la esperanza cuando uno la acaricia y la teje con sus manos juveniles. Había sido como empezaba a ser yo desde este día: un soñador lastimado en su sueño más puro y arrojado irremisiblemente a los brazos inciertos de la praxis.

–Mire, doctor, ahora para mí lo importante es que usted me dé algo para el dolor y, sobre todo, que le diga a mi tía que me prepare algo de comer –dije con cierta animación.

–El que pida de comer es un buen síntoma, mi hijo – expresó–; pero, por ahora, debe ingerir solo un caldo de gallina o alguna gelatina. Su estómago le puede jugar una mala pasada. Lo principal en estos momentos es que descanse y reponga fuerzas. Mañana vendré a visitarlo de nuevo.

–Se lo agradezco –le respondí. Luego me atreví con timidez a vincularlo con mis preocupaciones. –Quisiera, doctor, que usted me ayudara a averiguar sobre los otros muchachos que se llevaron prisioneros al cuartel. Me daría mucha pena que les hubiera pasado algo grave. Eran todos muy jóvenes.

El viejo Avendaño, buen conocedor de la vida, supo que mis palabras encerraban un secreto. Sonriendo, me preguntó:

–¿Te interesa saber de alguien en particular, hijo mío?

No me atreví a decirle la verdad. Tenía un miedo terrible a que descubriera que mi aventura de ese día no había sido provocada sólo por un arranque de desprecio a la soldadesca y rechazo a la injusticia. Tenía miedo de que supiera de mi hidalguía tempranera e infructuosa. Le respondí entonces con aparente indiferencia:

–No, realmente no.

Se rió al ver cómo me ruborizaba sin poder evitarlo.

–Bueno, debes descansar –se limitó a decir–, la experiencia ha sido bastante dura, pero te repondrás. Descuida, muchacho, trataré de ayudarte.

Antes de salir de la habitación, llevándose su figura encorvada por el tiempo, me miró por unos instantes. Capté en sus ojos un temblor casi imperceptible. Comprendí que no me lo había dicho todo, que algo le preocupaba. No lo pudo aguantar.

–Mira, Érico, creo que cuando te recuperes, sería prudente que te marcharas, que regreses con tus padres. Tengo la sensación de que esto no acabará aquí. Tuviste la desgracia de chocar con el teniente Rivas, Antonio Rivas, un individuo con un largo historial como asesino y torturador. Ha matado a muchas personas en estos años. Sus jefes lo utilizan para reprimir Se comenta que ha masacrado aldeas completas en el campo. En la ciudad se le teme, al extremo de que lo han apodado "el Muerto", porque asesina sin inmutarse. Es frío y calculador; traicionero como una alimaña. Me preocupa que las gestiones del licenciado Ortega, la persona que ayudó a sacarte del cuartel, no se repitan en el futuro. La gente no se compromete sin una buena razón. Tu abuela, tu tía y tú quedarían totalmente indefensos si algo vuelve a suceder. Esto me preocupa mucho ya que conozco a tu familia desde hace bastante tiempo.

Se retiró y me dejó solo en la habitación, postrado en la cama y sumido en la preocupación. El mundo se había abierto para mí ese día de una forma diferente. Había quedado atrás el humanismo encerrado en El pequeño príncipe y su fábula en defensa de lo mejor del hombre, para dar espacio a la funesta realidad de que hay individuos que se despojan de lo humano para hundirse en los caminos oscuros de la bestialidad. Hasta ese momento, para mí, la lucha entre el bien y el mal era solo una parte de la literatura infantil. Nunca había tenido noción de ese contrapunteo que los aleja, los diferencia y abre distancias entre las gentes, según su condición. Lo supe esa mañana –y lo iría descubriendo durante el resto de la vida, a fuerza de sentir los golpes, de ver ante mí la represión más bestial y de sentir la esperanza amenazada y malherida–. Supe que hay hombres que no tienen escrúpulos, porque desde hace rato han dejado de ser hombres y que hay gentes a las que la vida se les sale por cada poro, les brota en la respiración y se difunde en el aire que los rodea. Son aquellos que inspiran calma a pesar de que viven en la tormenta, los que ofrecen placidez en la mirada por breve que sea su paso junto a nosotros. Así era ella. Así lo sentí esa mañana; así me ofreció ella un mundo amplio y prometedor y se adentró en mi propia hombría, la que yacía oculta en mis primeros sueños y en una empedernida inocencia.

Día a día fui reponiéndome. Mi cuerpo joven sorteó las secuelas de los golpes; me restablecía con gran rapidez, pero me quedaba la preocupación por la suerte de la dama objeto de mi quijotesca experiencia y, sobre todo, por conocer qué había sido de ella. Junto a este incipiente sentimiento de ausencia, había brotado en mí el odio más brutal hacia el teniente y sus soldados. Sin proponérmelo, sin imaginarlo siquiera, me iniciaba en el póker de la vida con sólo dos cartas bajo la manga: el as de espadas y el as de corazones. Luchar y amar, a la par, sería el sortilegio de mi vida desde ese momento. No sabía si estaba preparado para ello, realmente no lo sabía. Pero lo cierto era que no podría sustraerme al tremendo reto que me planteaba el futuro.

El buen doctor Avendaño pasaba muchas horas conmigo. Poco a poco lo fui conociendo. Supe que se había quedado solterón a   causa de un desengaño juvenil.

¡Cuánto debió haberle dolido la traición a este hombre tan sensible! Nunca pudo recuperarse. Desde ese entonces se encerró en su trabajo y se olvidó de que también tenía como tarea la curación de su dañado corazón. Así fueron pasándole los años por encima, sin que se percatara de su soledad, pero se convirtió en un ser solidario y afectuoso. Yo sabía que se iba encariñando conmigo, que tal vez veía en mí al hijo que nunca tuvo. Hasta cierto punto, le recordaba los años perdidos, cuando él también andaba por la vida con la inocencia y la pureza de sueños como único pasaporte.

El viejo médico también me iba conociendo. Ya sabía que mi experiencia vital era mucho más reducida que la de muchos jóvenes de mi edad. Mi infancia sana en el exilio, rodeado de la influencia religiosa de la escuela, de mis tardes como monaguillo en la iglesia del barrio, habían hecho de mí un adolescente sano y soñador. Supo que hasta el presente no había conocido beso de mujer, nada que no fuera aquel sentimiento que había despertado en mí la muchacha de la plaza. Mi naciente amor por ella se limitaba a imaginarla caminando junto a mí, a recordar la mirada verde con que me había estudiado desde la fuente. También supo algo que yo mismo no conocía en mí: aquella rebeldía escondida, que ahora había despertado. A partir de este momento, tendría que andar con ella por el mundo, cargándola como a compañera solidaria que no se rinde ni abandona a sus camaradas.

Entre las conversaciones fraternales de las tardes y los mimos de mis dos viejitas, fue pasando el tiempo. Me sentía cada vez mejor, de manera que un día decidí salir a la calle, para buscar a la joven de la fuente. No tenía idea acerca de cómo me recibiría, pero un algo inexplicable me empujaba a ella. Sabía que la encontraría.

Luego de dos semanas de recuperación y de las gestiones solidarias del buen Avendaño, sabía que ella, Laura Arrellano Flores, había salido dos días después que yo del cuartel, que se había recuperado más rápido y que estudiaba en un instituto, cuya dirección me había averiguado el doctor. Así que, sin más miramientos, monté en mi imaginario Rocinante, le robé una rosa al jardín familiar y me fui en busca de mi Dulcinea. Cargado de confianza, de sana alegría y de la misma terca esperanza de siempre, me fui a buscarla en las calles desconocidas de la ciudad. Las secuelas de los golpes habían quedado atrás. Un profundo optimismo nacía dentro de mí con fuerza inaudita. El doctor y mi tía se reían detrás de la ventana de la sala cuando me vieron salir hacia la calle, que para mí era salir hacia la vida.

2

Caminaba por las calles de la ciudad cargado de esperanza, nada me importaba. Poco a poco iba devorando casas y esquinas. Ni el sol, que calentaba indiscriminadamente mi frente, ni las recientes heridas, cuyo recuerdo se clavaba todavía en mis carnes mediante un agudo dolor, pudieron detenerme. Mis ojos llenos de ilusión brillaban en la tarde con más luz que nunca. Yo tenía la certeza de que todo iba a cambiar. No me importaban los temores del doctor, ni las amenazas del teniente y, mucho menos, las preocupaciones de mi familia. Era un joven ávido por escamotearle a la vida las promesas que me había ofrecido en los ojos verdes de aquella muchacha. Ante los míos, el mundo se abría lleno de expectativas y yo estaba dispuesto a aprovecharme de cada una de ellas. No era necesario que alguien me dijera que a la vida hay que robarle, sin escrúpulos, cada momento de ternura que nos ofrece: lo había aprendido, aunque no sé cómo y estaba dispuesto a todo, con tal de estar cerca de ella, de mi Laura.

Al fin llegué a la pequeña plazoleta situada frente al Instituto. Me recibió el bullicio de los jóvenes que salían de la escuela: todos vestían blusa o camisa blanca y pantalón o falda azul oscuro. Conversaban sobre temas diversos, riendo. Algunas parejas salían agarradas de la mano, unidas por el sueño promisorio y el amor en flor. Poco a poco, la plazoleta y el frente del instituto se fueron vaciando. Yo, desesperado, la buscaba, tratando de hallarla en ese jolgorio de sonrisas tempraneras. Luego de casi cuarenta minutos, la vi salir. Su largo pelo negro caía con despreocupación sobre sus hombros y se repartía sobre ellos en múltiples arroyuelos oscuros. Parecía como si la noche se fragmentara sobre la blusa. Sus ojos verdes saludaron la pequeña plazoleta, inundándola con destellos esmeraldas. Su cuerpo delgado se movía a un ritmo indescifrable mientras caminaba hacia la calle. Todo en ella era vida que palpitaba, mientras caminaba hacia donde yo me encontraba. De repente, se detuvo y miró hacia el cielo azul como buscando respuesta a algo que bailoteaba dentro de sí.

Yo estaba allí, a unos metros de ella. Indeciso. La valentía y el entusiasmo que me habían llevado hasta la escuela parecían haber desaparecido. Estaba desarmado, nervioso. No sabía cómo abordarla. Temí que mi torpe ilusión de adolescente me hubiera traicionado. ¿Y si no me reconocía? Pero mi miedo se trocó en desesperación cuando vi que se alejaba de la plaza. No podía permitir que se fuera, sin hablarle. Caminé, corrí hasta ella y me situé justamente a su lado. Su cercanía hizo que el valor resurgiera en mí con una fuerza poderosa. Volvía a ser yo mismo. La abordé entonces con torpeza, con voz temblorosa.

– ¿No te acuerdas de mí? Soy el muchacho de la plaza –acerté a decir con nerviosismo.

Se detuvo como movida por una fuerza desconocida. Su cuerpo se tensó por la sorpresa. Tras un momento de vacilación, me sonrió mostrándome sus dientes blancos y parejos: sentí que la vida palpitaba en esa sonrisa. Sus ojos se abrieron ofreciéndome un vasto territorio de ternura y optimismo. Nunca pensé que fueran tan hermosos.

–Sí, me acuerdo de ti –respondió– y te agradezco lo que hiciste aquella mañana: compartiste los golpes y el abuso. Fue muy valiente de tu parte. Siento mucho que por ello, a ti también te hayan lastimado.

–No... No te preocupes –atiné a balbucear. Luego continué, un poco más seguro de mí mismo.– Es que sentí tanta rabia por lo que ellos hacían, sobre todo a ti, que no pude evitar meterme e intentar defenderlos. Nunca había visto algo así en mi vida.

–Parece que no eres de por aquí. Casi nadie se mete cuando ocurren estas cosas en este país –me dijo invadiéndome con una mirada interrogativa.– Aquí la gente se preocupa sólo de lo suyo y evita buscarse problemas, sobre todo con los soldados y la policía. Es tanta la pobreza que la gente solo piensa en subsistir. Salvo eso, no hay nada más importante.

–Aunque nací aquí, desde hace varios, muchos años, estoy viviendo en Argentina, donde transcurrió prácticamente toda mi infancia. Mis padres tuvieron que salir con precipitación, ante el peligro de ser asesinados. Sin embargo, aunque no lo creas, ellos se ocuparon de que no olvidara mis raíces. –Me detuve un momento, mirándola.– Ahora regresé, por unos días, para reencontrarme con mi patria. Para mí era importante hacerlo. Y aquí estoy. Parece que muy pronto comencé a buscarme problemas.

Ella me regaló otra sonrisa y me extendió la mano. Cuando sentí su piel junto a la mía, un calor inundó cada parte de mí. Sonreí nervioso. No sé si balbuceé alguna palabra que no quería decir. Perdí la noción del tiempo y el espacio. Sin darme cuenta, empecé a caminar, sin rumbo fijo. Al menos para mí, lo que ocurría alrededor nuestro era insignificante. Estaba junto a ella y mantenía su mano agarrada a la mía. Podía escucharla, y el tiempo y la vida no me importaban para nada; tampoco las estrechas callejuelas atestadas de gente que caminaba sin destino aparente; ni el cansancio por haber recorrido tantas cuadras en su búsqueda, cuando aún me recuperaba de mis lastimaduras; ni la tarde, ni los temores, ni la propia vida. Estar a su lado se había convertido en el punto preciso en que uno existe y sólo existe. Disfrutaba del sano egoísmo de estar a su lado sin que nada más me importara.

–El recibimiento debe de haber sido duro para ti. Supongo que nunca imaginaste que las cosas eran así en nuestra patria –dijo con seguridad, mientras caminaba a mi lado–, menuda sorpresa debes haberte llevado.

–Es cierto. No te lo imaginas. En Argentina, cuando llegaba la noche, nos reuníamos en el patio de la casa y conversábamos sobre la patria lejana. Escuchaba con atención a mis mayores y me sorprendía tanta nostalgia. Para todos ellos, la patria era algo muy amado y doloroso, pero todo su recuerdo, no obstante, era bello. A pesar de lo que les haya pasado aquí, los exiliados hablan con tanta ternura de la patria que llegan, incluso, a olvidarse de las heridas recibidas. Poco a poco, fue naciendo dentro de mí una gran curiosidad por conocerla mejor. Quería llegar a comprender por qué latía de esa forma en sus corazones; quería encontrar mis raíces, tener plena conciencia de mis orígenes. A eso vine.

No sé qué fuerza desconocida nos había conducido a la vieja plaza donde nos habíamos visto por primera vez. Llegamos caminando, sin tener conciencia del mundo que nos rodeaba, sin pensarlo, movidos por el paso indescifrable de la vida. Nos recibió con un nuevo rostro, y no la vi triste y resignada como antes. Su dureza e indiferencia anteriores se habían disipado. El Palacio Nacional no se veía amenazador, como aquella vez. La anciana catedral nos contemplaba con menos indiferencia, un poco más cercana a nosotros, trastrocado su rostro de piedra antigua. El pétreo suelo de la plaza, que unos días antes se había tragado con voracidad un poco de nuestra sangre, parecía más humano. Sobre nosotros volaban inquietas las mismas palomas que, con impotencia, contemplaron nuestras heridas y nuestra humillación; las mismas que habitan desde hace muchos años la nostalgia de las gentes, que vuelan miedosas hacia el cielo. La vieja plaza nos devoraba con un encanto que le nacía de muy adentro de su alma de piedra y de silencio. Nosotros, carne palpitante y curtida por la esperanza, íbamos al encuentro de la tarde como dignos propietarios de los sueños puros y de la felicidad redimida. Nada podría desunirnos.

Llegamos hasta la fuente y nos sentamos en uno de sus lomos húmedos y acogedores. Pequeñas gotas de agua, dispersadas por el viento, mojaban nuestras caras; convertidas en lágrimas del tiempo, lloraban su presencia sobre nosotros. A lo lejos, se escuchaba la misma música que tantas veces había escuchado en el exilio, en la casa de mis padres; la misma música lastimera que llena de nostalgia a los hombres y habla por ellos cuando les falla la palabra.

Todo nos acercaba. La vida brotaba, incontrolable, en nuestras miradas; cobraba estatura en nuestra tristeza.

Ella se mantuvo callada largo rato. Parecía que rebuscaba muy adentro la palabra precisa, el sentimiento ocultado con dolor en un rincón de su alma. Yo la contemplaba en silencio mientras mi zapato derecho, nervioso, intentaba en vano dejar una huella en el suelo de piedra. Al fin, como quien sale de un letargo doloroso, dijo su voz inolvidable:

—Este país me duele mucho. Nunca pensé que pudiera amarlo con tanto dolor. Cuando miro sus paisajes, en los que parece que la tierra logra tocar al cielo, pienso que no hay otro lugar en el mundo parecido. Cuando miro a su gente, humilde, sufrida, desterrada de la esperanza, pienso que no puede haber mayor motivo para querer cambiar las cosas —se detuvo en el preciso momento en que una lágrima caía silenciosa por su mejilla derecha.

Extendí, conmovido, una mano hasta su hombro. Lo apreté suavemente como queriendo decirle que yo estaba allí, a su lado, sin condiciones; que no habría jamás un dolor que no estuviera dispuesto a compartir con ella; que yo estaba allí, desde antes, desde el propio dolor, para estar siempre a su lado; que su tristeza era ya parte indisoluble de mi propia tristeza, de la que estaba dispuesto a cargar sobre mí, para toda la vida, sin lamentarme jamás; que era capaz de asumir su propio dolor como mío sin importarme el costo... Entonces, cuando sintió que mi mano la tocaba y se aferraba solidariamente a su pelo negro, cuando escuchó estas palabras que no fue necesario decir para que fueran comprendidas, que brotaban desnudas desde mis ojos, no resistió más y se lanzó, desesperada, hacia mis brazos, con el alma fragmentada en mil pedazos, en busca de un refugio.

La sentía sollozar en mi pecho. Mis manos temblorosas querían protegerla. Sin darme cuenta, yo también comencé a llorar mis dieciséis años de impotencia, sus quince años humillados por el dolor. Llorábamos juntos la desesperación de nuestra gente; la rabia contenida durante tanto tiempo por otros como nosotros, por aquellos a los que de repente parecía que se les cerraban todos los caminos, por nuestro tiempo terrible y hermoso.

Estuvimos largo tiempo abrazados. El dolor dio paso a una calma desconocida para nosotros. El uno se sentía refugiado en el otro. La gente que pasaba por nuestro lado nos miraba compasiva, como si fuéramos una pareja de novios que trataba de resolver sus diferencias. Solo ella y yo sabíamos. La desesperación nos había acercado a ese punto preciso en que sobran las fronteras, donde las barreras se quiebran, donde el miedo se vence y el dolor se soporta, donde uno se siente dueño de la vida y nada más le importa: solo existir a cualquier precio.

– ¿Sabes? –Me dijo repentinamente– No ha sido esta la primera vez que he estado prisionera en el cuartel, ni la primera vez que me han golpeado. Hasta ese día, creía que podría resistir cualquier golpiza y, sin embargo, tenía miedo, un miedo enorme. Cuando me subieron a la fuente, sabía que vendrían los soldados: siempre ha sido así y el riesgo era conocido por nosotros; pero sentía dentro de mí un temor hasta entonces desconocido. Tal vez fue una premonición, por eso te miré antes de hablar y, aunque no lo sepas, me diste fuerzas para continuar. No te conocía y, sin embargo, había algo dentro de ti que me reconfortaba, no sé cómo explicarlo: te vi como a uno de nosotros y me sentí protegida.

Se ruborizó levemente. Se pasó una mano por la cara, alejando el pelo y descubriendo sus lindos ojos verdes, que mostraban su alma. Mi mano derecha temblaba sobre su hombro. Continuó:

–Los vi llegar y no sentí temor. Percibí primero que todos la amenaza y no sentí miedo. Los vi llegar como fieras, sentí los golpes. Nunca antes nos habían golpeado de esta manera. Hubo un momento en que dejé de sentir. Estaba sumida en un sopor del que no quería salir. Las patadas de los soldados retumbaban dentro de mí cuando te vi lanzarte sobre ellos. Entonces supe que no me había equivocado, que alguien te había mandado desde algún lugar para protegerme, para cuidarme. Te juro que no sé por qué sufrí tanto cuando vi que te pegaban a ti también. Nunca antes me había sucedido algo así. En ese momento eras tan importante, tan cercano y tan querido... Me importaba más tu dolor que el mío. Perdí el conocimiento y no te volví a ver.

Yo la miraba ensimismado, sus palabras labraban en mi corazón profundos surcos de felicidad y dolor. Me desangraba dentro de mí, pero el martirio era reconfortante, muy cercano a la cuota de sufrimiento que nos toca pagar por vivir. Uno descubre el precio de la vida y, aunque quiera resistir, no puede evitar pagarlo. Así era en ese momento. Estar con Laura, amarla, tenía un alto precio para mí, una cuota elevada de sacrificio y de dolor.

–No podía permitir que te golpearan de esa forma –la interrumpí–, no sé por qué sentí algo extraño, diferente, dentro de mí. No me importaban los golpes de los soldados y del teniente; lo importante era que nada te pasara. Ahora que me confiesas que te sucedió lo mismo, siento una gran felicidad muy dentro de mí.

–Lo sé –se atrevió a decir ella–, imaginaba que nunca habías pasado por esto. Y sentí mucha pena por ti cuando pude ver vagamente cómo te arrastraban hacia uno de los camiones. Estabas lleno de sangre y tierra por todos lados. Mucho después, cuando estaba en la celda, luego de recobrar el conocimiento, pensé de nuevo en ti. Me parecía absurdo que no lograra apartarte de mi recuerdo, a pesar del dolor que castigaba mi cuerpo. Eras presencia valedera, reconfortante. Todo me dolía: el cuerpo y el alma; sin embargo tu recuerdo me ayudó mucho a resistir lo que me hicieron.

Se calló y comenzó a llorar de nuevo. Sentí que algo dentro de ella se quebraba lastimosamente. Pude ver en sus ojos un profundo dolor, mezclado con una pena infinita, que no encontraba un cauce para marcharse. Sabía que estaba a punto de explotar. Había algo que quería expulsar hacia fuera, que ya no podía resistir... Entonces, la mujer que había en ella apenas susurró, avergonzada:

– ¡Ese maldito... me violó!

La atraje hacia mí y la abracé con fuerza. Pude aferrarla, a pesar de sus espasmos de desesperación. Creía que mi corazón explotaría por la rabia que experimentaba. ¡Cuánto odio sentía dentro de mí! Si algo me tocaba hacer en la vida, me lo juré en ese instante, era matar a ese teniente. Aunque ella no hubiera mencionado su nombre, yo sabía que había sido él. Sin darme cuenta, la vida me iba cambiando apresuradamente. Tendría, por fuerza que dejar atrás al joven romántico y soñador, para sortear ese camino al que me había empujado el reencuentro con la patria. De repente, me vi abrazado a una joven, a Laura, que se había convertido en el pedazo más querido y lastimado de mi vida. Ella estaba allí, a mi lado, doliéndome, sangrando, sin que pudiera decir nada para consolarla. La apreté con fuerza, tratando de evitar que el dolor se la llevara de mi lado, que la arrastrara a donde no podría recuperarla.

Después de ese arranque de desesperación, ella se quedó quieta de nuevo entre mis brazos. Sollozaba en silencio. Mi mano la acariciaba con ternura. Estábamos así, definitivamente unidos por la vida, cuando un aguacero nos sorprendió. El agua corría por nuestros cuerpos, curándonos, reconfortándonos. Entonces nos separamos y nos miramos a los ojos. Parecía que la lluvia se había llevado la tristeza y pudimos sonreír: era una leve sonrisa brotada de la nostalgia y del dolor; una mueca breve de la esperanza que resistía. En ese instante ambos supimos la verdad, aunque no nos la confesamos el uno al otro. Un imperceptible lazo se tendió entre los dos para mantenernos muy unidos. No importaba hacia qué caminos nos empujara la vida. No importaba qué sorpresas encontraríamos de aquí en adelante, ni que nuestro destino fuera oscuro, incierto y desconocido; siempre nos iluminaríamos mutuamente, protegiéndonos. Lo supe entonces, sin que mediara palabra alguna entre los dos, cuando la lluvia caía entre nosotros; lo supe cuando la esperanza se nos salió en un suspiro, luego de tanto dolor.

—Quiero contártelo todo —empezó a decir— para que sepas por lo que pasé y por qué odio con toda mi alma a esa gente. Sé que no he sido la única mujer a la que han violado y eso aumenta mi rabia. Quiero contarte la verdad.

La interrumpí mientras la lluvia caía insistente entre los dos:

—No sigas..., te estás haciendo mucho daño —le dije persuasivo.

Se zafó de mis brazos y me miró desesperada. Sus ojos gritaban que le era muy importante desahogarse. Tenía que sacarse esa pena que le atenazaba el corazón. Pude percibir en su mirada el ruego insistente de que la escuchara. Asentí entonces con la cabeza.

—Cuando estaba en la celda creía que esta vez todo había acabado para mí. Apenas sentía mis brazos y mis piernas. La cabeza me daba vueltas y mi cuerpo se sacudía por continuos espasmos. Estaba tirada en el suelo sintiendo que se me clavaban en la carne miles de cuchillos afilados. Creo, incluso, que me oriné sobre mí misma. De pronto, la puerta se abrió y divisé a contraluz la figura del teniente Rivas. Se acercó a mí como una fiera que ataca sin piedad a su víctima. Sus manos me tomaron por el pelo y así me arrastró hacia una oficina, posiblemente la suya. Ya en el interior, me golpeó en la cara. Fui empujada por el impacto contra las sucias baldosas. Se lanzó sobre mí, sin darme tiempo a reaccionar. Sus manos rompieron mi ropa y recorrieron todo mi cuerpo. Sentí un asco que no puedo explicarte. Traté de defenderme de su ataque. Le arañé el rostro, pero él volvió a golpearme.

Después perdí el conocimiento. Lo demás puedes imaginarlo –dijo sollozando.

El dolor que sentí era tan lacerante que se me hizo insoportable. No sé cuántas veces golpeé con mis puños la piedra de la fuente. Lloraba de rabia y desesperación. Mis manos ensangrentadas, no percibían el dolor, seguían golpeando la piedra. Nada podía detenerme. Entonces, ella me atrajo hacia sí. Trató de calmarme mientras ambos llorábamos. Nos unimos en un nuevo abrazo que nos fundía para siempre. La lluvia trataba ahora, en vano, de limpiar tanta vergüenza y tanta rabia.

–Te juro –le dije– que yo mataré a ese animal con mis propias manos. Nunca volverá a hacerle daño a nadie. Tampoco permitiré que te maltraten. Yo te cuidaré siempre, Laura. ¡Te lo juro! Mientras viva, te cuidaré.

Ella se abrazó más a mí. En silencio. Tranquila. Se quedó quieta, abandonada a su dolor en mis brazos. Estaba entregada a su destino sin oponer la más mínima resistencia, fundida a mí. Así estuvimos largo rato, sin importarnos el paso desenfadado del tiempo sobre nuestro dolor.

Cuando la noche se apoderó al fin de toda la ciudad, marchamos hacia su casa. Caminábamos abrazados. Las luces mortecinas de las farolas nos veían pasar bajo un cielo estrellado. Una suave brisa nos acompañaba. Sin percatarnos, nos habíamos unido esa tarde de una manera difícil de explicar. La vida nos había empujado el uno hacia el otro sin pedir permiso y ambos habíamos aceptado su designio. Habíamos empezado a amarnos sin que mediara una palabra de amor, solo había dolor y angustia en las almas. Habíamos vencido al tiempo, a la distancia, a las posibles barreras, para sentirnos atados el uno al otro con la certeza de que era para toda la vida. No necesité decir nada al separarnos. Las palabras sobraban. No hacía falta concertar una cita. Ambos sabíamos que al día siguiente nos encontraríamos; que ya no podríamos renunciar a lo surgido esa tarde, bajo la lluvia, en la vieja plaza que, de pronto, se nos había hecho tan querida. Aquel paisaje en el que reinaba la vieja plaza, tan doliente y amada, como Laura, pasó a ser parte de nosotros dos.

Regresé a mi casa caminando entre las sombras. Llevaba en el pecho nuevos bríos hasta entonces desconocidos. Sentía en mi cuello el olor de su perfume, que contrastaba con el suave olor a azucenas con que la noche se me entregaba, desnuda y cariñosa. Más de una vez me detuve a suspirar calladamente, a aspirar el aire fresco que traía la brisa desde las montañas. Mi corazón latía acompasado y con fuerza. Lleno de una nueva esperanza que baileteaba dentro de mí, llegué a la casa.

Al abrir la puerta de entrada, contemplé a mis dos viejecitas y al buen Avendaño: dormitaban en los sillones de la sala. Evidentemente me esperaban. La desesperación que habían sentido fue desapareciendo cuando descubrieron mi alegría mal disimulada. Sus miradas se posaron sobre mí y no sé qué habrán pensado cuando me vieron despeinado, con las ropas mojadas y tratando de ocultar mis manos lastimadas. No quise traerles más dolor. Busqué en el archivo donde había dejado olvidada la alegría y encontré la mejor sonrisa que podía ofrecerles. Solo entonces mi tía pudo articular palabras.

—Hijo mío —dijo con voz preocupada— nos ha tenido despiertos y nerviosos. Creíamos que algo le había sucedido. Después de lo ocurrido la otra vez, esperábamos lo peor. No debe volver a asustarnos de esa forma.

—No debieron preocuparse —dije con una sonrisa en el rostro, mientras me acercaba a ella.— Lo que me ocurrió fue maravilloso. Creo que empiezo realmente a amar a este lugar.

—Pero, ¡mírese las manos!, las tiene lastimadas —exclamó mi tía cuando terminó un rápido examen sobre mi persona.

—No se preocupe, doña Luisa, mi tía del alma. Eso no fue nada. Dentro de unos días desaparecerá —la tranquilicé.

Entonces me acerqué a mi tía y le besé la mejilla. Después hice lo mismo con mi abuela. Trataba de calmarlas a fuerza de cariño, pues sabía que estas dos señoras, que vivían tan solas, sufrían por mí. Había traído un poco de alegría a sus vidas, pero también una alta dosis de angustia y eso me preocupaba. Por su parte, Avendaño me miraba sonriente, cómplice de mi felicidad. Él no imaginaba la parte dolorosa de mi experiencia.

—¡Ven acá, muchacho! —dijo explotando en una carcajada; me abrazó con una fuerza y un entusiasmo que nadie imaginaba en él. Parecía ser el protagonista de una hermosa aventura.

—Debes tener hambre —afirmó mi tía—, te prepararé un poco de leche bien caliente y unas galletas de mantequilla.

—Está bien. Con el hambre que tengo, soy capaz de comérmelos a todos ustedes juntos.

Mientras mi tía preparaba la comida y mi abuelita dormitaba en su silla de ruedas, Avendaño me haló del brazo y me condujo hacia un rincón apartado de la sala: no podía ocultar su curiosidad, se transformó en un cómplice, en un muchacho más, ávido de conocer el desenlace de la travesura.

— ¿Qué? ¿La viste...? —me preguntó, mientras examinaba mis manos.

—Sí —le respondí—, hasta ahora estuvimos juntos.

— ¡Verdad? ¡No te creo! —exclamó saltando efusivamente— ¿Todo este tiempo estuvieron juntos? Creo que ustedes van a resultar inseparables..., el aguacero les debe haber caído encima..., estás prácticamente empapado.

—Sí, doctor —le interrumpí— fue muy lindo. Nunca pensé conocer a una persona como Laura. Creo que a partir de hoy me va a ser difícil no verla... Es tan distinta de las muchachas que he conocido... que solo piensan en bailes, en superficialidades...; pero ella es diferente, muy diferente... Es como si todo lo bello de la vida se concentrara en ella.

–La vida, hijo mío, moldea a las personas de formas disímiles. En este país es muy difícil que la gente piense en algo más que en lo intrascendente. Es como si... la selva se hubiera extendido a la ciudad, como era antes. La gente pugna por sobrevivir a toda costa, sin importarle mucho lo que les ocurre a los demás. Tu novia es, indudablemente, un caso muy especial. Parece que su sensibilidad la ha llevado a pensar más en el destino de los demás que en el suyo propio. Debe tener un corazón muy hermoso esa muchacha –afirmó finalmente.

–Es cierto, doctor. Realmente, no hay que conocerla bien para saber lo que vale. Basta conversar con ella unos minutos, ver sus ojos limpios y sentirla cerca, para que uno no pueda apartarla de su mente.

La imaginé entonces cerca de nosotros. Todavía tenía su olor en las manos y en el cuello. Todavía tenía su dolor impregnado en el alma, lastimándome. La necesitaba. La sentía cercana, presente, en este instante y en todos los instantes de mi vida. No podía resistirme a esa verdad.

El viejo me observaba en silencio, mientras me curaba con calma, tal vez perdido entre sus propios recuerdos, explorando de nuevo aquello que había ido dejando atrás en su vida. Me observaba desde ese punto fatal en que uno no puede hacer nada que no sea recordar y resignarse. Suspiró con tristeza y añoranza.

–Y ella es hermosa, doctor, muy hermosa. Cuando uno se mira en sus ojos, se queda sin fuerzas. Sonríe y me desarma. La tengo a mi lado y siento que algo tiembla muy dentro de mí. Es como un calor que me sube hacia el pecho, como si me quemara sin remedio. Me siento torpe y tonto delante de ella, pero aún así experimento un sentimiento de infinito cariño por ella. Creo que sería capaz de dar mi vida por Laura.

El doctor me miró con afecto. Yo era en ese momento un retrato de lo que él había sido alguna vez. Entonces me dijo sentencioso:

–¡Umh! Parece que te has enamorado. Sin embargo, debieras ser cuidadoso y no entregar tu corazón de un golpe. Cuando uno es tan sensible como tú, se enfrenta muy desarmado a la vida. Debes cuidarte para no salir herido. A mí me pasó y, ya ves, no pude recuperarme.

–Esto es diferente –le respondí– Laura es incapaz de herir sin herirse ella misma. A uno le nace tan adentro el deseo de protegerla, de entregarse a ella, que no puede resistirse. Lo sé muy bien. Estoy convencido de ello.

Avendaño me miraba en silencio, escrutándome con sus dos ojos que habían conocido la vida. Se percataba de que mi felicidad no era completa. Veía lo que yo trataba en vano de ocultarles a todos. Había descubierto un trazo de dolor en mi mirada.

–¿Qué sucede, muchacho? Hay algo que te hiere. ¿Será que Laura tiene novio?

–No es eso, doctor. Se trata de las cosas que le hicieron cuando estuvo detenida en el cuartel –dije y la tristeza volvió a mi rostro.

–¡Ah!, esas bestias no perdonan. No tienes que decir nada más, ya comprendo lo qué sucedió. Me imagino que esa muchacha está sufriendo mucho.

–Es cierto, sufre; aunque no está destruida. En estos momentos todo es dolor para ella. Es muy duro verla sufrir de esa manera... –y rompí a llorar como un niño.

El doctor dejó que las lágrimas escaparan, que salieran fuera de mí junto con mi desesperación. Sabía que llorar es lo mejor cuando el dolor no cabe en el pecho; más adelante, hallaría un cauce más adecuado para canalizarlo, pero ahora, solo me tocaba sufrir. Un rato después, cuando sintió que estaba más calmado, me dijo en tono persuasivo.

–Sé que es duro para ti y para ella mucho más. Ha llegado el momento en que debes decidir con seriedad qué vas a hacer. Laura requiere de mucha ayuda. Debes tener bien claro que, si estás dispuesto a dársela, tu vida cambiará diametralmente. Ya no estarás aquí de paso: deberás quedarte; estudiar y vivir junto a nosotros. Para tu familia y para mí, no resulta un problema costear tus estudios. Pero..., los dos son todavía tan jóvenes que no pueden decidir sin los demás, sin tener en cuenta a tus padres y a los de ella.

—Lo sé, doctor —lo interrumpí, pero él continuó su discurso:

—Yo no me atrevo a decirte qué es lo mejor... No quisiera equivocarme... Creo que solo tú debes decidir sobre tu vida. Si regresas a la Argentina puede ser que tengas un futuro más seguro y tranquilo, pero perderás a Laura. Si te quedas aquí, es posible que logres su amor. Sin embargo, ambos pasarán tragos muy amargos. La vida los ha colocado en una situación muy compleja. Su sensibilidad para con el mundo que nos rodea, no les permitirá cruzarse de brazos ante tanta injusticia, lo cual entraña grandes peligros. Ustedes ya han sufrido en carne propia lo que eso significa: ya han estado presos, han sido torturados y, sobre todo, conocen el costo doloroso de aspirar a un mundo mejor para las gentes. Si me dijeran que ambos van a renunciar a la lucha para vivir su amor..., no sé, creo que no los creería...

—Es cierto, doctor. Yo creo conocer a Laura un poquito: no renunciaría jamás a la lucha que empezó. Si quiero su amor, he de seguir sus ideales, lo cual no es difícil para mí, pues, en realidad, los comparto plenamente.

—Sin embargo, creo que debes pensar bien las cosas. Cuando el amor comienza es muy bello. La vida le va poniendo pruebas que miden su solidez y resistencia. ¿Podrán vencerlas? ¿Podrán enfrentar una vida de riesgos y dolor sin distanciarse? ¿Podrán mantenerse unidos en el peligro, bajo las amenazas y muchas veces separados por la cárcel y por la propia lucha?

—Por mi parte, sí —afirmé convencido.

—Entonces debes tratar de conocer qué piensa ella al respecto. Ustedes acaban de empezar algo muy hermoso. No importa que todavía no hayan conversado sobre el amor. A veces no es necesario cuando dos personas se atraen y llegan a compenetrarse. No importa que ni siquiera se hayan besado aún. A veces es más importante acercarse espiritualmente al ser amado, sin haberlo tocado primero. Alguien ha dicho que el amor es como Roma, se llega a él por diversos caminos. El de ustedes, aunque sui géneris, no deja de ser valedero... Pero, bueno, ahora debes descansar que mañana será otro día –concluyó mi buen amigo, mientras miraba el reloj.

Era bastante tarde. El buen doctor se despidió haciéndome prometerle que sería cuidadoso en lo adelante y que pensaría cada una de mis palabras y de mis acciones.

Me comí de un tirón las galletas y me tomé el vaso de leche caliente que me había preparado mi tía y me fui a la cama. Tenía que reflexionar: había llegado uno de esos momentos de la vida que requiere de cada grandes decisiones, porque de ellos depende nuestro futuro; pero mi decisión estaba tomada desde aquella tarde, bajo la lluvia. Mi única opción era Laura; no tenía dudas. Mañana la buscaría de nuevo.

3

El sol apenas alcanzaba su plenitud, cuando salí otra vez en busca de Laura. Marchaba con el mismo entusiasmo del día anterior, pero esta vez tenía la certeza de que ella me esperaba. Si ayer la había buscado cargado de incertidumbre y nerviosismo, hoy lo hacía llevado por una gran necesidad de verla y estar a su lado. Mi convicción acerca del camino a seguir, dejaban bien claro cuál sería mi futuro: no me interesaba regresar a la Argentina; había sopesado los riesgos de quedarme aquí, en la patria recuperada a fuerza de dolor, junto a las gentes que me necesitaban y donde el amor me había abierto sus puertas una mañana de abril.

Llegué frente al Instituto. Me recibieron los mismos rostros llenos de vida de los estudiantes. El bullicio de los que salían de clase y marchaban hacia sus casas u otros lugares era ensordecedor. Sus blusas y camisas blancas semejaban una enorme mancha de nieve esparcida sobre la plazoleta. Dentro de esa masa inquieta pude distinguir a Laura: estaba conversando con dos jóvenes.

Me acerqué a ellos con una franca sonrisa por saludo. Laura me besó en la mejilla. Los dos muchachos me extendieron la mano. Parecíamos viejos conocidos, nos acercaba la golpeadura recibida. Reímos al unísono. No sé si fue nuestra juventud o el hecho de que Laura fuera nuestro enlace, lo cierto es que, de inmediato, nos sentimos unidos por una profunda simpatía. Los dos muchachos me agradaban mucho.

—Queríamos hablarte —me dijo Laura— Edgar y Felipe me han orientado que te invite a una reunión hoy en la noche. Allí analizaremos lo sucedido en la plaza y la respuesta que daremos a los soldados. ¿Tienes interés en participar?

Edgar, que acusaba tener no más de diecisiete años de edad, me miró con una mirada interrogante. Felipe, serio y tranquilo. Laura me tomó una mano, esperando nerviosa mi respuesta.

—¡Claro! Considero que esa agresión no debe quedar impune. ¡Pueden contar conmigo!

Me sonrieron fraternalmente, como a un compañero. Entre nosotros había surgido una gran afinidad. Edgar tomó la palabra:

—Con ello contábamos. Laura nos habló de ti y estaba segura de que apoyarías nuestra causa. Tú eres parte de este pueblo, aunque hayas vivido mucho tiempo en el extranjero. Sabemos que no puedes permanecer apático ante su dolor, ante las injusticias que padece. Esta noche hablaremos sobre estas cosas y sobre lo que debemos hacer para impedir su sufrimiento.

La madurez de este muchacho despertó mi admiración. Su negro pelo, revuelto como presa de innumerables tormentas, caía sobre sus ojos reforzando su imagen adolescente. Sus ojos, también oscuros, irradiaban un carácter fuerte y una gran convicción, sorprendente a su edad. A través de su rostro moreno hablaba el sufrimiento de sus antepasados indígenas, la rabia contenida ante tanta injusticia y la certeza plena de un futuro que se podría alcanzar. Si una palabra podía definir la impresión que me causaba Edgar, la palabra precisa, aquella que no había que buscar mucho entre los recovecos de la mente, era fortaleza. Si Laura simbolizaba la ternura, Edgar sería la fuerza.

—No les quepa duda. Ya había decidido quedarme aquí y no regresar a la Argentina —miré a Laura y noté en sus ojos un brillo de alegría. Luego continué— De nada me sirve adorar a mi patria desde lejos, lamentarme de sus desgracias y sentir vergüenza por no hacer nada.

Callé. Los muchachos me contemplaban con esa mirada afectuosa y fraterna que nace de la identidad de criterios.

—Si hay que actuar contra esos criminales, yo estaré allí.

Jamás pensé que pudiera odiar a alguien como al teniente Rivas; aunque sé que él no es el único ni el mayor responsable de lo que pasa. Si tengo que luchar contra ellos, lo haré, pueden estar seguros.

Felipe se acercó a mí y me abrazó. No había hablado hasta ese momento, tal vez porque, a veces, no hacen falta palabras para que dos personas reconozcan su afinidad. Aunque nada lo diferenciaba físicamente de Edgar, había despertado en mí la sensación de que nos parecíamos mucho. Edgar era más práctico y propenso a la acción; Felipe era callado y tímido, más cercano a mí, aún guardábamos la inocencia y ese temprano romanticismo. Ambos éramos capaces de soñar y vivir, al mismo tiempo.

—Nuestra generación es privilegiada, Érico. Nos ha tocado el hermoso papel de retomar la lucha de nuestros padres y abuelos para salvar a la patria de tanta maldad. La sangre de muchos correrá, pero no importa —dijo exhalando un suspiro—, caeremos con dignidad. Es preferible a permanecer indiferentes a la vida.

—Algún día tanto sufrimiento debe acabar —respondí.

Nos miramos a los ojos y no sé por qué razón pensé que Felipe tenía la certeza, muy dentro de sí, de que no llegaría al final. Sentí una profunda solidaridad y un gran aprecio por él, por ellos. Suponía que muchos de nosotros no llegaríamos a ser hombres maduros; la vida nos ofrecía la posibilidad de perpetuarnos en la memoria y en el recuerdo de las gentes y ese riesgo había que asumirlo. Felipe lo sabía desde muy temprano. Se le veía en la mirada triste donde el sueño alcanzaba un brillo particular y diferente. Se le veía en el rostro joven donde la esperanza vive su corto existir. Nuestro temprano romanticismo no nos cegaba. La realidad era dura y lastimosa y lo sabíamos. Habíamos crecido en ella, y el ser soñadores y rebeldes había sido nuestra coraza para enfrentarla y renunciar a la evasión.

Laura interrumpió nuestra conversación en la que las miradas sustituían a las palabras y prometió ir conmigo al lugar acordado. Nos separamos. Felipe y Edgar se fueron conversando como dos viejos amigos, y nos dejaron a Laura y a mí en la plazoleta. Echamos entonces a caminar hacia la vieja plaza, a ese lugar donde nos nació el amor como una desgarradura.

—¡Háblame de la Argentina! ¿Es bonita? —me urgió deseosa de saber.

—Es muy linda —le dije mientras mi voz quebrada hacía una muda elegía a la melancolía.

—¡Cuéntame! Me gustaría conocer sobre ella y sobre tu vida allá. Nunca he salido de aquí...

—Argentina se parece bastante a nuestra patria —comencé a decir muy despacio, con añoranza—, allá vivía junto a mis padres en un viejo caserón situado en un barrio en las afueras de Buenos Aires. Tenemos un gran patio rodeado de perales y manzanos. La entrada de la casa está protegida por una enorme vid. Me gusta tanto llegar del colegio y que me reciban los racimos morados..., meterme en la boca un puñado de esas uvas jugosas y dulces..., que cuando salgo de la escuela apresuro mis pasos a su encuentro.

—¡Deben ser deliciosas!

—Sí, son una maravilla —dije muy quedo y sentí que la nostalgia me cabalgaba desbocada.

Al recordar el sabor de las uvas que se cosechaban en el patio de mi casa, allá en Villa Madero, no sé por qué razón imaginé que un beso de Laura se les parecería. Al ver sus labios carnosos, tal vez por asociación, despertó en mí, por primera vez desde que la conocía, un deseo enorme de besarla. Poco a poco el amor iba conformándose; no me bastaba ya con verla y estar junto a ella. La pasión crecía como un niño osado y travieso que no se puede controlar. Me sentí avergonzado, bajé la cabeza y rehuí su mirada; ella debe haber notado mi inquietud, porque preguntó:

—¿Qué te sucede? Te has puesto rojo como la grana.

—No es nada —le dije—, tal vez la añoranza.

Ella tomó mi mano entre las suyas y la apretó con suavidad. Proseguí.

—Los domingos son días de fiestas allá en el patio de la vieja casona. Se reúne un montón de exiliados de diversos países latinoamericanos para hacer un gran puchero, que es como un caldo que tiene todas las carnes y vegetales que es posible reunir. Cada uno trae algo. Después todos se sientan a comer en el patio y a añorar su respectiva patria. Yo contemplo con nostalgia cómo se les sale la tristeza entre canciones y relatos. A veces alguien no puede resistir la crueldad del desarraigo y baja la cabeza para ocultar una lágrima. Todos sufren la ausencia y se buscan para recibir cada domingo un poco de fuerza que les permita seguir soportando el exilio. En esos días no sólo se extraña lo que uno dejó atrás: a sus seres queridos, aquellos rincones de la patria en que uno vivió y creció. Se extraña también a los que se van para no volver jamás. En más de una oportunidad ha sucedido. Llega alguien y se hace permanente visita de estas tertulias de dolor y nostalgia, y luego se va. Después nos enteramos de que regresó a la patria y que, en la mayoría de los casos, fue asesinado. Si le preguntaran un día al patio de mi vieja casona y este pudiera hablar por sí mismo, diría que ha conocido a hombres singulares, que por él han pasado gentes de toda esa Latinoamérica sangrante y, sin embargo, llena de tanta esperanza. Los manzanos de mi patio han sido abonados con el sueño y el dolor de mis amigos.

—Debe de ser hermoso conocer a esa gente de tanto valor —dijo ella, cuando vio que me quedaba callado, adolorido.

—Es cierto —afirmé—, desde que era prácticamente un niño los veía llegar a mi casa, ávidos de noticias. Llegaban con libros y folletos que se repartían entre todos. Se pasaban horas y horas intercambiando experiencias, preparando mítines de solidaridad, buscando fondos entre los obreros argentinos para ayudar a la lucha en sus países. Esos hombres llevan su patria en el alma en cada momento. Nunca la patria está más cercana que cuando estamos lejos, cuando se la contempla desde el sombrío exilio, donde uno recobra fuerzas y sus convicciones se cargan de solidez. Allí uno sufre doblemente y mastica con desesperación el vacío y la soledad; convive con sus fantasmas en un húmedo cuartucho, golpeado por la nostalgia y el invierno; crece para seguir viviendo...

No pude seguir hablando. Como un cuchillo afilado que me partía el pecho, me vino a la mente el recuerdo imborrable de mis padres. ¡Cuánta tristeza habían resistido los dos juntos! ¡Cuánta penuria provocada por el desarraigo! Habían sufrido muchos años de exilio, soportado con estoicismo la culpa por no haberse callado. Así les curtió la vida una tenaz desesperanza. Recordaba a mi padre con dolor. No podría hacerlo de otra manera. Cuando llegaba la madrugada y el patio se llenaba de escarcha, salía mi padre hacia el trabajo, perdiéndose entre la neblina. Salía desarmado hacia el invierno, para hallar el sustento diario. Día a día esperábamos mi madre y yo su regreso, con miedo y preocupación. Sabíamos que estaba metido en el sindicato, que ayudaba a organizar a los obreros argentinos del calzado y que ya se había buscado varios problemas con la patronal. Más de una vez no regresó y días después aparecía con el rostro desencajado y una incipiente barba como recuerdo de su detención. Llegaba callado, avergonzado por haber perdido el trabajo. Después llegaban los días de hambre, en los que mi padre escarbaba en los desechos de la fábrica de sémola de maíz para buscar un poco de comida. En esos momentos conocíamos el valor de la solidaridad. Siempre aparecía alguien con un pan o un poco de comida, justo cuando más la necesitábamos. Entonces mi padre, como un ritual invariable, tomaba una parte y el resto lo llevaba hacia la casa de algún amigo también necesitado.

Laura no interrumpió el fluir de mis pensamientos. Sabía que algún recuerdo doloroso me torturaba y se solidarizaba conmigo sujetando con fuerza mi mano. Caminaba junto a mí, al compás de mis recuerdos.

Íbamos callados cuando llegamos a la vieja plaza. Sin

proponérnoslo, la habíamos convertido en testigo de nuestra entrañable e incipiente esperanza. Era una aliada de nuestros sueños e invariable guardiana de aquello que queríamos exigirle a la vida.

Nos sentamos junto a la fuente y de nuevo recibimos su reconfortante saludo convertido en finas gotas de agua. Allí nos quedamos, tomados de la mano como dos novios que no saben cómo expresarse su amor.

– ¿Has oído sobre el Che Guevara? –, me preguntó de improviso.

–Sí –le respondí–, en la Argentina se habla mucho de él. Para mi padre y sus compañeros, el triunfo de la Revolución Cubana resultó una gran alegría: era la confirmación de que la victoria era posible. Hasta ese momento, soñaban con un mundo mejor que, sin embargo, parecía inalcanzable. Los cubanos les abrieron los ojos y les ofrecieron una enorme carga de promesas. Recuerdo cómo se reunieron todos en el patio de la casa y hablaron con palabras encendidas de la importancia del triunfo de los rebeldes. Los que tenían un poco más de conocimiento sobre lo ocurrido en Cuba, lo contaban; se hablaba de Fidel y del joven argentino que le acompañaba: el Che. Ese día, los ojos brillaban de forma diferente; por primera vez, la esperanza estaba al alcance de la mano. Recuerdo que cantamos hasta bien entrada la noche. Al día siguiente, bien temprano, varios de nuestros amigos fueron hasta la embajada cubana en Buenos Aires con un mensaje de solidaridad y una carta para el Che.

–Fue muy hermoso lo ocurrido en Cuba –comentó con cierta nostalgia–, me gustaría alguna vez visitar la isla. ¿Será posible?

–Te prometo, Laura, que alguna vez iremos. Todo es posible en la vida. ¿No crees?

–Es cierto –me respondió, mientras un impulso nacido de algún rinconcito de su alma, la hizo abrazarse a mí.

Y nos quedamos juntos un largo rato, pensando en Cuba. La isla mítica nos llegaba cargada de maravillosas expectativas. Allí habitaba un pueblo alegre y optimista, capaz de orientar su destino. Entre paisajes tropicales que nos parecían paradisíacos, la gente era dueña de sus esperanzas. Eran capaces de enfrentar las más diversas agresiones y salir triunfantes. Habían sido capaces de dar a la gente humilde la peculiar estatura del hombre libre, que tanto se necesita en nuestras tierras. Si pensamos en trasformar nuestra realidad, Cuba es la confirmación de que es posible y, también, la materialización concreta de nuestros sueños. Cuba es cercana y alcanzable, es parte de nuestros anhelos más íntimos.

Yo le había prometido esa tarde que algún día visitaríamos la isla caribeña y estaba seguro de que lo cumpliría. Alguna vez correríamos con nuestros hijos por una hermosa playa de arena fina y mar limpio y azul. Hablaríamos fraternalmente con su gente. Intercambiaríamos el llamarnos compañeros, camaradas o hermanos. No nos sería ajeno el sueño del obrero dueño de su fábrica, ni el rostro nuevo del campesino entregado al trabajo, convencido de que el fruto de la tierra es suyo. No nos sería ajeno el sueño del estudiante, propietario por primera vez de su destino y del mañana. Se lo había prometido y ese sería el mejor regalo de amor que pudiera hacerle a Laura. Cuando tanto sueño comenzaba a lastimarnos, la acompañé hasta su casa. Ambos teníamos la certeza de que en nuestras manos estaba la posibilidad de cambiar las cosas, de obtener algo prometedor, como lo ocurrido en aquella islita desconocida y llena de maravillas. Estábamos seguros de que esa noche empezarían a cambiar las cosas para nosotros.

Ya en mi casa, conversando con mi abuela y con mi tía, supe que habíamos recibido noticias de la Argentina. Con gran avidez, me dediqué a leer una carta de mi madre. Me contaba sobre los últimos sucesos de Buenos Aires, aunque casi nada había cambiado desde mi ausencia. Mi padre continuaba en el mismo círculo vicioso al que lo había arrojado el exilio. Participaba en las actividades sindicales, enfrentaba la cárcel y la persecución de la patronal. Los domingos, como cumpliendo un ritual, los exiliados acudían al patio de mi viejo caserón a recordar y a organizar nuevas actividades de solidaridad. Me contaba mi madre que a ratos venían mis amigos a preguntar por mí, sobre todo mis inseparables Beto, Colita, y Pichichi. En ocasiones, también la visitaba el padre Pedro, párroco de la iglesia en que yo había oficiado como monaguillo los domingos en la mañana. Como era de esperar, también me rogaba que fuera bueno con mi tía y mi abuela, que no les diera dolores de cabeza y, sobre todo, que me alimentara bien. También me instaba para que me refugiara en Dios sin vacilación. Para todos ellos era el mismo niño de siempre, el que nunca llegaría a crecer. Para mi tierna madre siempre sería el desvalido y único objeto de su ternura. No me imaginaba adulto y le era imposible tenerme alejado.

Luego de leer la larga carta de mi madre, me apresté a bañarme y a vestirme para ir a buscar a Laura. Apenas tuve tiempo de comer. Salí como un bólido en busca de mi novia. Atrás quedaron los lamentos de mi tía y su reclamo para que tomara las cosas con calma, la bendición de mi postrada abuelita, los miedos y preocupaciones. Corría solo, desesperado, con mi creciente felicidad a cuestas.

Cuando el reloj de pulsera me anunciaba con sus finas manecillas lumínicas que faltaban cinco minutos para las ocho de la noche, llegué a su casa. Allí me recibió la viejecita de rostro amable, que días atrás me había acariciado a la salida del cuartel.

—Pasa adelante, hijo —me invitó—. Tú debes ser Érico. Laura me ha hablado mucho de ti. ¿Lo sabías? —dijo con malicia, mientras yo me ruborizaba apenado.

—¡Abuela! ¿Qué va a pensar Érico? —exclamó Laura, que salía de una de las habitaciones en ese momento.

—No me importa lo que piense este muchacho. Ustedes dos son unos tontos. Andan por todos los rincones como enamorados y ninguno ha dicho nada. ¿Qué esperan? —dijo y sonrió con malicia—. ¿No te parece que mi nieta es muy linda para estar esperando por ti? Aquí no vale eso de que la palabra es de plata y el silencio, de oro. Si te quedas callado, otro se aventurará antes que tú. ¿No crees?

Laura y yo nos miramos sorprendidos, desnudados. No sabíamos dónde meternos. Hubiéramos querido escapar. No nos quedaba más remedio que reír nerviosos para ocultar nuestro rubor. La viejita nos acompañó hasta la puerta y en la despedida se atrevió:

—¡Cuídense mucho! ¡Ah, se me olvidaba! Hijito..., ¡acaba de decirle a Laura que la quieres! No hay quien la soporte toda la noche con la canción de que no te le declaras. Sufre mucho por tu culpa, la pobrecita —y sonrió, traviesa, con su boca desdentada.

Salimos de la casa huyendo de las francas insinuaciones de la abuela. Caminábamos cabizbajos y como avergonzados, sin atrevernos a mirarnos. Como siempre, Laura tomó la iniciativa. Una mano suya se apoderó nerviosa de una de las mías. Yo, aún, no me atrevía a decir nada. Sentía un nudo en la garganta. Hubiera querido decirle que la quería, que ella era muy importante para mí, pero no me salían las palabras. Estaba por primera vez enamorado y no sabía cómo decirlo. Caminamos en silencio hasta llegar a donde nos encontraríamos con Edgar y Felipe.

Era una pequeña casa con techo de tejas y de paredes descoloridas, ubicada en las afueras de la ciudad, allá donde uno puede ver desde las calles empedradas cómo la selva y la montaña se esfuerzan por devorar la ciudad. Pasamos por un patio interior lleno de helechos y plantas; en una de las habitaciones, nos recibió un grupo de cerca de diez jóvenes. Todos eran estudiantes del Instituto. Laura me los fue presentando, pues solo conocía a Felipe y a Edgar: Martha, de ojos grandes y pelo castaño, rostro lleno de pecas y sonrisa acogedora, era la novia de Edgar; Lucía, alta y delgada, con una cara que me recordaba a la actriz argentina Zully Moreno, estudiaba en el mismo salón de clases que Laura y era franca y cordial, expresiva y extrovertida, transmitía a los demás su entusiasmo y su alegría –no me pasó inadvertida la forma en que Felipe la miraba–; Leticia, pequeña y frágil, con unos enormes ojos café que miraban en silencio, como buscando respuestas; Antonio, un muchacho extremadamente alto y delgado, casi pelirrojo y de piel muy blanca, se diferenciaba del resto de los jóvenes, morenos, descendientes de indígenas; también estaban Pablo, Ramón, Lorenzo y Manuel, de pelo extremadamente negro que les caía sobre la frente, desordenado; sus rostros adolescentes estaban llenos de vida y optimismo, sin embargo, en sus ojos habitaba una tristeza permanente, heredada de sus antepasados. La gente en nuestra patria carga esa tristeza vieja en la mirada y le es difícil encontrar la fórmula precisa para despojarse de ella para siempre.

Cada cual se ubicó donde pudo en la pequeña habitación. Laura, siempre a mi lado, unida a mí con ternura.

Edgar tomó entonces la palabra:

–Compañeros: han pasado casi tres semanas desde que fuimos a la plaza a protestar. Nuestro país supo entonces que los estudiantes estamos en desacuerdo con lo que sucede. A casi todos nos apresaron y nos golpearon salvajemente. El objetivo se alcanzó, aunque a un alto costo. Ha llegado el momento de volver a las calles. Debemos continuar denunciando a los militares que masacran a nuestra gente, no podemos permanecer tranquilos. Ha llegado el momento de realizar nuevas manifestaciones, de colocar propaganda donde sea posible. La gente debe saber que no permaneceremos cruzados de brazos. A veces un mitin o parar el tráfico de la ciudad da mayores resultados que una denuncia. Es necesario continuar la lucha.

Todos afirmamos al unísono nuestra coincidencia con esos criterios expuestos por Edgar. Él retomó la palabra:

–Saldremos esta noche a realizar diversas acciones en la capital. Si no se les comunicó con anterioridad fue por motivos de seguridad. Si alguien no puede, lo comunica ahora. Pintaremos carteles en varios lugares de la ciudad –continuó– con atomizadores de vivos colores. Iremos por parejas; así, mientras uno pinta, el otro vigila. Lo importante es denunciar a la dictadura y reclamar justicia. ¡Formen ustedes las parejas como deseen!

Enseguida nos organizamos: Laura y yo, Edgar y Martha, Felipe y Lucía, Manuel y Leticia, Antonio y Pablo, Ramón y Lorenzo. Luego de realizar las pintadas, cada uno marcharía hacia su casa. Mañana, bien temprano, conoceríamos de los resultados de nuestra denuncia.

Al salir a la calle, la noche nos absorbió. Al poco rato, estábamos frente al cuartel donde nos habían detenido aquella mañana de abril. Allí había quedado el recuerdo de nuestros cuerpos lastimados, pero también se había afianzado nuestra rebeldía. Nos situamos frente a una tienda ubicada a menos de cien metros de la entrada de la fortaleza. Las sombras y la arboleda nos ocultaban del soldado que hacía posta. Laura llevaba oculto entre la ropa el atomizador de pintura. Se subió la falda y lo extrajo, mientras yo vigilaba. Cuando estaba ya preparada para iniciar la acción, me sorprendió la aparición de un uniformado que caminaba hacia nosotros. No había podido percatarme de su presencia en la oscuridad. Sentí que la adrenalina me subía a la cabeza ante el peligro inminente. Como movido por un resorte la atraje hacia mí y la besé temblorosamente en la boca; ella no se resistió, me besó con fuerza, con desesperación. Nos olvidamos de todo: del soldado, del peligro y de la noche. Yo disfrutaba el prometido jugo de uvas que me ofrecía la vida. Laura estaba aferrada a mí. Entre los dos apretábamos el atomizador, escondiéndolo entre nuestros cuerpos temblorosos.

–¿Qué hacen aquí? –preguntó el soldado, iluminándonos con la linterna.

No respondimos, nos habíamos quedado mudos. Seguíamos pegados el uno al otro por una fuerza en que se combinaban el amor y el miedo. Repitió la pregunta en voz alta, amenazadora.

Me separé de Laura un poquito y le dirigí al hombre la mejor sonrisa que pude encontrar dentro de mí, acompañada de un guiño de ojo. Él entendió no sé qué en su cerebro cansado por el desvelo y el alcohol. Parece que al fin logré que captara mi mensaje. Entonces, me respondió malicioso y autoritario:

—¡Llévate a esta muchacha de aquí y vayan a hacer sus cosas a otro lado!

Había creído, al vernos nerviosos y sorprendidos, que éramos una pareja de jóvenes que buscaban un oscuro lugar para entregarse a la lascivia de un amor tempranero: aprovechamos su credulidad y nos fuimos, perdiéndonos en la sombra con paso apresurado.

Cuando dejamos atrás el peligro, el miedo se convirtió en osadía: habíamos logrado reponernos del susto. Abrazado a ella, bajo la luz tenue de un farol, la invité a pintar una pared de la Catedral o del Palacio Nacional.

—¿Estás loco? —exclamó—; allí pasan los policías y soldados con gran frecuencia. La posibilidad de que nos sorprendan es muy grande.

—Pero también es cierto que no esperan que alguien haga esto precisamente allí —le respondí con un tono persuasivo y una pícara mirada en los ojos.

Me miró con ternura y acabó por acceder con un movimiento afirmativo de su cabeza. Echamos a andar hacia el objetivo, esta vez menos nerviosos y más seguros. Sin necesidad del amenazador soldado, empezamos a besarnos con ardor justo al lado de la catedral. Nuestra contenida sed de amor, la saciamos con nuestras caricias. Entre beso y beso, entre cada entrega furtiva e intensa, entre miradas nerviosas a nuestro alrededor, Laura iba pintando ¡ABAJO LA DICTADURA! Unas letras rojas y enormes fueron apareciendo sobre la pared de piedra centenaria. Pocos minutos después, nuestra obra estaba concluida. Nadie nos había visto. Respiramos profundamente para apaciguar la tensión acumulada.

Luego, nos dirigimos hacia su casa; íbamos despacio, deteniéndonos en cada esquina para besarnos. La vida se abría llena de promesas para nosotros, ahora que habíamos roto el hielo. Escuchamos unos disparos que llegaban desde algún lugar de la ciudad; pero la muerte y el peligro los sentíamos tan lejanos como si camináramos por una calle de La Habana. Estábamos libres para soñar y para vivir sin ataduras.

Cuando llegamos a su casa, bien entrada la noche, nos detuvimos un momento. Nos llegaba con la brisa el suave olor de los jazmines. La luna pálida nos contemplaba protectora, plateando nuestras miradas. Mi mano tocó su rostro amado y hermoso. Mirándola a los ojos con ternura, le confesé mi amor y ella me respondió "yo también te amo" y se acurrucó temblorosa entre mis brazos. Nos besamos por última vez esa noche. No nos habíamos percatado de la presencia de la abuela, que nos miraba desde la puerta entreabierta y que ahora tosió, para que nos fijáramos en ella. Entonces nos separamos después de un largo beso en que lo decíamos todo. Me percaté de mi felicidad cuando la tos de doña Dolores me hizo poner los pies en la tierra otra vez. Me despedí de Laura bajo la mirada burlona de su abuela: "¡Al fin se decidieron!", parecían expresar sus ojos llenos de malicia.

Esa noche apenas dormí. En mi cabeza giraba el recuerdo de los besos compartidos venciendo las barreras de nuestra inocencia. Me dolía darme cuenta de que mi felicidad estaba lastimada por grandes preocupaciones. Supe entonces que la dicha suele ser tan tormentosa como el dolor, que se nos clava en el costado más íntimo y es capaz de trocar la calma en angustia. ¿Podríamos ser realmente felices en las circunstancias en que vivíamos?

Cuando apenas los gorriones empezaban a cantar en la mañana y el sol aparecía tímido en el cielo, mi tía Luisa me despertó inquieta. Venía con el rostro invadido de temor y de tristeza:

—Hijo mío, lo busca una muchacha. Es muy bonita, pero se ve muy nerviosa. Está llorando.

Me tiré rápido de la cama y alcancé la sala casi corriendo. Allí estaba Laura, quien al verme rompió a llorar con desesperación. Me lancé hacia ella y la abracé tratando de protegerla. Todo su cuerpo temblaba.

—¿Qué pasa, mi amor? —atiné a preguntarle.

—¡Los mataron, Érico! —me gritó— ¡los mataron anoche!

Mi tía se llevó las dos manos al rostro, asustada. Yo permanecí boquiabierto frente a ella. No entendía lo que me decía entre lágrimas. Me repuse y le pregunté, sacudiéndola por los hombros:

—¿A quiénes mataron, Laura? ¡Contesta, por favor!

Ella no atinaba a responder. Solo sollozaba. La conduje entonces hacia uno de los sillones y la hice sentar. Mi tía se acercó con un vaso de agua, del que Laura bebió apenas unos sorbos. Logró calmarse un poco y narró los tristes acontecimientos:

—Todo sucedió anoche, cuando íbamos hacia mi casa y oímos aquellos disparos. Edgar y Felipe quedaron en encontrarse después de realizar las acciones de propaganda. Luego que dejaron a Martha y a Lucía en sus respectivas casas, decidieron salir a comprobar los resultados. Cuando iban caminando por una calle cercana al centro, fueron sorprendidos por una patrulla de soldados. Suponemos que los llevaron al cuartel de inmediato. Allí ya se conocía de las pintadas realizadas en varios lugares de la ciudad. Los guardias estaban enfurecidos y parece que, al comprobar que habían estado detenidos allí con anterioridad, se ensañaron con ellos de forma bestial. Sus cuerpos torturados y aún tibios fueron encontrados en un barranco en las afueras de la ciudad esta mañana, bien temprano, muertos. Dicen que ambos tenían un disparo en la nuca y las manos amarradas a la espalda.

Volvió a llorar desesperadamente y mi tía también sollozaba. Sentí en el pecho un dolor agudo que me lastimaba.

—En el Instituto —continuó temblorosa la muchacha— nos enteramos de inmediato. Aquello cayó como una bomba. Martha está deshecha. Lucía también lloraba sin control. Justo anoche, se había hecho novia de Felipe. Mis compañeros salieron a la calle y quemaron varias sillas frente al edificio. El alboroto era inmenso. Aparecieron policías y soldados por todos lados. Los profesores no pueden calmar a los muchachos, ellos también están enfurecidos. No sé qué va a pasar.

–¿Y el resto de los muchachos? –le pregunté.

–Cumplieron su misión sin problemas –me tranquilizó–; los vi esta mañana frente al Instituto. Están consternados y rabiosos por lo de Edgar y Felipe. Aún pueden ocurrir hechos lamentables.

Me senté junto a ella y la abracé tratando de brindarle el mayor apoyo posible. Mi tía nos dejó solos.

–Cariño –le dije–, ahora es necesario pensar con calma. No sabemos qué conocen los soldados. Todos estamos en peligro. Es importante contactar con los demás y alertarlos para que tomen medidas de precaución. Deben comprobar si están vigilados por la policía. ¿Entiendes? –la miré detenidamente para comprobar si me entendía. Ella afirmó apenas con un movimiento de cabeza.– Por otra parte, es importante dar una firme respuesta a estos asesinatos. Estoy seguro de que Edgar y Felipe estarían de acuerdo si las víctimas hubiéramos sido alguno de nosotros. Creo que debemos canalizar la rabia de los estudiantes hacia una denuncia demoledora; aprovechar este golpe doloroso para que tus compañeros tomen conciencia de que no se puede permanecer indiferente ante la represión y la injusticia.

–Estoy de acuerdo contigo –me respondió más tranquila: volvía a ser la Laura de siempre–. Yo había pensado hablar con los familiares de Edgar y Felipe para que nos permitan velarlos en el Instituto. No creo que haya problemas, pues son gente combativa y de larga tradición de lucha. Si aceptan, convocaremos a todos los muchachos para que asistan a los funerales. Los asesinos conocerán cómo pensamos y de lo que somos capaces. ¿Qué te parece?

–Estoy seguro –afirmé con convicción; no podemos cruzarnos de brazos ante tan terrible crimen.

La miré con una ternura de la que nunca me creí capaz. La vida, quería decirle con palabras, nos había juntado para siempre; compartíamos los sueños más puros, la sana ambición de transformar el mundo a la manera de los desposeídos y explotados. Ya habíamos entregado nuestros primeros mártires queridos, jóvenes como nosotros. Edgar y Felipe significaban no sólo el compromiso de seguir adelante, constituían también un motivo para seguir amándonos, sin que nos importara otra cosa, salvo el corazón y la espada.

–¡Ven! –le dije–, ¡vamos al Instituto! Allí sabremos qué hacer.

Salimos a la calle, tomados de la mano. Marchábamos seguros de que las cosas habían dejado de ser como hasta ahora. En unos segundos, nos habíamos hecho un poco más viejos, más maduros. Nuestra juventud empezaba a irse, para siempre, junto a la sangre generosa de dos amigos entrañables.

4

El cuadro que vimos en el Instituto era sorprendente. Decenas de estudiantes estaban concentrados en la plazoleta. En sus rostros la rabia habitaba como queriendo extenderse por la ciudad. Con los puños crispados proferían insultos contra un grupo de uniformados que apuntaban sus armas hacia ellos. Varios profesores los acompañaban tratando de protegerlos y, a la vez, protestando con energía. Reporteros y fotógrafos de varios medios de prensa habían aparecido en el lugar. En el centro de la plazoleta, una humeante pira mostraba los restos calcinados de pupitres y otros muebles escolares. Los flashes de las cámaras y el humo sacudieron nuestras pupilas al llegar al lugar.

Buscamos a nuestros compañeros: allí estaban, consternados y visiblemente alterados. Las muertes de Edgar y Felipe habían calado muy hondo. Martha y Lucía lloraban. Los demás retenían las lágrimas a duras penas, en ese punto preciso que sirve de frontera entre el dolor y la rabia. Tratamos de calmarlos: era importante que tomáramos urgentes decisiones y ello requería calma y análisis.

Laura se dirigió entonces al reducido grupo:

—Por primera vez la muerte nos ha golpeado de cerca. Es difícil soportar este dolor que nos lastima: Edgar y Felipe se nos han ido. Son insustituibles para nosotros. Sabemos, desde que nos involucramos en la lucha, que la muerte es una posibilidad. Tal vez, nuestros amigos no sean los únicos, quizás cualquiera de nosotros muera mañana. No nos queda otro camino que seguir, tragándonos el dolor y sin detenernos a mirar atrás. Ahora lo importante es determinar entre todos qué vamos a hacer. Creo que primero debemos enterrar dignamente a nuestros compañeros. Iremos a ver a sus familiares para que nos autoricen a que los velemos aquí, en el Instituto. También es necesario hablar con la dirección de la escuela.

—¿Y si se oponen a ello? —preguntó Antonio.

—Lo haremos de todas formas, quieran o no —respondió Laura con firmeza—; nuestros mártires pertenecían a este Instituto y no dejaremos que nadie se oponga a que los honremos. Eran nuestros líderes y como tal debemos despedirlos. ¿Están de acuerdo?

—¡Sí! —respondió al unísono un coro de voces.

—Antonio, Leticia y Manuel se encargarán de coordinar con los estudiantes de otros centros su participación en el velorio y el entierro. Los demás se dedicarán a organizar a los muchachos de aquí. Pueden apoyarse en algunos profesores que han demostrado estar sensibilizados con nosotros. Yo iré a ver al director —orientó Laura—, haremos todo lo necesario para que Edgar y Felipe tengan un funeral en correspondencia con la dignidad con la que han vivido. Todo nuestro pueblo sabrá la causa por la que se habían inmolado. La Patria tiene derecho a llorar a sus mártires y a reclamar justicia.

Laura y yo llegamos a la oficina del director del Instituto. Luego de una breve espera, la secretaria nos hizo pasar al despacho del licenciado Orellana, quien se encontraba reunido con varios profesores. Saludó a Laura y me extendió la mano cuando ella me presentó.

—Director, hemos venido a solicitarle permiso para velar a los muchachos aquí en el Instituto —dijo Laura respirando con profundidad—; creemos que es lo menos que podemos hacer por ellos. Ellos eran estudiantes distinguidos y merecen ser velados en este lugar, que era como su segunda casa.

El licenciado Orellana la interrumpió persuasivo:

—Laura, la situación es muy complicada. Precisamente estábamos analizando qué haríamos con los estudiantes y decidimos que se marcharan a sus casas para evitar conflictos graves con las autoridades. Es nuestro deber protegerlos a ustedes. La calle está llena de soldados, que están esperando órdenes para atacar. Si no ha ocurrido aún, es gracias a la presencia de la prensa y de toda la gente que se ha concentrado afuera. Creo que lo correcto es evitar un conflicto. El propio ministro me ha llamado para sugerirme que cerremos el Instituto. No podemos acceder a tu solicitud.

Laura se puso furiosa y no pudo ocultar su alteración. Su frágil cuerpo tembló de rabia. Se acercó al buró donde estaba sentado el director y le habló como si toda su alma se le saliera en cada palabra:

—¡Cobardes! Han matado a dos de sus mejores alumnos y ustedes, llenos de miedo, se meten en esta oficina. ¿Y si hubieran sido hijos suyos? ¿Qué hubieran hecho? ¡Carajo! ¿Hasta cuándo vamos a permanecer con los brazos cruzados? —lo miró de nuevo y luego continuó amenazadora.— Les guste o no, nosotros, los estudiantes, sus compañeros, los velaremos aquí, en el Instituto. Llame a su ministro y dígale lo que haremos. Convocaremos a los estudiantes para que permanezcan aquí sin moverse. Hablaremos con la prensa para que todo el país sepa lo ocurrido y conozca nuestro justo reclamo de velar a nuestros compañeros. Si es necesario, director, derrumbaremos las puertas del Instituto, pero... ¡aquí los velaremos!

Y sin decir más palabras, me tomó de la mano y salimos del despacho, estremeciéndolo con un portazo. Dejamos atrás a un claustro de profesores, sorprendido y amedrentado, pero convencido de lo que haríamos. No les quedaba más remedio que aceptar nuestras exigencias. Salimos en busca de los muchachos y nos topamos con Lorenzo, quien se encontraba afuera conversando con varios estudiantes. Le orientamos que era necesario informar a la prensa de que velaríamos a Edgar y a Felipe en el Instituto y que temíamos que las autoridades nos lo impidieran. Era muy importante, le dijimos, que les hiciera saber que nada nos desviaría de nuestro propósito y que correríamos cualquier riesgo. En ese momento llegaron los que se habían ocupado de movilizar a los estudiantes de otros institutos: traían la respuesta positiva de sus líderes, quienes nos acompañarían hasta el cementerio. Todos despediríamos el duelo y combativamente denunciaríamos el vil asesinato de nuestros compañeros.

Salimos por una puerta del fondo del plantel para no toparnos con la soldadesca que prácticamente rodeaba el edificio. Un rato después, llegamos a casa de Edgar. El cuadro era conmovedor. Vecinos y amigos de la familia estaban en la casa. La rabia y el dolor se leía en los rostros, estaba a flor de piel. A duras penas logramos conversar con el padre del muchacho asesinado en una de las habitaciones, mientras su madre y sus dos hermanas lloraban con desconsuelo en un rincón de la sala.

Luego de expresar sus condolencias y su odio a la soldadesca asesina, Laura se abrazó al viejo. El hombre no podía ocultar su profunda tristeza:

—Era un muchacho que no podía permanecer indiferente con el dolor de nuestro pueblo. Nadie podía evitar que participara en la lucha. Siempre temí que terminara así...

—Pero su muerte no ha sido en vano, don José. Los estudiantes del Instituto se han incorporado a las protestas por su asesinato y se nos han unido jóvenes de otros centros. Creo que se ha encendido una llama muy difícil de apagar... No queremos dejar impune el crimen; por eso le pedimos que nos deje velar a Edgar en el Instituto y conducirlo al cementerio en medio de una marcha estudiantil. Él y Felipe lo merecen. Los dos eran compañeros fieles y valiosos, líderes indiscutibles para los escolares – agregó mi novia.

El hombre suspiró con orgullo al escuchar hablar así acerca de su hijo asesinado. Su fibra más humana brotó, cuando nos dijo:

—Estoy de acuerdo con ustedes. No me cuesta mucho darme cuenta de que ese sería su deseo: estar junto a sus compañeros de lucha en el último momento... —el anciano hizo silencio por unos instantes y añadió– ustedes no deberían andar por la calle, corren demasiado peligro. Vayan para la escuela, que yo me encargo de los padres de Felipe. Ellos también aceptarán. También hablaré con varios compañeros del sindicato, para que no estén solos en este trance. Los obreros los apoyaremos y marcharemos con ustedes al entierro. A las seis de la tarde estaremos allí con los cadáveres de nuestros hijos. Ustedes preparen lo demás y... –la voz del anciano perdió su energía– por favor, cuídense.

Laura, emocionada, lo besó en la mejilla. Yo lo abracé con cariño y solidaridad. Era un padre digno de un muchacho como Edgar. Comprendí que don José mucho había contribuido a moldear en el hijo ese carácter firme y combativo que lo caracterizaba.

De regreso al Instituto, hallamos a los estudiantes concentrados en el patio interior. Se les veía consternados. Algunas muchachas sollozaban. Los ojos estaban llenos de tristeza. La vida nos había arrancado, de repente, un pedazo de nosotros mismos y ahora nos exigía crecernos por encima de nuestra propia estatura. No la defraudaríamos.

Laura se subió sobre una silla y se dirigió a todos:

–Compañeros: Hemos perdido a dos hermanos y bien sé cuánto nos duele. Lo importante ahora es denunciar al mundo este crimen. Es esencial que la gente sepa por qué murieron Edgar y Felipe y quiénes los mataron. Los acompañaremos hasta su última morada. ¡Los velaremos aquí! Estarán en las aulas que conocieron sus sueños de libertad. De aquí saldrán hacia la tierra, como dos semillas que sembraremos con dolor, pero con la esperanza de que germinen en una patria libre.

Los estudiantes se agitaron. La emoción calaba muy hondo, precisamente allí donde el corazón se resiste a estarse quieto cuando algo lo atenaza. Elevaban consignas al aire y sus puños se levantaban como martillos rabiosos enfrentando al destino. Un mar de juventud se salía de los diques de la pasividad y el conformismo, amenazaba con expandirse más allá del patio interior del Instituto. La tarde contemplaba su rabia desbocada, la rabia del futuro herido en su costado más precioso. Laura continuó:

–A las seis de la tarde sus familiares los traerán aquí. Vendrá mucha gente con ellos. Es necesario que organicemos la escuela, de manera que el velorio y el entierro salgan bien. Si es necesario, haremos una gran cadena alrededor del Instituto para impedir que entren los militares. Convertiremos el centro en un pedazo de nuestro país libre y esa será la mejor ofrenda que haremos a nuestros muertos.

Todos los muchachos corrieron hacia sus puestos. Llevaban en sus ojos, junto al dolor reprimido, la convicción de que habría una respuesta al crimen y la disposición de ocupar su lugar costara lo que costara. Poco a poco, como un río poderoso, iban llegando decenas de jóvenes al edificio. Venían de distintos lugares, portaban carteles, marchaban decididos por las venas heridas de la ciudad. Junto a ellos venía el pueblo. No había fronteras para la rabia.

A las seis de la tarde, un silencio sepulcral invadió la plazoleta ubicada frente al Instituto. Una gran masa humana encabezada por los dos ataúdes arribó al lugar. Tal como lo había prometido don José, los familiares de los muchachos y los obreros traían los cuerpos mancillados de nuestros mártires. Los soldados, asustados, se retiraron para dar paso al cortejo. La gente que contemplaba la marcha fúnebre escondía las lágrimas que escapaban de sus ojos. La muerte convertida en llama luminosa invadió las paredes de piedra de todos los edificios y casas adyacentes. Solo la palabra se atrevió a vencer al silencio, cuando un estudiante gritó: "¡Asesinos!" y todos los allí congregados repitieron al unísono la misma palabra, la misma condena.

Los ataúdes fueron colocados en el recibidor del instituto. Las flores aparecieron sobre ellos, cubriéndolos con un canto de recordación y de respeto. Uno a uno fueron desfilando los estudiantes frente a sus hermanos caídos. Uno a uno pasaban también los hombres y mujeres del pueblo. El doctor Avendaño no faltó. Lo vi llegar portando sendos ramilletes de claveles rojos que colocó con respeto junto al resto de las flores. Con ese gesto refrendaba su cariño hacia mí y el dolor ante el crimen cometido contra la juventud de su país.

Pasadas las ocho de la noche, un murmullo recorrió la plazoleta. El ministro de Educación y otras autoridades se dirigían hacia la puerta del edificio. Se les dejó entrar y cuando llegaron junto a los féretros, un grupo de estudiantes los rodeó. Laura los increpó:

–Señores, ¿no les duele lo que ha pasado aquí? Están asesinando a los mejores hijos de este país. Fueron los soldados y eso lo sabe todo el mundo. Creo que sería digno que, al menos, exigieran una investigación.

El ministro se ruborizó, su rostro se tornó rojo como el interior de una granada. No esperaba ese recibimiento. Una vez repuesto de la sorpresa, cuando se percató de la presencia de los periodistas, no tuvo más remedio que balbucear una explicación:

–Señorita, les prometo que exigiré una minuciosa investigación. Nos ha conmovido este lamentable suceso. Creo, sin embargo, que es muy prematuro culpar a alguien.

–Usted quiere tapar la verdad con un dedo –dijo Laura, sin poder contenerse–; ¿está usted ciego? ¿No se da cuenta de que estos muchachos fueron cruelmente torturados y asesinados? Tenemos testigos que vieron como los soldados los capturaron y se los llevaron detenidos. Luego aparecieron sus cuerpos destrozados y con un tiro en la nuca. ¿No sabe usted que así mata el ejército? No quisiera pensar que usted es cómplice de estos crímenes...

El director trató de interrumpir a Laura; pero varios estudiantes se interpusieron. Al ministro y a sus acompañantes no les quedó más remedio que retirarse como perros apaleados, llevándose su vergüenza y complicidad a otra parte. Allí quedaron solo los dolidos por el crimen. Los otros sobraban.

Unas horas más tarde, cuando el nuevo día pugnaba por llegar, nos reunimos en un aula un reducido grupo de muchachos con don José y dos de sus compañeros del sindicato. Por nuestra parte estaban Laura, Martha, Lucía, Pablo y Manuel. Yo me senté junto a don José. Los dos acompañantes del viejo fueron presentados como Pedro Montes, secretario general de los trabajadores gráficos, y Alfonso Martínez, dirigente sindical del transporte. Antonio y Lorenzo permanecían afuera del local, evitando que alguien entrara. Leticia y Ramón se habían quedado organizando las cosas en el velorio. Precisamos cómo efectuaríamos la marcha hasta el cementerio y acordamos que pasaríamos frente al Palacio Nacional. Quedó claro que movilizaríamos a más de diez mil personas entre estudiantes y obreros. Pablo se encargaría de la despedida del duelo. Luego nos retiraríamos en grupos para evitar que la soldadesca se atreviera a reprimirnos.

Pero nuestro propósito era organizar algo más que el entierro, así que, entonces, abordamos el otro tema.

—Don José —se dirigió Laura al anciano padre— queríamos hablar con ustedes de un tema muy delicado... Creemos que la muerte de Edgar y Felipe no debe quedar sin respuesta. Se sabe que fueron asesinados por el teniente Rivas. Esa bestia ha cometido muchos crímenes que deben ser castigados. Nosotros proponemos organizar un atentado en su contra.

Por unanimidad habíamos decidido que Rivas debía pagar con su sangre tantos desmanes y atrocidades cometidos. Laura continuó:

—Pero para llevarlo a cabo, es necesario que nos ayuden a conseguir las armas. Nosotros nos encargaremos de estudiar los movimientos de este criminal para determinar el momento propicio y el lugar idóneo para el ajusticiamiento. ¿Nos apoyarían ustedes?

Don José nos miró emocionado. Luego buscó en silencio

la aprobación de Alfonso y Pedro. Ambos movieron afirmativamente sus cabezas.

—Pierdan cuidado —dijo muy despacio— los apoyaremos en todo. No será fácil hallar las armas, pero lo intentaremos. ¿Qué necesitan concretamente?

Nos miramos sorprendidos por la pregunta del padre de Edgar. Hasta ese momento no habíamos pensado en cómo realizar la acción. Como fui uno de los primeros en reaccionar, me atreví a decir:

—Creo, don José, que no debemos ser muchos los que participemos. Cinco o seis armas serán suficientes. Aunque, de todas maneras, creo que es oportuno que nos reunamos después para organizar los detalles.

—¿Y alguno de ustedes ya sabe disparar? —preguntó Pedro Montes con evidente interés.

—Hasta el momento no, pero eso es secundario. Lo más importante es contar con el valor y la disposición para hacerlo. ¿No le parece? —le respondió Laura mirándolo fijamente a los ojos.

—Tienes razón, muchacha. Nosotros buscaremos la forma de que reciban el entrenamiento necesario para que den en el blanco sin fallar. ¿Satisfecha?

—¡Claro que sí!

Y allí mismo se acordó el plan general para efectuar la acción: Laura y Martha se encargarían de ajusticiar a Rivas; Pablo, Manuel y yo las apoyaríamos. El resto de los muchachos formarían dos grupos para efectuar la vigilancia sistemática, que nos permitiría obtener la información suficiente para concretar lo planeado: un grupo de vigilancia estaría integrado por Antonio, Lucía y Ramón. El otro, por Leticia, Lorenzo y un compañero del sindicato de transportistas. De la misma manera, se acordó que don José, Alfonso y Pedro garantizarían dos automóviles para el día de la acción. Otros acuerdos fueron que yo fungiera como coordinador con don José, que los sindicalistas buscarían a una persona de confianza para entrenar al comando, así como a un médico (yo pensé en Avendaño) y, por último, que estos planes debían permanecer en el más absoluto secreto. Una vez que la vigilancia arrojara el lugar y la fecha adecuados, se ejecutaría la acción.

Todos volvimos al velorio con el ánimo más calmado. Cada uno de nosotros pensaba que al fin teníamos la oportunidad de hacer algo concreto por la causa. vi el rostro de Laura totalmente cambiado. Junto a la tristeza que con frecuencia poblaba su mirada, pude ver un brillo nuevo, prometedor. La abracé en un rincón del pasillo.

—¿Satisfecha? —le pregunté repitiendo la pregunta hecha antes por Pedro.

—Sí, mi amor —me dijo con un algo extraño en su voz—; tengo la impresión de que algo nuevo comienza. Les devolveremos golpe por golpe. Todo será distinto a partir de ahora.

—Es cierto, Laura, si logramos ajusticiar a Rivas haremos que ellos lo piensen mejor, que sepan que no se puede atentar impunemente contra el pueblo.

Regresamos al salón central donde estaban tendidos nuestros amigos. La gente dormitaba en su gran mayoría. Otros, reunidos en pequeños grupos, conversaban en un tono que casi rayaba el silencio. Cerca de los dos ataúdes, ocho estudiantes hacían la guardia de honor.

Laura y yo nos dirigimos al rincón en que estaba sentado mi buen doctor. Pude ver en sus ojos una gran alegría cuando nos vio acercarnos. En un tono casi ceremonioso, le presenté a Laura. Él le ofreció a mi novia una de sus mejores sonrisas. Ella se acercó y lo besó en la mejilla.

—Así que esta es la famosa Laura, inspiradora de tan hermoso amor. Creo que Érico ha sabido escoger muy bien.

—Fui yo la que escogí bien, doctor. —Y mi Laura olvidó por un momento la situación en que nos encontrábamos.

—Es un muchacho maravilloso. Me hace feliz saber que compartimos los ideales y vemos la vida de la misma manera.

Me ruboricé. Laura tenía un don especial para sacarme los colores a la cara con su demoledora sinceridad. Le agradecía a la vida habernos hechos francos y directos, desprovistos de malicia y subterfugios, pues esa forma de ser nos acercaba y tendía entre nosotros un sólido puente, que nos hacía capaces de amar sin vergüenzas ni límites. Pero cuando ella hablaba sobre mí, no lo niego, me avergonzaba con su desenfado.

—La juventud es tan maravillosa —comentó Avendaño con nostalgia— que nunca se va del todo. Al verlos, me doy cuenta de que viví engañado por mucho tiempo; creí que la vida me había privado de la posibilidad de soñar, de ver el mundo con optimismo y de querer cambiarlo. Ustedes me han dado una nueva dosis de esperanza. Realmente lamento haber perdido tanto tiempo y no haber buscado nuevos caminos. Todo hubiera sido muy diferente para mí.

Lo miramos con pena. Dolía la vida de este hombre bueno y noble. El doctor sólo había cosechado una gran soledad. Sin embargo, nosotros aceptábamos la enorme responsabilidad de revivir en él la confianza y el entusiasmo. Yo lo sabía y me hice un compromiso ineludible.

—Mi buen doctor —le dije—, usted nos es sumamente necesario. Los jóvenes jamás lograremos hacer algo perfecto si no contamos con la experiencia de los mayores. Sus tropiezos de ayer nos impedirán caer ante la primera dificultad. Incluso..., queríamos saber su disposición para ayudarnos en ciertas tareas de las que, por ahora, no puedo hablar.

—No tengas cuidado, Érico; me imagino en lo que andan y no me sorprende. Yo también fui joven. Por lo pronto, puedo decirte que siempre podrán contar conmigo. Nuestro país ha tenido tan pocos momentos de esperanza, que duele quedarse impasible. Cuando vine hoy hasta aquí, para despedir a estos muchachos asesinados, lo hice con la certeza de que voy a dedicar mis últimos años a hacer lo que no pude o no supe hacer antes. Pueden contar conmigo para lo que sea.

Lo abracé. El viejo doctor se había convertido para mí en alguien cercano. Ahora que mi vida estaba sumida en turbulencias hasta entonces desconocidas, su presencia era muy valiosa: me había curado las heridas provocadas en la cárcel, me había reconfortado cuando más lo necesitaba y, ahora, se ofrecía como colaborador para nuestros planes futuros. Estaba seguro de que el viejo sería un apoyo permanente para Laura y para mí: un compañero más. Conversamos con él hasta que el sueño nos venció. Laura y yo descansamos unas horas, abrazados sobre un banco de madera dura.

A las ocho de la mañana de aquel día en que abril agonizaba, salió el cortejo fúnebre del Instituto. Una larga fila de estudiantes y gente del pueblo seguía a los dos carros negros en los que casi no había espacio para los féretros por las muchas ofrendas florales. Los rostros estaban compungidos. Al frente, iban las familias cercenadas; lloraban con rabia e impotencia a aquellos jóvenes muertos en la flor de la vida.

La gente contemplaba silenciosa la peregrinación. Más de una anciana se persignó respetuosa. La ciudad parecía callar su dolor centenario, que se extendía despacio por las calles para buscar su última morada de tierra tibia y húmeda. Las lágrimas vencían toda resistencia y salían por las mejillas abriendo surcos indefinidos, grietas profundas. Así marchaba la vida malherida, conteniendo el odio y tragándose el dolor, dispersándose por el golpe recibido, resistiéndose.

El cortejo enrumbó hacia la vieja plaza. Cientos de palomas se lanzaron al cielo buscando refugio. Las campanas de la Catedral lanzaron sobre nosotros su canto lastimero cuando arribamos a ella por una de las calles laterales. Decenas de soldados, nerviosos, apuntaban sus armas hacia la multitud, protegiendo el Palacio Nacional. Miramos sus grises paredones con menos miedos que antes, desafiantes y coléricos. Alguien no pudo contenerse y gritó: "¡Asesinos!". Entonces se desató el paroxismo. La vieja plaza tembló con las consignas y el paso de la gente. Temblaron también los militares gobernantes desde las oficinas oscuras del Palacio.

A un costado de la Catedral, Laura y yo pudimos ver las letras rojas, que nuestra determinación había pintado sobre la antigua pared de piedra. Nos miramos y una leve sonrisa apareció en sus labios. Sabíamos que Edgar y Felipe siempre estarían vivos en esas letras rojas, en ese tangible desafío a la muerte y al olvido. El dolor por la desaparición de nuestros amigos fue atenuado por la certeza de que vivirían eternamente en nuestro recuerdo, en la piedra viva más allá del tiempo.

Llegamos al cementerio en el más absoluto silencio. Entonces el llanto desbordó los diques donde se almacenaba el dolor y se expandió en la fresca mañana de abril. Cientos de personas se apiñaron alrededor de los dos agujeros oscuros donde quedarían nuestros compañeros. La tierra, madre cálida y acogedora, había abierto su vientre para recibirlos.

Pablo se levantó sobre nosotros y habló para todos. Su pequeña figura de barro antiguo se difundió en una luz intensa con cada palabra. Habló del adiós y del compromiso, del recuerdo eterno más allá del tiempo, de continuar aquello por ellos iniciado, del dolor que no puede ser expresado con palabras, pero que se hace pena tan honda que lastima. Habló de que los muertos quedarían sembrados en cada uno de nosotros y nos acompañarían en las batallas posteriores.

Nos marchamos en silencio, consternados. Atrás quedaban la sonrisa quebrada, el sueño lastimado, abonado de pena y de promisorio optimismo. Atrás dejábamos un pedazo desgajado de nuestras almas, con el que se nos iba también, sin poderlo evitar, un poco de nuestra juventud.

Laura y yo nos fuimos con nuestro amor a cuestas, con la responsabilidad común de alimentarlo y hacerlo crecer; de darle estatura y hacerlo vivir por encima de todo; de edificarlo a fuerza de ternura y de optimismo. Nos habíamos comprometido no sólo nosotros, no sólo con los amigos y su ausencia como huella indeleble. Éramos soldados de la vida y ella nos lanzaba a la batalla. No importaba qué iba a ocurrir mañana, sólo nos importaba seguir adelante.

Habíamos tomado la decisión de continuar la vida bajo el signo de la espada, en lucha contra los enemigos de la patria. ¿Estaríamos preparados? ¿Seríamos capaces de amar y luchar? No lo sabíamos; nunca se sabe si uno está listo para enfrentar el riesgo, el dolor y la muerte. Solo contábamos con la convicción de que era necesario cambiar las cosas, y con un notable y contagioso idealismo. Tal vez no fuera suficiente; pero nos bastaba para luchar por la patria.

5

En la más absoluta reserva se mantenía una estrecha vigilancia sobre los movimientos del teniente Rivas. Estábamos entusiasmados y esperábamos con ansias el día en que castigaríamos al asesino de Edgar y Felipe. Cada uno había asumido su tarea lleno de optimismo y con la convicción de que era un paso necesario para que nuestros enemigos supieran que la rabia del pueblo los alcanzaría en su propia madriguera. Mientras un reducido grupo de nosotros hacía prácticas de tiro, otros se dedicaban a no perder un paso al asesino. De no haber sido por la ayuda de los mayores, los obreros, hubiera sido imposible iniciar esta operación. Con paternal apoyo, paciencia y disciplina, nos iban preparando poco a poco.

La vigilancia realizada sobre los movimientos del teniente había arrojado dos posibilidades concretas para realizar el atentado: Rivas asistía con relativa frecuencia a una cantina cercana al centro de la ciudad, en la que permanecía por varias horas acompañado de dos soldados y de algunas prostitutas; en ese lugar se dedicaba a jugar barajas con algunos parroquianos asiduos al lugar: la ventaja de realizar el ajusticiamiento allí radicaba en que sus visitas siempre las efectuaba los martes y los jueves en horas de la noche. El teniente también visitaba a una amante que tenía en las afueras de la ciudad, lo que constituía otra posibilidad; sin embargo, estas visitas eran más difíciles de predecir: en casa de esta mujer, nombrada Zoila Barrios, permanecía hasta la madrugada. En cierto sentido, era mucho más fácil realizar la acción en este lugar, pero existía el riesgo de poner en peligro la vida de varios niños que vivían en la casa, hijos de la amante.

Luego de analizar ambas variantes, habíamos determinado realizar la acción en la cantina. Es cierto que era un lugar más concurrido, pero el hecho de que el teniente se relajara allí, bebiera a pierna suelta y compartiera despreocupado con las prostitutas, así como el horario nocturno y sistemático, favorecían nuestros propósitos.

Por su parte, los sindicalistas habían conseguido las armas necesarias: una subametralladora Schmeisser, una escopeta recortada calibre 12, dos revólveres Colt 38 y una pistola de 9 mm. Todas estaban ya en su poder y ellos consideraban que el potencial de fuego de que se disponía era suficiente para lograr los objetivos. Laura llevaría debajo de un abrigo la escopeta, mientras que Martha portaría la pistola de 9 mm. Por mi parte, yo utilizaría la metralleta, mientras que mis dos compañeros harían uso de los revólveres. Con esa organización, se garantizaba que los disparos realizados por Laura fueran efectivos. En caso de alguna dificultad, a Martha le correspondía realizar el tiro de gracia con la pistola. Yo me encontraría en la puerta con la metralleta para protegerlas y apoyarlas en caso necesario. Pablo y Manuel estarían a unos metros de mí para evitar la intervención de algún uniformado que apareciera de improviso en la calle y asegurar la huida hacia los autos.

Con respecto a los vehículos, se contaba con automóviles que se encontraban en buen estado técnico y que se disfrazarían al efecto con chapas robadas la noche anterior. Para garantizar la evasión y evitar la intervención de las autoridades en la escena del atentado, se determinó que varios sindicalistas, en unión del resto de nuestros compañeros, realizarían varios sabotajes con cocteles Molotov en diversos puntos de la ciudad, los cuales distraerían a la policía y a la soldadesca, permitiéndonos realizar la acción y escapar con facilidad.

También se había logrado la cooperación de Avendaño para que nos facilitara no sólo sus servicios médicos en caso necesario, sino también una pequeña finca que poseía en las afueras de la ciudad: allí nos esconderíamos luego de realizar la acción. La disposición del doctor para apoyarnos resultaba un factor importante para la ejecución de nuestros planes. Él había conseguido previamente los medicamentos necesarios para cualquier emergencia y habilitado la estancia donde nos ocultaríamos.

Todos los implicados directamente en la acción recibimos un entrenamiento en el manejo de las armas y analizamos más de una vez la forma en que realizaríamos el atentado. En varias oportunidades, tratando de no coincidir con el teniente, los mayores habían visitado el lugar: se hicieron planos, se analizaron las vías de escape y se manejaron todas las posibles alternativas. Nos sentíamos seguros de que el final alcanzaríamos el éxito en nuestra misión. Una sensación en la que se combinaba un profundo odio hacia los asesinos de Edgar y Felipe, así como la satisfacción de estar haciendo algo importante y necesario para nuestro país, reinaba en nosotros. Laura era una de las más entusiastas. Un día le pregunté:

—¿Estás segura de que podrás matar a Rivas?

—No te quepa la menor duda, Érico —me respondió y en sus ojos vi retratada la determinación—. Nunca he matado a nadie, pero tengo la certeza de que llegado el momento lo haré sin vacilar. En ese preciso instante pensaré en Edgar y Felipe, en el día en que me violó, en todo lo malo que ha hecho a nuestra gente. ¡Ten la seguridad de que mi dedo apretará el gatillo y que mi puntería será certera!

La abracé con cariño. Sufría callado al pensar en las circunstancias en que la vida había colocado nuestra juventud. En lugar de crecer sanos y llenos de esperanza, ávidos de vida y con fe en el porvenir, la violencia de los militares y la represión nos habían conducido a la violencia. Sin embargo, la nuestra era necesaria porque nos habían cerrado los demás caminos: era la respuesta del pueblo contra la represión; nuestro legítimo derecho a sobrevivir, a vencer tantos años de dolor.

Al fin llegó el día esperado por todos. Tomando las más estrictas medidas de seguridad, en correspondencia con nuestra incipiente experiencia en estas lides, nos concentramos en el Instituto. Luego de casi una hora de tensa espera, llegaron a recogernos. Las armas venían en los automóviles. Cada uno tomó la suya. Comprobamos que estaban en perfecto estado. Con cierto nerviosismo nos miramos. En el primer vehículo, manejado por don José, íbamos Laura, Martha y yo. En el otro venían Pablo, Manuel y el conductor.

En la medida en que los autos iban salvando la distancia que nos separaba de la cantina, el nerviosismo iba en aumento. Laura tomó una de mis manos entre las suyas como buscando fuerzas. La miré por un instante, ocultando mis propios temores. Contemplaba las calles casi oscuras que dejábamos atrás, para esconder a sus ojos las preocupaciones que me invadían. No quería que se preocupara por mí. Íbamos a una posible muerte y eso nos tenía conmovidos y tensos. Sin embargo, en esos momentos, yo pensaba que la Parca no podía destruir a una gente tan hermosa como Laura.

Marchábamos en silencio, tratando de adivinar lo que sucedería. En esos precisos instantes, no sé por qué motivo vino a mi mente el recuerdo de mi madre. ¿Qué pensaría ella si me viera envuelto en esta trama? Estaba seguro de que se sorprendería de que su hijo único, al que siempre veía como un niño, portara un arma en su regazo y estuviera dispuesto a disparar con ella: los hijos crecen ante los ojos de sus padres sin que estos se den cuenta; luego, un día se percatan de que son hombres y mujeres como ellos, que se han hecho de una vida propia y que son responsables de su destino. La vida es así, hasta cierto punto, una continuidad de destinos que se unen y se separan al antojo de las circunstancias; una madeja de acontecimientos que, a la vez, va conformando el destino de cada cual.

Al fin llegamos frente a la cantina, una edificación descolorida de la que salía, llevado por el viento de la noche, un corrido mejicano. Nos lanzamos del auto en una corta carrera que nos llevó a un salón mal iluminado. Previamente nuestras miradas habían escrutado cada pedazo de la calle en penumbras, tratando de detectar el posible peligro; en cuestión de segundos nos convencimos de que nada nos amenazaba. El local estaba casi vacío. Nuestros ojos se adaptaron de inmediato a la tenue luz y al denso humo de la estancia, y buscaron al teniente Rivas. Él y los dos soldados que lo acompañaban se encontraban sentados a una de las mesas del centro, en la que había varios vasos y una botella casi vacía de aguardiente. Uno de ellos era el soldado de rostro gorilesco que en aquella oportunidad me había golpeado impunemente. En el mostrador se hallaba el cantinero, conversaba animadamente con un cliente y una prostituta. Nos miraron con indiferencia. En sus ojos estaban presentes las huellas del alcohol. Ninguno, por supuesto, podía imaginar lo que sucederían unos minutos después.

Laura y Martha se acercaron rápidas a la mesa. Yo me coloqué justo a seis metros de ellas, en la puerta de entrada al local. El teniente y sus soldados dirigieron la vista hacia las muchachas. De inicio, las confundieron con una prometedora oferta de sexo barato. En la boca del oficial empezó a aflorar una sonrisa.

—Miren, muchachos, lo que nos ha traído la noche. Están bien buenas estas condenadas —se atrevió a decir y lanzó una carcajada. Pero la risa cuajó en una mueca cuando se dio cuenta de su error, de la mala pasada que le estaba jugando la vida. Se sorprendió al ver el rostro de Laura, apenas la reconoció. En la mirada de la muchacha pudo notar entonces el desprecio que sentía hacia él y fueron suficientes unos segundos para que se formara en su cerebro la señal de peligro. Trató de sacar el arma reglamentaria, pero lo detuvieron las oscuras bocas de la escopeta apuntadas hacia su pecho. Entonces comenzó a temblar. Los soldados se quedaron quietos, sorprendidos. Martha les apuntaba amenazadora.

—¡Pongan las manos sobre la mesa! —ordenó Laura.

Obedecieron asustados. El miedo se retrató en las miradas como fúnebre presagio. Los demás se quedaron quietos cuando me vieron apuntarles con la metralleta. En el local reinaba un silencio aterrador. Los ojos de la prostituta querían salirse de sus órbitas, mientras el cantinero intentaba fundirse en vano con la madera manchada y húmeda de la barra. Había miedo, un miedo tenso como un augurio.

El teniente no quitaba la vista de Laura. Veía el peligro ante sí, en la presencia de las dos muchachas que no dejaban de apuntarles con sus armas. La sonrisa había desaparecido de sus labios para convertirse en una mueca grotesca. Sabía que la vida se le iría y se resistía a aceptarlo. Todo en él se desplomó de pronto. Gotas gruesas de sudor caían por su frente cuando logró balbucear, temeroso:

—¿Qué van a hacer? ¡Por favor, no me maten!

Laura le respondió con una calma y un desprecio que me dejaron sorprendido:

—¡Teniente Rivas! ¡Venimos a ajusticiarlo en nombre del pueblo! Usted ha asesinado y maltratado brutalmente a nuestros compañeros. ¡Debe responder por todos sus crímenes ahora! No sea cobarde y enfrente la muerte como un hombre.

Rivas estaba prácticamente derrumbado, presa de un miedo atroz. Se desmadejó en su asiento y sus manos cayeron a su lado. Laura, intuyendo un peligro, apretó el gatillo de la escopeta. El cuerpo del teniente salió disparado hacia atrás. Entonces, cuando el ruido estrepitoso de la detonación aún rompía nuestros oídos, se formó un verdadero caos en el lugar. Los dos soldados se levantaron al unísono tratando de alcanzar sus fusiles. Martha logró disparar sobre uno de ellos, quien cayó fulminado a un lado del teniente. El otro, con una agilidad casi felina, se dejó caer bajo la mesa y mientras Martha disparaba en forma alocada hacia el lugar en donde había estado, el hombre tuvo tiempo de disparar sobre Laura, antes de que yo llegara corriendo a su lado y lo ultimara. No vi su rostro. No sé cuántos disparos hice contra él con mi metralleta, sólo que convulsionó en el suelo antes de que la vida se le escapara junto con la sangre que corría desordenada por el frío piso del lugar.

Martha y yo nos acercamos a Laura, temblorosos. Estaba semiinconsciente en el suelo y parecía muerta también. Sobre su hombro derecho, una mancha de sangre que crecía rápida. La levanté en mis brazos y me dirigí con ella hacia el exterior, enloquecido. Un dolor profundo me quebraba el pecho y en mis ojos las lágrimas comenzaban a desbordarse. Martha nos seguía con el arma lista. Afuera, una frágil calma parecía ignorar lo sucedido en la cantina. La noche nos apoyaba solidaria cuando iniciamos la fuga.

Cuando la calle nos recibió muda y silenciosa, cuando aún los vecinos no salían del sopor y la sorpresa, Manuel acudió de inmediato para ayudarme a meter a Laura en el primer vehículo. La colocamos en el asiento trasero. En segundos, el auto arrancó, se perdió en la oscuridad y buscó las afueras de la capital. El Chevrolet que manejaba Alfonso venía detrás de nosotros, inseparable. Mientras dejábamos atrás casas y calles fantasmagóricas, y huíamos del lugar de los hechos, yo no apartaba los ojos de Laura, que parecía dormir tranquila, las gotas de sudor empezaron a poblarle la frente. A ratos se quejaba, presa del dolor, y yo la apretaba contra mi pecho tratando de protegerla. En mis ojos quedaban algunas lágrimas, vivas como mi dolor y mi rabia.

Casi cuarenta minutos después, dejamos atrás la ciudad, una estrecha carretera y un polvoriento camino sinuoso e irregular y llegamos a la finca donde nos esperaba el doctor Avendaño. Apenas se detuvo el vehículo, bajamos a Laura, que permanecía sin conocimiento. Con cuidado la introdujimos en un rancho de paredes de adobe y techo de zinc, que emergía de las sombras como preludio de paz. Los perros ladraban a lo lejos, donde la oscuridad reinaba a su antojo y parecía dueña del destino. Penetramos en la estancia, mientras los autos se perdían en la noche llevándose a Manuel y a Pablo. Ellos tenían la tarea de desinformar a los curiosos del Instituto con la versión de que Laura, Martha y yo habíamos viajado al interior del país. A las familias les dirían parte de lo sucedido, pues había confianza en ellos, y les harían llegar el mensaje de que no se preocuparan y esperaran prontas noticias.

El doctor y yo colocamos a Laura sobre un catre. Martha nos acompañó hasta la habitación poblada por unos pocos muebles rústicos. Mi novia estaba inconsciente. Avendaño rompió su blusa y examinó la herida bajo la tenue luz de un candil. Luego de comprobar que no era peligrosa —la bala solo había afectado la masa muscular en la sección superior del brazo derecho—, suspiró aliviado. Limpió con precisión la herida y luego le inyectó un calmante y antibióticos.

Un rato después nos dirigimos a la sala. Martha fue a hacer un poco de café; el doctor y yo nos quedamos silenciosos en aquella oscura habitación. Me pidió con ansiedad que le relatara los acontecimientos; mientras lo hacía capté, en sus ojos, pese a la penumbra, un brillo de admiración y, también, preocupación por lo que sucedería más adelante.

—Estoy muy emocionado, Érico —me dijo con suave voz—; si en su momento nosotros hubiéramos hecho lo mismo, hoy muchas cosas serían diferentes. Lo sorprendente es que ustedes, casi unos niños, han logrado enfrentar a los criminales y les han asestado un golpe demoledor. Imagino que a partir de ahora todos recapacitarán mejor a la hora de torturar y asesinar a los hijos de nuestro pueblo.

—Lo comprendo, doctor —le respondí meditabundo—; pero... la historia cuenta que ustedes, en su juventud, también hicieron su parte. Sin embargo, coincido en que ,por primera vez, los jóvenes estudiantes de secundaria se han incorporado a la lucha. La represión ha sido un factor determinante en ello. ¿Habríamos ajusticiado a Rivas si este no hubiera este asesinado a Edgar y a Felipe?

No lo sé. Tal vez lo hubiéramos hecho, pero no ahora. Hubiéramos esperado otras condiciones. Por suerte, contamos con la guía de don José y los suyos. Su ayuda fue fundamental para dar este paso.

El doctor asintió con la cabeza.

—No sé realmente qué sucederá a partir de ahora —continué—, no lo sé. No creo que se queden tranquilos luego de la muerte de Rivas. Es casi seguro que nos buscarán.

—¿Piensas que el gobierno responderá al ajusticiamiento de Rivas con más represión? ¿Es eso lo quieres decirme? —me interrogó.

—Estoy seguro; pero, fíjese, doctor, han impuesto durante tanto tiempo la violencia que, por lógica, la gente se cansa. Si han surgido algunos brotes guerrilleros en nuestro país, es porque no han dejado alternativa. La represión ha conducido a la gente a la muerte y al exilio. Nuestra historia es una suma de asesinatos y desapariciones. ¿Qué puede importar un poco más de violencia? Por lo menos en este caso, estamos respondiendo con una violencia justa y necesaria. Si ven que el pueblo responde, que no se queda con los brazos cruzados antes sus abusos, serán más cuidadosos. Poco a poco iremos socavando su impunidad. Creo que el pueblo entenderá por qué ajusticiamos a Rivas y sabrá diferenciar entre la violencia revolucionaria y la oficial. Él será nuestro mejor juez y estoy seguro de que entenderá.

—Tienes razón, Érico —me dijo—, cuando conocí lo sucedido a tus compañeros y vi cómo desafiaban a los soldados frente al Palacio Nacional, comprendí que los tiempos van cambiando a la gente. Si me preocupa la respuesta del gobierno, es porque temo por ustedes; no quisiera que nada les sucediera. He llegado a quererlos como a hijos y su suerte es primordial para mí... yo siempre he sido un hombre solitario y hoy, que tengo la oportunidad de tener alguien a quien querer, me resisto a perderlo.

Lo miré con cariño. Comprendía a este hombre que se había unido a nosotros llevado por una mezcla de solidaridad humana, de profundo cariño hacia mí y por la genuina esperanza de ver cambiado al mundo. No sé cuál de esos factores pesó más en su decisión. Tal vez todos habían sido decisivos. Lo maravilloso era que estaba a nuestro lado, llenándonos de confianza y seguridad con sus constantes muestras de apoyo. Gracias a él contábamos con un refugio seguro, gracias a él Laura recibió la mejor atención médica y yo tenía muy cerca al padre que me hacía falta en esos momentos.

Al conocer al doctor, no me había sorprendido que entre los dos se iniciara una fuerte relación afectiva y una comunicación fluida. En la Argentina había convivido con personas mucho mayores que yo, relacionarme con ellas ayer, me ayudaba a entablar este tipo de relación más allá de la edad. Las diferencias cronológicas nunca serían una barrera para mi trato con las gentes.

Le aseguré que él y Laura eran mi familia, algo muy valioso para mi existencia y que gracias a ambos había conocido sentimientos muy nuevos para mí: "si Laura me ha hecho conocer el amor, usted me ha dado la amistad", le expresé.

El doctor se ruborizó como un niño y se pasó una mano por el pelo blanco, me sonrió como abriéndome su corazón. El anciano era feliz por muchas razones: empezaba a vencer una soledad cargada durante mucho tiempo y, a la vez, se sentía más útil a los demás.

Cuando cada uno de nosotros reflexionaba en silencio, nos llegó un ruido desde la habitación contigua. Nos levantamos como movidos por un resorte imaginario al sentir que Laura tosía ruidosamente. Yo corrí, asustado, hasta la cama donde yacía mi novia. Detrás, el doctor me seguía con su paso lento y cansado. La vimos tendida en la cama, bajo la luz mortecina del candil. Su rostro joven estaba desencajado por la fiebre. Parecía una virgen vencida, tirada de su pedestal. Abrió los ojos, cuando nos vio llegar al pie de la cama. Pude ver en ellos, donde siempre había brillado el verde luminoso de la primavera, un asomo de otoño triste y lastimado. Moviendo sus labios resecos, curtidos por la fiebre, me preguntó:

—Mi amor, ¿logré hacerlo?

Asentí con una sonrisa. Vd. cómo su cara se iluminaba más allá del dolor. Suspiró largamente. ¡Cuánta tristeza provocaba Laura en ese instante! Sentí la honda necesidad de arrebatarla y conducirla a otro lugar, donde la quietud y el sueño fueran verdaderos, tangibles. ¡Ojalá la vida me lo hubiera permitido! Entonces me dolió más que nunca nuestro tiempo; me dolió verla así, humillada por el dolor y la fiebre, quebrada su sonrisa en una mueca. Me acerqué a ella con una ternura que descubría en mí asombrado, nunca había pensado que pudiera amar así, con un amor que dolía. Pasé mis manos por su cara para mitigar la pena. ¡Ojalá mis dedos temblorosos pudieran limpiar de su rostro y de su alma tanto dolor, tanto invierno temprano que hería su inocencia! Luego de darle un poco de agua y besarla con ternura, le dije con suavidad:

—El teniente Rivas no lastimará a nadie más. Puedes estar tranquila: Martha y tú se portaron muy valientes. Estamos admirados de la actitud de ustedes.

Ella me sonrió y, con voz entrecortada, me pidió un beso. Suavemente, como queriendo llevar hasta sus labios todo mi amor, reconfortándola la besé. Estaba seguro de que podría derribar las barreras, vencer cualquier obstáculo y, sobre todo, llenarle el alma de ternura. Ella se apretó contra mí ante la mirada complacida del doctor. Martha lloraba en silencio su propio dolor, aquel que cobró estatura imborrable la ausencia de Edgar. La vida nos unía más allá de nuestras propias desgarraduras y aspiraciones. Un hilo invisible nos ataba, moldeando la certeza de un destino común. Las cartas estaban echadas sobre la mesa. ¿Qué ocurriría ahora? No importaba, estábamos juntos, amasando un futuro en el que confiábamos a fuerza de sufrir.

El cansancio nos fue venciendo y mis amigos se fueron a acostar. Yo me quedé junto a Laura, luego de prometerle al doctor que lo despertaría si la fiebre de la paciente aumentaba. Me arrodillé en el suelo y coloqué mi cabeza sobre el pecho de Laura. Así me quedé profundamente dormido y así me sorprendió el nuevo día. Afuera los pájaros gorjeaban su canto de siempre. Me desperecé con dificultad, tratando de vencer el insomnio y el cansancio; toqué la frente de Laura: la fiebre había bajado y eso liquidó en mí toda huella de fatiga. Ella abrió los ojos en los que empezaba de nuevo a aparecer juguetona la vida y me ofreció una sonrisa. Su rostro se iluminó. Volvía a ser ella a pesar de todo. Los cuidados del doctor, unidos a la resistencia de su cuerpo joven, habían dado fruto. Su piel había perdido la palidez anterior y adquiría un tono rosáceo en el que la vida trataba de mostrar su esplendor.

–Estoy como nueva. Solo me duele un poco el brazo. Ahora quiero levantarme y salir afuera. Quiero contemplar el amanecer.

Fui de inmediato a despertar al doctor, quien la reconoció y, ante sus ruegos insistentes, aceptó que se levantara de la cama. La condujimos al portal, donde se sentó junto a mí en una desvencijada silla de madera. El paisaje bañado por el rocío mañanero invadió nuestros ojos. Al fondo, las montañas se levantaban como dioses majestuosos e insolentes que, casi, alcanzaban el cielo. Pudimos ver también el camino polvoriento por donde habíamos llegado, el cual fragmentaba sin pudor un sembradío de maíz. Los árboles frutales servían de refugio a decenas de gorriones que piaban alocados su himno mañanero. Las gallinas picoteaban el suelo buscando su alimento bajo la mirada autoritaria de un enorme gallo de blanco plumaje. La vida bullía a nuestro alrededor con prometedoras esperanzas; la vida que anoche habíamos defendido a riesgo de la nuestra se nos aparecía ante los ojos cargados de rocío y transportados por la suave brisa mañanera; se nos metía, fresca y limpia, en los pulmones. Era la misma, a la que se había aferrado Laura con tenacidad, derrumbada por la fiebre y el dolor, la que hoy bailoteaba en su mirada.

Permaneció largo rato en silencio. ¿Quién sabe qué terribles pensamientos, dudas y preocupaciones agitaban su alma? Para ella era muy duro lo sucedido desde hacía más de un mes. La vida nos había hundido en circunstancias muy penosas: habíamos estado presos y sufrido crueles torturas psicológicas y físicas; habíamos perdido a nuestros compañeros; nos habíamos enamorados y nuestro amor cristalizara. A la felicidad alcanzada a pedazos, se había sumado la preocupación permanente querida que se integraba a nuestras vidas. Una pena más se sumaba a las otras.

–¿Qué pasará ahora? –me preguntó con una desgarradora tristeza en la voz.

–No lo sé, mi amor –le respondí–, por ahora deberemos permanecer un tiempo aquí, ocultándonos. Es posible que las autoridades investiguen y descubran quiénes participamos en el ajusticiamiento de Rivas. Si es así, nos buscarán por todas partes... Es preciso esperar por don José, quien se comprometió a traer noticias de la ciudad.

–¿Somos criminales como ellos? –suspiró.– Me asusta no sentir remordimientos. Siempre creí que matar a alguien afectaría mucho y ahora me sorprende estar como vacía. Sé que castigué a un asesino, vengué a mis compañeros y limpié la ofensa que me hizo; sin embargo, no tengo el más mínimo deseo de vanagloriarme. Una parte de mí está tranquila pero otra, tal vez la más íntima, se resiste. Estoy segura de que nunca seré igual a Rivas.

–Te entiendo, Laura, te entiendo... No sé si fue correcto haber matado a Rivas, pero no me cabe duda de que sí lo merecía. Hay momentos en que la justicia y la ley fallan y no queda otro camino que apropiarse de ellas. Si no hubiéramos tomado cartas en el asunto, Rivas seguiría asesinando sin piedad a nuestros compatriotas. Debes estar tranquila. Nosotros no debemos culparnos ni martirizarnos. Otros nos juzgarán algún día por estas muertes y las que vendrán. Para cuando llegue ese momento no les cabrá la menor duda de que fue un acto necesario y justo a la vez. Nos ha tocado vivir una época horrible, dolorosa y la propia vida es quien nos obliga a defendernos. Creo sinceramente que no nos quedaba otro camino.

Laura sonrió entonces resignada, tal vez más tranquila. Algo muy doloroso corría por sus pensamientos, lacerándola. "Yo debería estar siempre a su lado para cuidarla", me dije interiormente, "para protegerla incluso de ese dolor que aplasta el alma y nos persigue por dondequiera que vamos". Sentada así, entre el rocío y el fresco saludo del día que nace, la sentía muy cercana y necesaria. Tenía la certeza de que en otras circunstancias no la hubiera amado así. Ella sería una muchacha cualquiera que uno conoce y recuerda o no, cuando el tiempo pasa indiferente. El destino enlaza a las gentes de forma misteriosa. Puede, incluso, que uno termine la vida saboreando la frustración de no haber encontrado su media naranja, aquella que imaginó, que intuyó para sí; ese ser perfecto o no, pero capaz de armonizar nuestras vidas y complementarnos. En algún lugar del mundo late ese corazón capaz de andar a nuestro ritmo, de esperanzarse con nuestros mismos sueños y compartir nuestros anhelos con fuerza y determinación. Afortunados son aquellos que lo encuentran. Agraciados los que, una tarde, bajo el sol o la lluvia, encuentran esa alma gemela; la descubren o la avizoran sólo en una mirada furtiva e insinuante, en una sonrisa prometedora y limpia de manchas como un jazmín. Así había sucedido con nosotros: no tenía dudas. Martha y el doctor me sacaron de mis cavilaciones; cada uno traía par de tazas de humeante café. Se sentaron junto a nosotros a contemplar la mañana y disfrutar la bebida.

—Bueno, muchachos —confesó el médico con un tonillo especial—, ustedes han tenido el privilegio de ver el mundo secreto al que me escapo a cada rato. Desde hace varios años compré este lugar y vengo con relativa frecuencia a refugiarme aquí. Pienso que todos debían tener un lugar así que les sirva de abrigo.

–¡Es muy bello! –exclamó Laura–, después de todo, creo que somos privilegiados por tener un país tan lindo. Hay lugares tan hermosos... Cada cual podría tener su refugio en este paisaje. ¿No es cierto, mi amor?

–Sí –le respondí–, estoy seguro. Ya nosotros tenemos el nuestro y nos apoderamos de él sin pedirle permiso a nadie –pensaba en el lugar de nuestro encuentro. Ambos recordamos la vieja fuente de la plaza, donde nos habíamos conocido y donde fue naciendo nuestro amor, más fuerte que nosotros. Allí, en medio de tanta desventura, donde nació esta ilusión; habíamos convertido el mudo paisaje de piedra centenaria en parte de nosotros, en carne viva y palpitante. Había sido nuestro refugio ante el dolor, el marco para continuar la vida, a empujones, de grito en grito, de paso en paso.

Avendaño lo sabía. Él conocía nuestra breve historia de amor. Por eso no nos extrañó que se sonriera luego de mirarnos paternalmente: él disfrutaba nuestro idilio como propio, vivía sus viejos sueños incompletos, los rescataba y los hacía posibles. Para este hombre viejo y cansado, convivir con nuestra experiencia significaba volver a vivir con una intensidad inusitada. De pronto, había recuperado la sonrisa; la esperanza le renacía como un amanecer esperado y había recobrado con nosotros la juventud perdida.

Martha, salió de su mutismo contenido y dijo con infinita tristeza:

–¿Saben?, Edgar y yo teníamos también nuestro paisaje. Cuando salíamos del instituto, muchas veces nos íbamos a conversar a un pequeño parque que está cerca de mi casa. Allí nos quedábamos horas y horas, soñando en silencio. Sin él, ese parque ya no será el mismo, ni yo tampoco seré la misma persona. Siento como si la vida me hubiera arrancado algo muy valioso y muy difícil de volver a encontrar.

No pudo contenerse y lloró desesperada delante de nosotros. Laura también lloró, por ella y por el miedo contenido a perderme. El doctor y yo nos miramos conmovidos. Mientras las dos muchachas sollozaban su pena, sentimos el motor de un auto que se acercaba: nos pusimos en guardia, una señal de alerta se apoderó de nuestros cerebros.

El doctor nos hizo entrar al rancho, donde esperaríamos cualquier desenlace. Desde la ventana entreabierta de la habitación, pude ver a don José y a Manuel descender del auto. El susto se nos fue pasando con la misma rapidez que había llegado. Salimos a recibirlos, pero el viejo dirigente sindical fue el primero en llegar a donde nos encontrábamos.

—¿Cómo ha seguido la enferma? —preguntó mirando a Laura y dirigiéndole una sonrisa, mientras abrazaba tiernamente a Martha.

—Bien, don José, bastante bien... —le dijo mi novia y con impaciencia demandó—, ¿qué noticias trae de la capital?

Nos quedamos muy serios y callados, esperando la respuesta y urgiéndolo con las miradas. La expectación nos sujetaba como presas indefensas y no podíamos ocultar la curiosidad. El padre de Edgar no nos hizo esperar más:

—Les contaré que la operación resultó todo un éxito. El teniente Rivas murió, al igual que los dos soldados. En la cantina se formó un tremendo alboroto, pero mucho después que ustedes se marcharon. El cantinero y las otras dos personas, que estaban en el lugar, no pudieron dar ningún dato de interés, a pesar de que fueron rigurosamente interrogados. Las autoridades piensan que fueron guerrilleros urbanos. Hoy en la mañana, varios grupos de soldados y policías fuertemente armados, patrullaban la capital. Se les veía temerosos... Por otra parte, la gente no para de especular. Las operaciones de distracción fueron exitosas también y anoche explotaron dos petardos y se quemó el auto de un oficial del ejército; todos piensan que fue una acción ejecutada por una organización rebelde. Incluso, mis propios compañeros del sindicato, los estudiantes universitarios y gente del partido piensan así. Para todos fue una sorpresa y lo sería más, si supieran que fueron estudiantes del Instituto, quienes causaron los acontecimientos.

—Por lo pronto —añadió Manuel— puedo asegurarles que nadie sospecha de ustedes. De todas formas, creo que sería prudente esperar unos días hasta que todo se calme. Antes de venir para acá visité a sus familias y las tranquilicé. Doña Lola, Laura, pide que te cuides, aunque yo no le conté lo sucedido. Por su parte, los padres de Martha también están de acuerdo con que es mejor que permanezca aquí —se quedó callado por un momento, el tiempo suficiente para percatarse de mi ansiedad por saber de mi familia.— En tu caso, Érico, tu tía Luisa estaba muy intranquila, ya tú la conoces; pero el saber que estabas con Avendaño la calmó bastante.

Manuel también había traído noticias de los otros muchachos:

—El resto de la tropa cumplió, como ya saben, las tareas encomendadas. Están entusiasmados. Hablé con ellos en la madrugada y están esperando nuevas orientaciones. Haber castigado al asesino de Edgar y Felipe les ha inyectado profundos deseos de continuar la lucha.

—Ahora es importante esperar unos días —le dijo Laura a Manuel—; a ti te toca calmar a los muchachos y decirles que no hagan nada que no haya sido cuidadosamente pensado. El peligro no ha pasado y estoy segura de que las autoridades empezarán a sospechar muy pronto. ¿No llamará la atención el que no nos hayamos llevado las armas de Rivas y los otros soldados? Si hubieran sido guerrilleros, lo primero que hubieran hecho sería eso. Este solo error nos puede colocar entre los sospechosos si se detienen a pensar en ello. Creo que por unos días hay que estar tranquilos. Hay que hacer que esta gente recupere la confianza y entonces decidiremos qué hacer. Por ahora, es vital que Antonio, Pablo, Ramón, Leticia y los otros, hablen con los estudiantes y conozcan sus criterios acerca del ajusticiamiento de Rivas. Es importante que comprendan que fue un hecho necesario y justo. La labor de convencimiento y de captación de más compañeros para la lucha es tarea de primer orden.

–Quiero que les digas a mis padres que estoy bien –dijo Martha–, pero no es prudente que ellos traten de averiguar dónde estoy. Este es un lugar seguro y no es conveniente ponerlo en peligro. Convéncelos de que estoy bien y que pronto regresaremos.

–Yo también había pensado en eso –apuntó persuasivo el doctor–; este lugar podría servir cualquier día para nuevas contingencias y mientras menos gente sepa de su existencia, será mejor para todos.

Estuvimos de acuerdo en este punto. Para cada uno de nosotros, los acontecimientos vividos significaban el inicio de una forma de lucha y contar con un lugar seguro era muy necesario. Esta convicción, compartida en secreto por todos, hizo que don José nos dijera:

–Es importante también mantener en el más absoluto secreto nuestra participación en el ajusticiamiento de Rivas... ya demasiadas personas lo conocen. A partir de ahora es necesario ocultar lo que hagamos, que sólo lo conozcan quienes participen. Es cierto que yo conozco a compañeros muy valiosos dentro de las filas obreras y en el partido. En las filas estudiantiles hay muchachos dispuestos a todo. Llegado el momento, iremos integrando a otros combatientes en la medida en que sea necesario y sólo cuando estemos convencidos de su entrega a la causa y de su entereza personal. ¿No les parece? Seremos selectivos en cuanto a las acciones de guerra, pero amplios en la incorporación de gente a la lucha abierta, a la lucha de masas.

Estuvimos de acuerdo y así se lo confirmamos con un movimiento afirmativo de nuestras cabezas.

Martha y Manuel fueron hacia la cocina a preparar un caldo de pollo para la "enferma" y para los demás: nuestros estómagos reclamaban con urgencia algún alimento. Sin percatarnos, dábamos los primeros pasos hacia el clandestinaje. Nuestro grupo había ejecutado su primera acción de forma exitosa, con armas prestadas por otros y sin haber valorado la importancia de tener nuestros propios medios de guerra, error que nos llevó a desperdiciar la oportunidad de apoderarnos de las armas de Rivas y sus acompañantes. Por otro lado, contábamos con nuestra primera casa de seguridad en las afueras de la capital, aunque era conocida por muchos, lo que violaba las más elementales normas de compartimentación. El hecho de que nuestro grupo apenas había comenzado su accionar, nuestra juventud y una innegable dosis de suerte fueron los factores que nos permitieron salir airosos de estas aventuras iniciales. Poco a poco, fuimos asumiendo esa nueva necesidad vital para la supervivencia: la de ser cautos y no confiar en la suerte, la de dejar atrás la inexperiencia.

A partir de este momento, las cosas cambiarían para nosotros y todo sería diferente. Se acabaría la tranquilidad de una vida cotidiana sin sorpresas; tendríamos que decir adiós a las aulas y a la familia, adiós a los juegos juveniles y al primer amor. Era muy posible también que nos tocara perder la vida. Todo era posible, incluso amarnos desesperadamente y sin futuro. Pero lo más importante era haber roto la inercia, haber iniciado ese camino sin regreso, en el cual cada uno acepta su destino con la convicción de que era lo mejor. Para Laura y para mí ese destino era la mejor opción, era el precio por amarnos como estábamos aprendiendo a hacerlo.

6

Los días fueron transcurriendo en la finca del doctor, perdidos de todo contacto con la gente y nuestros familiares en la capital. En ocasiones vino a visitarnos don José con alguno de los muchachos, y nos traían noticias frescas y cartas de la familia, así como una importante cantidad de libros.

Luego de casi diez días, llegamos a la conclusión de que la muerte de Rivas iba siendo olvidada. Sin embargo, tras la calma, se mantenía un permanente y riguroso control de las autoridades en toda la ciudad. Era evidente que don José tenía razón al tratar de que siguiéramos alejados por el momento, aprovechando la recuperación de Laura.

Mientras, el pequeño grupo integrado por el médico, Martha, Laura y yo no permanecía inactivo. Bien temprano realizábamos ejercicios bajo la tutela de Avendaño para mantenernos en forma. Luego caminábamos unos diez kilómetros por la zona como si fuéramos excursionistas. Poco a poco, los vecinos de la región se iban acostumbrando a nosotros sin sospechar. Incluso varios soldados acantonados en la zona se hicieron visita ocasional de la finca, donde los invitábamos a almorzar. Uno de ellos, Luís, de marcado origen humilde, había trabado una fuerte relación conmigo: le enseñaba a jugar ajedrez y pasábamos momentos agradables recordando viejas leyendas transmitidas de generación en generación por la gente de su pueblo; en otras ocasiones jugábamos al fútbol. Laura se había encariñado con doña María, la vieja indígena que cocinaba en el rancho. Don José la tenía empleada desde hacía mucho tiempo y era como una madre para las muchachas. Esa humilde señora le recordaba a Laura a aquella otra viejecita que la había criado, llenándola de mimos y profundo cariño. Cuando las veía juntas en la cocina, me sentía invadido por una inexplicable sensación de paz y tranquilidad hogareña. Fueron días en los que mi corazón sufría una valiosa transfusión de felicidad.

Cuando no había visitantes inoportunos en la finca, nos dedicábamos a leer la historia del país y discutíamos acerca de las permanentes desventuras de nuestro pueblo a lo largo de los años. La verdad era que cada tema nos conducía a la misma conclusión: la historia de nuestra patria estaba subordinada a los intereses de los explotadores; nunca los humildes habíamos tenido la más mínima oportunidad para hacer valer nuestros derechos. En las contadas ocasiones en que habían sido tenidos en cuenta, fueron usados como instrumento de los poderosos y cruelmente burlados. Cualquier asomo de libertad y cualquier genuina aspiración eran motivos para un baño de sangre que llenaba de luto y amargura los hogares de los pobres.

Bajo la débil luz de un quinqué nos invadía la certeza de que habíamos tomado el camino correcto. Trabajaríamos por la gente de aquí, la más sufrida, la que había carecido siempre de oportunidades, aquella gente sencilla que encontró la felicidad en una leyenda empolvada por el tiempo, la cual habla de una época mejor ya pasada y duerme malherida en el recuerdo. Por esa gente nos tocaría luchar a costa de cualquier sacrificio y nos disponíamos a dar lo mejor de cada uno de nosotros.

Junto a esta toma de conciencia y al fortalecimiento de los cuerpos, había momentos en que Laura y yo nos dedicábamos a cultivar nuestro amor. Algunas tardes íbamos al río que se encontraba a unos doscientos metros del rancho, al fondo de la finca, para bañarnos y estar juntos y solos. Allí permanecíamos largo rato sin ser molestados por nadie. Este lugar, perdido en un distante paraje donde nacen las montañas, se había convertido en el sencillo pesebre donde amamantábamos el pequeño fruto que crecía entre los dos. No había fronteras para las caricias, ni miedo o incertidumbre con respecto al porvenir. Quien ha conocido el nacimiento de la felicidad y el amor puede imaginar cómo me sentía al lado de Laura. Para mí, todo se reducía a estar tan cerca de ella, que nuestros alientos pudieran confundirse en uno solo.

Una tarde sucedió lo que ambos esperábamos desde hacía tiempo. No sé si fue el revoloteo de los pájaros sobre las ramas de los árboles que protegían el arroyuelo, o la tarde que llegaba calmada y sugerente, o la caricia tibia del agua sobre nuestra piel; lo cierto es que empezamos a acariciarnos en silencio, movidos por una fuerza desconocida. La tenía entre mis brazos, temblorosa, mirándome. El negro pelo mojado caía desordenado sobre los hombros. El bello rostro estaba perlado por finas gotas de agua que abrían surcos de luz y refulgían ante mis ojos. La blusa blanca, mojada y pegada a su cuerpo, descubría los senos pequeños y erectos. Nos besamos de nuevo, pero ambos sabíamos que era diferente. Cuando nuestros labios se encontraron, algo sacudió nuestros cuerpos. Nadie nos había enseñado ni preparado para este instante, nos dejamos llevar por el instinto y descubrimos sorprendidos la avalancha de nuestra sexualidad.

Allí estábamos, la pasión que nacía en nosotros con la vitalidad de lo desconocido ponía en función cada célula nuestra. Bajo el haz de luces que penetraba el espeso follaje de los árboles, bañados por el agua limpia y cristalina, los cuerpos desnudos eran el territorio que surcaban las manos. Nos besábamos con infinita ternura. A la calma de una caricia tierna, sucedía el desordenado y tormentoso aletear de mi virilidad. No había reglas para ese amor contenido, sino entrega abierta y limpia, era búsqueda y ofrenda desesperada. Así, cada uno dio al otro su amor primero. Le di a Laura mi virginidad sin rubor y sin miedo, y descubrí en ella nuevos mundos capaces de ser explorados, sin importar el tiempo transcurrido, aunque en ello tuviera que emplear la vida toda.

Un rato después estábamos tendidos, desnudos, sobre la rivera del arroyo. La última barrera se había desmoronado ante el empuje desesperado del amor, que va más allá de la necesidad de estar uno junto al otro; descubríamos que la dicha es más amplia que la caricia solidaria que reconforta ante el dolor. Habíamos encontrado esa tarde la capacidad de brindar el placer de sentirse prolongado más allá de la piel y de la carne.

Confieso que me hubiera gustado que el tiempo se congelara para siempre. Nada me importaba más que estar junto a ella, entregándonos sin miedos ni sobresaltos al hasta entonces desconocido goce. Supe que los besos pueden ser más, que hay sensaciones nuevas que tensan los cuerpos y los conducen a parajes desconocidos donde descubrimos un placer irrenunciable, que amar a Laura era una entrega sin límites, sin reparos.

Tuve su cuerpo limpio como la tarde aquella vez. Entré sin temor en el húmedo rescoldo donde ella latía para mí, ardimos ambos en un fuego acogedor y capaz de fundir nuestra piel para convertirla en una. Así permanecimos tendidos, con nuestra desnudez como bandera y la ternura como escudo.

–¿Te sientes bien? –preguntó ella, tan ruborizada como yo, mientras me miraba con una ternura casi infinita.

–Me siento muy feliz, mi amor –confesé perdiéndome una vez más en sus ojos esmeraldas, me siento feliz.

Entonces la atraje hacia mí otra vez, pensando que podría hacerlo sin llegar a cansarme. Nos besamos con pasión; mis manos buscaron en su cuerpo aquellas partes que me recibían, ávidas de mí; construimos nuestro amor con caricias más amplias y completas; nos fundimos los dos en el promisorio estado en que el placer y la ternura se amalgaman en un reconocimiento infinito de lo necesario e imprescindible.

Así hubiéramos permanecido mucho tiempo, pero nos interrumpieron los gritos de Martha, que nos llamaba. Nos vestimos, rápidos, y fuimos en su búsqueda. La sonrisa de su rostro, cuando nos acercamos, hizo que nos diéramos cuenta de que adivinaba lo sucedido entre los dos. La sonrisa se transformó en mirada burlona cuando vio que nos ruborizábamos ante ella.

–Ha llegado don José a visitarnos –dijo con su mirada pícara–. Él quiere hablar con todos.

Ante la presencia de nuestro entrañable compañero de las primeras batallas, apuramos el paso. Estaba seguro de que él era de esas gentes que siempre son noticia agradable. Unos segundos después, entramos al rancho y lo divisamos junto al doctor. Nos recibió con una sonrisa paternal y una mirada en que estaba presente, sin mucho esfuerzo, la esencia de su ser bondadoso y recto.

–¿Qué les sucedió? Creímos que los habían secuestrado –manifestó con una sonrisa burlona.

Laura y yo bajamos los ojos. Nuestras manos se buscaron en silencio y las fundimos en un abrazo. Una carcajada general se escuchó entonces en la sala rústica del rancho. Los amigos se burlaban de la inocencia y el pudor que revelaban nuestras mejillas. Don José vino en nuestra ayuda, solidario, cuando dijo:

–No se sientan apenados, el amor es un bello delito. Mientras tengan la posibilidad de mostrar lo que sienten, háganlo. Tienen derecho a amarse sin reservas... La vida es tan corta y compleja, que no se puede dejar escapar un minuto de felicidad. Fue sincero, pensaba en su hijo, al que la vida no le había dado la oportunidad de amar con intensidad cuando la muerte lo arrebató.

–¡Gracias, don José! –dije un poco más tranquilo.

El padre de Edgar tomó la palabra de nuevo:

–Han pasado ya casi veinte días desde que ustedes andan por aquí y creo que hay que pensar un poco en el futuro. Está el problema de las clases de Martha y de Laura; ya en el Instituto se está haciendo notar su ausencia y ello puede ser peligroso. Creo que ha llegado el momento de que regresen a la capital.

Laura me miró un instante a los ojos antes de dar su

opinión al respecto:

—Creo que don José tiene razón. Sin embargo, debemos pensar bien las cosas. Tengo la convicción de que nuestra generación, por desgracia, tiene tareas más importantes que continuar en las aulas. Martha debe mantenerse en el Instituto, donde puede ayudar en la organización de los muchachos para continuar la lucha estudiantil, que es muy necesaria; nuestro pequeño grupo debe seguir adelante. En mi caso... he decidido dejar las clases. Me duele hacerlo. Quisiera haber sido doctora como Avendaño, Y quizás algún día lo logre. Pero... ¿de qué sirven los hospitales y los médicos si la gente se muere de hambre o es asesinada? Primero hay que cambiar este estado de cosas, para luego pensar en los remedios del cuerpo. Pienso que... debemos formar una célula que actúe con las armas contra los enemigos, un destacamento armado y, si es necesario, incorporarnos a los grupos guerrilleros que actúan en el país.

—Estoy de acuerdo —dije con firmeza—, también me dedicaré a ese objetivo. Es posible, como dice Laura, que contactemos con algún grupo guerrillero o que formemos el nuestro; eso se verá más adelante. Por ahora somos unos pocos, pero en la medida en que avancemos, podremos sumar a los obreros de don José y a algunos campesinos de por aquí. En este lugar hemos visto cómo vive el pueblo. Si las condiciones de vida de los pobres de la ciudad son desastrosas, aquí son todavía más crueles. Esta gente humilde debe ser la cantera de nuestro destacamento.

Don José había permanecido en silencio. Su cerebro estaba formando un cuadro más completo acerca de nuestros criterios y los comparaba con los suyos propios. No había que ser un mago para darse cuenta de que los compartía. Este viejo trabajador, de vasta experiencia en las batallas por los derechos obreros, había sufrido en carne propia la violencia contrarrevolucionaria del gobierno. Su formación de lucha lo había conducido a la convicción de que, en esos momentos, era necesaria la violencia revolucionaria junto a las luchas políticas y sindicales que se llevaban a cabo a lo largo del país. No había otra alternativa posible. La frustración acumulada a causa de la represión y el engaño de la burguesía nacional durante la aparente apertura democrática, habían calado muy hondo en el corazón de este hombre humilde.

—Creo que tienen razón. Un pequeño grupo de nosotros debe dedicarse a crear las condiciones para pasar a la lucha armada; debe estar integrado de inicio por pocas personas y permanecer en el más absoluto secreto. Les propongo que esté formado por tres compañeros míos y algunos de ustedes. Si no hay inconveniente, me llevaré a Martha conmigo para que ella converse con los muchachos del Instituto y seleccionen a sus representantes, entre los que considero que se han ganado un lugar Érico y Laura. Después realizaremos una reunión en la que trazaremos los objetivos y tareas. Todos tendremos trabajo. Hay que entrenar a la gente no sólo en el manejo de armas, sino también en el dominio de las más elementales reglas del clandestinaje... Habrá que hacer una adecuada selección de la zona donde operará el grupo, lo cual es decisivo; buscar armas y medicinas; conseguir casas de seguridad en la ciudad y bases de apoyo en el campo... No son tareas fáciles y requieren de la incorporación de muchas personas. Todos tendremos que aportar nuestro granito de arena en esta etapa. Más adelante, cuando se hayan creado las condiciones mínimas, seleccionaremos a quiénes incorporar en la guerrilla urbana o en el destacamento en el campo. ¿Les parece?

Estuvimos de acuerdo con el viejo. El entusiasmo se apoderó de nosotros. Si el ajusticiamiento de Rivas había representado un reto enorme, las tareas que estaban por llegar creaban en cada uno de nosotros la convicción de que asumíamos no sólo una enorme responsabilidad, sino también un riesgo mucho mayor.

—Yo sé, Martha, que podrás convencer a los muchachos. Es importante que entiendan que el atentado contra Rivas demostró que podemos hacer cosas superiores. No podemos verlo como un acto aislado. No fue una respuesta provocada por la rabia del momento, sino mucho más: el despertar de una nueva forma de lucha

–No te preocupes, Laura, yo también lo entiendo así –respondió Martha con seguridad.

–Lo importante, muchachos, es no desesperarse. Tengo bien claro que ustedes apenas si se estrenan en la vida y créanme que he dudado... –dijo José–; sin embargo, han demostrado un valor y una conciencia ejemplares. No me cabe la menor duda de que podrán llevar a cabo esta nueva empresa. No quiero que ninguno se engañe: no va a ser fácil. Quien vea esto como una aventura propia de las películas, se engaña. ¿Me entienden? Aquí se va a arriesgar la vida minuto tras minuto; el sacrificio será constantemente y es posible que muchos de los que iniciemos el combate no veamos el triunfo. Será necesario cambiar nuestra vida, pasar necesidades y momentos difíciles. ¿Están dispuestos a enfrentar esa realidad?

Los tres asentimos de inmediato. Avendaño y don José nos miraron con orgullo, como se mira a un hijo merecedor de la confianza de sus padres. Por mi parte, no pude menos que admirar la seguridad que transmitían Martha y Laura en ese momento, la hidalguía que había en sus miradas.

Luego de que se marcharon don José y Martha, nos quedamos largo rato callados en el portalón del rancho. La noche había llegado hasta nosotros, trayéndonos su acostumbrada carga de estrellas luminosas, el canto de los grillos y el aullar solitario de un coyote. Nos rodeaba una calma contagiosa que se apoderó de cada uno de nosotros. Otra vez pensé que el hombre se lleva en la vida, prendidos a él, varios paisajes de los que no puede apartarse jamás. Si hay un lugar en el mundo que se parezca más a mi propio corazón, es el de esa noche hecha para el amor y para la paz.

–¿En qué piensas? –preguntó Laura tomando entre las suyas una de mis manos.

–En este lugar, en su calma contagiosa que parece penetrar muy dentro del corazón. Me preguntaba si en estos momentos otros contemplarán el cielo como nosotros. Sería maravilloso juntar un día a todos los hombres de la tierra y decirles: "¡Este es su mundo! ¿Por qué no se dedican a cuidarlo mejor y aprenden de él en lugar de matarse entre sí?".

—Es cierto, Érico..., sería maravilloso. ¿Sabes que a veces he deseado ser una estrella? —dijo con una sonrisa en los labios.

—¿Para qué, Laura? ¿No te parece que estarías muy lejos de mí?

—No creas, mi amor. Las estrellas pueden estar muy lejos de la tierra; sin embargo, tocan a todos con su belleza y su luz. ¡No te imaginas lo necesarias que son¡ ¿Imaginas cómo sería el mundo sin estrellas?

—Creo que se parecería a mí, si algún día llegas a faltarme.

—No seas tonto, sabes que nunca te voy a faltar.

Un rato después, escuchamos, como siempre, las transmisiones de Radio Habana Cuba. Desde aquella isla lejana, y a la vez tan cercana, llegaban a nosotros las últimas noticias acerca de cómo este pueblo valiente se defendía y construía un mundo mejor. Cuba llegaba a nuestros corazones con su mensaje solidario y reforzaba nuestra fe en el futuro. Cada uno de nosotros experimentaba la certeza de que la lucha era justa y sus fines alcanzables.

Luego de un rato, el doctor se fue a dormir; nos dejó en la oscuridad y en compañía de una luna llena que trataba en vano de platearlo todo a nuestro alrededor. Laura permanecía muy callada. Yo me había acostumbrado a no interrumpir sus reflexiones cuando ella se encerraba en el silencio y en no sé qué pensamientos; pero esta vez era diferente: muy adentro le bailoteaban enormes preocupaciones que hacían mella en su alma bondadosa y tierna.

—¿Crees que alguna vez triunfaremos como lo hicieron en Cuba? —preguntó de repente.

—No sé, mi amor, no lo sé —dije mirándola a los ojos.—

Es posible que nos toque esperar mucho tiempo para llegar al fin. Tal vez la vida nos ofrezca el privilegio de ver el triunfo, mientras estamos haciendo algo para alcanzarlo. Eso es lo que importa.

–¿Y si no lo logramos? ¿No sería muy triste? –preguntó con una dolorosa melancolía.

–Duele pensarlo. A mí me ocurre igual. A veces me detengo a pensar en nosotros y tengo un miedo terrible de perderte... no sé qué sería de mí, si tú me faltaras... Cada minuto es ahora un minuto contigo, cada parte de mí es una parte tuya. No puedo concebir no verte junto a mí. Pero creo que es mejor pensar con optimismo, no martirizarnos por gusto. Estoy seguro de que veremos el triunfo, no te quepa la menor duda.

Ella suspiró profundamente y tomó mis manos entre las suyas. Una lágrima rodó por sus mejillas, como muestra de una resignación en la que la felicidad trataba de sobrevivir al dolor y la incertidumbre. Ese pedazo de azogue, que brillaba en su rostro bajo la luz de la luna, era el grito angustioso de mis mejores sueños quebrándose en la vida. Lo sabía y me costaba ser fuerte ante la injusticia, me costaba aparentar indiferencia cuando me debatía en las mismas preocupaciones. Entre los dos había nacido algo importante y valedero, superior a nosotros mismos, algo que habíamos depositado en los brazos del tiempo para que nos sobreviviera y temíamos no ser capaces de eternizarlo. Ese algo por lo que luchábamos, era nuestro amor. Era lo que nos daba fuerzas para pasar por encima de las adversidades, lo que nos mantendría vivos y eternamente unidos, incluso más allá de nuestro tiempo.

–¿Sabes? No me importaría morir sin ver el triunfo, si al menos puedo ir un día a Cuba. Te lo comenté una vez. Creo que con estar un rato por allá, me quedaría conforme, porque tendría la posibilidad de ver el sueño realizado, de palparlo con mis manos... Sería como tomar fuerzas, como rescatarme de tanta noche oscura para ver, aunque fuera fugazmente, un poco de felicidad y vivirla intensamente. Y allí estaría contigo. Libre como las estrellas. Sería suficiente para mí. Recuerda que me prometiste que un día iríamos a ver a Fidel, ¿no es cierto?

–¡Sí! Te lo prometo y te lo recontraprometo tantas veces como sea necesario –dije aparentando un poco de alegría.– ¡Tú verás Cuba, mi tesorito de ojos verdes!

Ella se rio también, imbuida de confianza. Se nos había ido la tristeza y la esperanza cobraba estatura entre los dos. Ambos teníamos la capacidad de desterrar la nostalgia con solo amarnos, con estar bien juntos y abrazados. Entonces me dijo en un tono pícaro y sugerente:

–¿Nos acostamos?

–¡Claro! –le respondí, mientras sentía dentro de mí el recuerdo de aquella tarde, quemándome la hombría.

Esa noche, Laura y yo dormimos juntos por primera vez. No hubo necesidad de consultarlo con nadie. Ni tan siquiera el doctor se interpuso en la que sería, a partir de ese momento, una costumbre para los dos. Simplemente se había despedido y fue a acostarse en la habitación donde antes habíamos dormido él y yo, dejándoles la otra a Martha y a Laura.

Luego de entregarnos de nuevo a esa práctica en que el amor se concreta más allá de la palabra, el sueño nos sorprendió. Mis ojos se cerraron en el momento en que el perfume de su cuello penetraba en mí, como una droga, relajándome.

Afuera, la noche hacía de las suyas con la impunidad de quien se ha acostumbrado a hacer lo mismo desde siempre. El rocío empezó a cubrirlo todo, perlando las hojas de los árboles y la hierba del campo. Un búho descansaba sobre una rama su vigilia nocturna, mientras la oscuridad reinaba a sus antojos. A los lejos el aullar de un coyote cantaba una eterna canción de amor, cargada de soledad y desesperanza, nos ofrecía su solidaria pena envejecida.

En la mañana siguiente –habíamos olvidado que era domingo–, recibimos varias visitas agradables. El rancho cobró vida y se llenó de risas y alegría, trayéndonos una valiosa carga de compañía y amistad. Por una parte, llegaron casi todos los muchachos de la capital; formaban un entusiasta grupo que fue muy bien recibido por nosotros. Allí estaban Antonio, Pablo y Manuel, como una promesa tangible de una buena práctica de fútbol para mí, lo que me hacía sentirme bien, pues ese deporte me fascinaba desde niño y, en la Argentina, me había destacado dentro de un equipo infantil de primera división. Junto a ellos, llegaron Martha, Lucía y Leticia. La sorpresa de la mañana fue que trajeron consigo a la abuela de Laura, a doña Lola. Mi novia corrió a abrazar a quien era una madre para ella. Me agradó ver cómo experimentaba una profunda alegría esa mañana, aunque la presencia de tanta gente en el lugar violaba las más elementales normas del clandestinaje. Éramos tan inexpertos, que no pensamos en eso, aunque es justo decirlo: no sabíamos un bledo de conspiración. Solo una cosa disculpaba nuestra culpa: teníamos la certeza de que esta visita dominguera no levantaría sospecha alguna. Para cualquier ojo indiscreto, esa gente de la ciudad aparentaba ser un grupo de excursionistas. Contribuía a ello la notable juventud de sus integrantes. De hecho, en la zona era frecuente la visita de grupos, que llegaban a disfrutar la bondad de la naturaleza del lugar. Además, Avendaño era muy querido por todos. Así que dejamos a un lado cualquier preocupación.

Mientras los muchachos jugábamos con un balón frente al rancho, las mujeres fueron hacia el fondo a matar algunas gallinas para el almuerzo. El doctor las acompañó gentilmente, haciendo justa gala de su condición de anfitrión.

Un rato después tuvimos otra agradable sorpresa. Luís, el soldado que se había hecho tan amigo mío, vino a visitarnos con sus dos pequeños hijos. Al principio, hubo algún recelo en nuestros compañeros, pero cuando se les explicó quién era, se sintieron más cómodos. De inmediato se dedicó a jugar con nosotros, mientras que los dos niños se pusieron a correr por toda la finca tratando de capturar mariposas multicolores.

El ambiente relajado y familiar de la mañana me sustrajo de la realidad. Vinieron a mi mente, con nostalgia, los recuerdos de los días en el patio de Villa Madero, en Buenos Aires; el rostro tan amado de mi madre; la figura de mi padre tomando su mate recostado contra un árbol y otra vez, como siempre, aquellos tangos de Julio Sosa y Carlos Gardel, que me llegaban muy cerca del alma. Villa Madero se apoderó de mí con su carga de añoranza. Otra vez me vi caminando por sus calles en busca de un motivo más para mis travesuras. Las tardes de calesita, de juegos de fútbol dominguero, de andar y desandar por la ciudad se agolparon en mi corazón en forma de un triste e hiriente recuerdo. ¿Podría volver alguna vez a aquella ciudad de mi infancia? No podía saberlo.

Luís me sacó de los recuerdos cuando me invitó a caminar un rato. Nos sentamos bajo un árbol frutal, cuya sombra nos protegió del sol: era uno de los lugares en que Laura y yo pasábamos ratos entregados a nuestro amor.

–¿Sabes?, cuando los visito aquí, me olvido de las preocupaciones. Sobre todo me olvido del trabajo que realizo, que me aparta de mi gente. Sé que ser soldado es mal visto entre los míos, pero... ¿qué remedio? Aunque la paga es mala, consigo algún dinero para mantener a la familia. No puedo hacer otra cosa, pues ni tierra tengo.

–Tienes razón –le confirmé–, aquí no se ve bien a los soldados, tú bien sabes por qué. Los ricos siempre han usado a las fuerzas armadas para reprimir al pueblo. Cientos de nuestros paisanos han sido asesinados y torturados por soldados iguales que tú. Han violado mujeres, incendiado aldeas y provocado la destrucción en todos los lugares. Nadie puede negarlo.

–Pero yo no he participado en nada de eso –dijo con cierta vergüenza.

–Te creo, Luís. Tú eres un hombre bueno. Sé que dentro del ejército hay decenas como tú, que se avergüenzan por lo que pasa. Nuestra historia lo ha demostrado. Muchas veces dentro de los militares han surgido hombres de buena voluntad que se han puesto con decoro al lado del pueblo; son admirables porque han llegado, incluso, a dar su vida por la gente humilde. Yo estoy convencido de que tú eres uno de ellos y que conoces a otros que sienten como tú. Por ustedes espera el pueblo con ansiedad desde hace mucho tiempo.

−¿Qué tú crees que debemos hacer? Debes haberte dado cuenta de que entre nosotros hay mucha gente mala, corrompida y comprada por el dinero de los ricos. Uno esconde su pena por las cosas que pasan y no se lo dice a nadie. Es muy peligroso, te puede costar el puesto y la vida también, sin embargo, no quiero seguir así.

−Muchas cosas puedes hacer por tu gente. Lo importante es que seas cuidadoso. Todos están convencidos de que ha llegado el momento de hacer algo. Tú debes estar tranquilo por ahora. Estoy seguro de que muy pronto tendrás la oportunidad de servir a los tuyos −le respondí fraternalmente.

Se quedó callado largo rato, mirando con sus ojos oscuros cómo los niños corrían alegres por el rancho. Era indudable que este hombre sencillo sufría también por este estado de cosas que se había convertido en una trampa permanente para los pobres. Era honesto en su solidaridad hacia gentes como él. No había duda que podría contar, llegado el momento, con Luís para nuestra causa. Habría que actuar con tacto y trabajar con sus nacientes convicciones revolucionarias.

−A ti te debo gran parte de lo que siento −dijo mirándome con sinceridad−, tú me enseñaste a jugar ajedrez y me has tratado siempre como a un amigo. Eso no es muy frecuente. De repente me he dado cuenta de que se me puede mirar más allá del uniforme. No soy ni quiero ser un asesino; me preocupo igual que tú por lo que pasa. Si me puedes ayudar a entender mejor la situación, te lo agradeceré.

−Lo primero es que te escapes para acá siempre que puedas, para empezar a darte clases. Te voy a enseñar a leer y a escribir. También te leeremos, mientras tanto, algunos libros de historia de nuestra patria. Luego discutiremos lo leído. ¿Te gusta la idea?

Sus ojos se iluminaron de repente. Mi promesa le abría expectativas maravillosas. Lo vi reír como un niño. Se sentía contento con la propuesta de ser menos pobre, menos marginado por la vida. No era necesario que me respondiera. Su alegría era sincera. Por primera vez en su existencia, este hombre sencillo, de rostro cobrizo y curtido, tenía una oportunidad. Todavía se entusiasmó más cuando me escuchó decir:

—Creo que también tú nos puedes ayudar mucho. ¡Sabes tantas cosas de la historia de nuestro pueblo desconocidas para nosotros!

—¿Tú crees? —me interrumpió.

—¡Claro! Tú conoces la historia que pasa de boca en boca por la gente del pueblo, la que no se escribe en los libros, costumbres de las que ni siquiera sabemos. Supón que yo me perdiera un día en la selva, ¿crees que sabría qué puedo y qué no puedo comer, que reconocería qué plantas me pueden curar si me enfermo? Tampoco hablo la lengua de las gentes, ¿cómo me entendería con ellos?

Se rascó la cabeza, tratando de entender mis palabras. Su cerebro fue hallando la respuesta: la gente de la ciudad sabe muchas cosas, pero no todo. Una parte del saber es patrimonio de la gente sencilla y sólo se encuentra allí, en el contacto con la naturaleza y con el hombre común, que convive con las raíces más autóctonas de la nación. El hecho de poder ser útil, contribuyó a aumentar su natural y espontánea alegría.

Uno de sus hijos llegó corriendo hasta nosotros, traía en sus manos unos caramelos que le habían ofrecido los muchachos. Sus pies descalzos y heridos por la pobreza dejaban huellas de felicidad sobre la hierba verde. Llegó con una de esas sonrisas en las que sale espontánea la inocencia. Nos miramos y sonreímos como hermanos. No era necesario decir nada más: ambos lo sabíamos. Entre nosotros había surgido una amistad franca, capaz de vencer fronteras. Mi carácter abierto y juvenil armonizaba con el suyo, retraído y melancólico, similar al de la gente de su raza. Su desconfianza natural, edificada por los golpes de la vida, se había derribado ante el respeto que mostraba hacia él y su mundo. Ambos experimentábamos la sensación de que nos conocíamos desde hacía largo tiempo y que tendríamos mucho que hacer juntos de hoy en adelante.

Junto con Pablito, el más pequeño de sus hijos, fuimos a reencontrarnos con los amigos. Estaban tirados en el portalón del rancho, refugiándose del sol. Laura nos vio llegar, desde la puerta, con una sonrisa. Un vestido blanco, en el que aparecía un sortilegio de flores azules y rojas, hacía más hermoso su cuerpo bronceado por el sol. Junto a ella estaba el otro hijo de Luís, abrazado a una de sus piernas.

Llegué hasta mi novia y puse un tierno beso en sus húmedos labios. Un brazo mío rodeó su cintura y con un imperceptible apretón la conminé a entrar a la casa y le dije al oído:

—Mi amor, ¡me muero de hambre!

—Con la ayuda de mi abuela te he preparado un sabroso almuerzo —respondió sonriente—, después que lo pruebes y te chupes los dedos, te habré capturado para siempre. ¡Eres solo mío! ¿No es cierto?

—¡En cuerpo y alma! —le respondí, mientras nos acercábamos abrazados a su abuela, que nos miró con ternura.

—Ustedes me hacen muy feliz, Érico. Estaba muy preocupada de que pudiera morir y dejar sola a mi niña. Cuando los veo tan juntos y enamorados ya no me preocupo. Sé que tú la quieres mucho y la vas a cuidar siempre. ¿Me lo prometes?

—¡Se lo juro! —y la abracé poniendo un beso en su marchita frente.

Laura, emocionada, se fundió a nuestro abrazo ante los ojos húmedos de las muchachas que se hallaban en la cocina.

Un poco más tarde nos reunimos frente al rancho y degustamos el suculento almuerzo. Mientras los demás tomaban una Cocas, el médico nos invitó a probar un delicioso vino tinto español, que había conseguido no sé dónde. Luís, Manuel, Lola, Laura y yo, lo acompañamos. No pensábamos más que en disfrutar el instante de calma que la vida nos ofrecía. El dolor acumulado había quedado marginado ante la felicidad de estar juntos, forjando sueños a fuerza de optimismo.

Luís se despidió cuando la tarde empezaba a agonizar. Lo vimos perderse en el polvoriento camino en compañía de sus hijos. Nos había causado una profunda tristeza aquel hombre humilde, golpeado por la pobreza y que, sin embargo, era capaz de buscar una respuesta al infortunio. Sus dos hijos pequeños, víctimas de la desnutrición, nos comprometían a no reparar en sacrificios para conquistarles una vida mejor. Sabía que su padre recorrería ese camino junto a nosotros. No tenía la menor duda al respecto.

Un rato después tuvimos una breve reunión para adoptar decisiones con respecto a la organización de nuestra respuesta armada.

Martha tomó la palabra sin preámbulos y comunicó lo siguiente:

—De acuerdo con lo que me indicaron, conversé con los muchachos y todos estamos de acuerdo en que se den los primeros pasos para formar un grupo armado. Creemos que debe hacerse con mucho cuidado y estamos dispuestos a sumarnos a él. De la misma forma, consideramos que es necesario mantener la actividad con los estudiantes del Instituto. El problema es que casi todos queremos incorporarnos de inmediato a las tareas organizativas y, a duras penas, logramos resignarnos a que algunos se deberán mantener por ahora en las aulas. Finalmente se decidió que tanto Laura como tú, Érico, participen junto a Manuel en las reuniones con don José y sus compañeros, aunque es importante que los acuerdos a los que se llegue sean comunicados a todos. De necesitarse más compañeros para las tareas organizativas, acordamos que Antonio, Pablo, Lucía y yo, lo hagamos poco a poco, según sea necesario.

–Estoy de acuerdo –dijo Laura. Luego continuó dirigiéndose a mí.– ¿Qué opinas?

–Creo que es correcto. Es cierto que hay trabajo para todos en esta fase, pero debemos incorporarnos gradualmente. Es muy importante no descuidar las tareas políticas con el estudiantado. Ellos constituyen una valiosa reserva para después y no debemos perderlo de vista. Quisiera hacer énfasis en la necesidad de que nuestros planes permanezcan en el más absoluto secreto. Una indiscreción sería fatal a partir de este momento, ¿no creen? Por otra parte, creo que es importante confiar en los mayores. Ellos tienen más experiencia que nosotros en la lucha y pueden ayudarnos a no cometer una locura, ¿no les parece?

Todos afirmaron con un movimiento de cabeza.

–Iré a ponerme de acuerdo inmediatamente con don José. A partir de que nos reunamos y empecemos el trabajo, tengo que dedicarme de lleno a él. Por eso, decidí dejar las aulas –expresó Manuel–, les propondré a nuestros compañeros obreros hacer la reunión el martes en la noche. Yo vendré junto con ellos para acá.

Un rato más tarde, volvimos a quedarnos solos Laura y yo. El doctor había aprovechado la oportunidad para irse con nuestros amigos a la capital, aunque prometió regresar al día siguiente. La noche se extendió sobre nosotros trayendo consigo el canto de los grillos y el brillo de las estrellas en el cielo. Abrazados, nos entregamos al amor, dejamos atrás el miedo y el dolor que tanto nos habían perseguido. Por primera vez en este tiempo, nos olvidamos de nuestras dificultades: estábamos juntos y, sobre todo, disfrutábamos la posibilidad de hacer algo por nuestro país, por cambiarle el rostro al destino de este pueblo tan sufrido y olvidado.

7

El martes por la noche llegaron nuestros amigos y, con ellos, el doctor Avendaño, quien me traía noticias de mi familia: mi tía Luisa y mi abuela le rogaban a Dios que nada me sucediera; las dos ancianas se debatían en una pena permanente ante el destino incierto que me deparaba la vida, se dolían por mí de tal forma, que hubieran preferido que me quedara en la Argentina con mis padres; sin embargo, se alegraban de tenerme muy cerca de ellas, pues así canalizaban su viudez y soledad en un ser, carne de su carne, que les había traído un poco de felicidad a sus almas cansadas y solitarias. Ambas se debatían en ese trágico conflicto de tenerme o desprenderse de mí. Ambas sufrían con el estoicismo silencioso y anónimo de los que aman de verdad.

La casa, que había estado tan tranquila con nuestra sola presencia y la ocasional de doña María, se tornó nuevamente llena de vida. Nos saludamos con efusión y con la alegría de los que se encuentran después de mucho tiempo. Entre risas y abrazos nos sentamos como pudimos en la sala, bebimos unas tazas del café preparado por mi novia y el buen doctor. Por los obreros y sindicalistas se encontraban don José, Alfonso y Pedro. La representación estudiantil la integrábamos Laura, Manuel y yo.

Cada uno hizo lo posible por actualizarnos acerca de lo que ocurría en la ciudad; don José pasó a abordar el tema central del encuentro. Serio, nos dijo:

—Tal como habíamos acordado, vamos a analizar los pasos previos para formar un grupo armado a través del cual canalizaremos nuestras acciones contra el gobierno. Esto presupone dos elementos esenciales: el primero, establecer con claridad los objetivos de nuestra lucha, es decir, por qué luchamos y con quiénes; en segundo lugar, establecer las bases organizativas del movimiento armado.

—Esto equivale a decir que usted propone elaborar un programa de acción, ¿no es así? –indagó Laura.

Correcto –respondió don José–; pero este programa debe contemplar una definición precisa de la finalidad. Fíjate lo importante que es: nos indica hacia dónde vamos, es decir, qué queremos alcanzar. De esa manera, si tienes claridad acerca de los objetivos, sabes con quién vas a luchar: si luchamos por el pueblo, la lucha hay que hacerla con el pueblo. ¿Está claro?

—No cabe duda –confirmó mi novia– es esencial para nosotros vincularnos al pueblo. Si nos fijamos bien en este punto, salta a la vista que en nuestra historia mucha gente ha cometido el error de querer hacer cambios radicales sin tener en cuenta a los humildes. Este divorcio con el pueblo los ha conducido siempre al fracaso. Si queremos cambiar el estado de cosas, debemos hacer la guerra revolucionaria con los indígenas, los campesinos, los obreros y los estudiantes. Si logramos unir a todos estos sectores, seremos indestructibles.

—Precisamente –apuntó don José– eso buscamos: la unidad de todo el pueblo en la lucha debe ser el medio para derrotar a la dictadura y restaurar la democracia, una democracia cualitativamente diferente, en la que todos tengamos los mismos derechos sin distinción de raza ni de clase.

—No debe ser fácil –interrumpí a don José–, los pobres de este país han sido engañados tantas veces, que ven con indiferencia y desconfianza cualquier acercamiento. Será necesario persuadirlos de que realmente la lucha es también por ellos. En Cuba, por ejemplo, empezó un pequeño grupo y, posteriormente, el pueblo se fue convenciendo, poco a poco, de que el movimiento de Fidel era distinto, revolucionario, y se le fue sumando. Yo he conversado con Luís, un soldado del ejército que se duele del papel que, para vivir, no le ha quedado más remedio que jugar dentro de un órgano represivo. Él se siente pueblo e, indudablemente, constituye parte de nuestra cantera. Lo importante es convencerlo, persuadirlo. Si logramos trabajar con la conciencia de la gente, la gente se suma.

–¡Tienes mucha razón! –dijo el viejo mirándome con ternura, como buscando en mí al hijo ausente.– Ahí está la clave de todo. Tenemos que trabajar con los pobres pues sólo con ellos podremos vencer. La ventaja es que todos nosotros somos de extracción humilde, lo que evitará cualquier confusión a los ojos de la gente a la que nos acerquemos. No somos un grupo de ricos, burgueses y terratenientes. Somos obreros y estudiantes pobres como ellos. Eso nos ayudará.

–¿Eso quiere decir que no permitiremos gente de extracción burguesa en nuestra grupo? –preguntó Manuel.

–No, no exactamente –aclaró Alfonso–, hay gente que, aun siendo rica, quiere honestamente luchar junto a los pobres. Pero no permitiremos que los partidos burgueses coqueteen con nosotros desvirtuando nuestros objetivos.

–¿Y no asustará a los pobres la presencia de ricos entre nosotros? –volvió a preguntar el estudiante.

–Por eso hay que trabajar con la conciencia –dijo Alfonso–; le es difícil a un burgués vincularse con los humildes, pasar junto a ellos vicisitudes, si no está realmente convencido de que esa es también su causa. Hay ricos honestos, capaces de renunciar a todo y ponerse al lado de los pobres. La historia habla de muchos de estos casos. Para esos hombres estarán siempre abiertas nuestras puertas. No les va a ser fácil adaptarse a las condiciones de la lucha, a las necesidades y sufrimientos, serán mirados con desconfianza por los indios y los pobres; sólo a ellos les corresponde vencer la primera impresión: si son capaces de hallar un lugar al lado de los humildes, bienvenidos sean.

Luego de varias horas en las que cada uno expuso sus puntos de vista, arribamos a las primeras conclusiones sobre lo que habría que hacer de ahora en adelante: se acordó formar dos comisiones de trabajo integradas proporcionalmente por obreros y estudiantes. La primera, de la que formaríamos parte mi novia y yo, así como Alfonso y don José, redactaría los objetivos y el programa de lucha del grupo insurgente; en ellos explicaríamos al pueblo lo que queríamos alcanzar y los pasos a seguir.

La segunda, integrada por Manuel, Pablo, Martha y Antonio por el estudiantado, así como por Pedro y otros dos compañeros del sindicato, se encargaría de la búsqueda de armamento, dinero, medicinas, alimentos, casas de apoyo en la ciudad y otras cuestiones de aseguramiento material.

Otro acuerdo fue incorporar al grupo de la finca a Lucía y a Leticia, con vistas a que, aprovechando la presencia del doctor, recibieran un fuerte entrenamiento en primeros auxilios de campaña. Laura también participaría en él.

A mí se me dio la tarea de acercarme más a Luís, el soldado, para incorporarlo y analizar la posibilidad de captar a otros compañeros suyos, de extracción humilde y con ellos conseguir algunas armas y parque, útiles de guerra y campaña, y sobre todo, entrenamiento militar.

Laura y yo visitaríamos la aldea para interactuar con su gente, conocer su forma de vida, sus necesidades y, sobre todo, su disposición de incorporarse a la lucha.

También acordamos no ponernos en contacto por ahora con ninguna de las organizaciones del Partido y de los grupos guerrilleros que operaban en el país. Éramos del criterio de que lo primero era organizarse en el más absoluto silencio y luego, de ser necesario, coordinar esfuerzos con ellos. También discutimos acerca de la zona en que íbamos a operar: debería ser intrincada y despoblada, para que nos permitiera adaptarnos al lugar y a las dificultades de la vida guerrillera. Posteriormente extenderíamos el área de operaciones. Nos correspondió a don José, a Alfonso, a Laura y a mí, estudiar este aspecto. Cuando al fin los demás se fueron a dormir, nos quedamos en el portal don José, Laura y yo. La luna retrataba

nuestros rostros contra la oscuridad, dándoles una tona-
lidad pálida y enigmática. El viejo fumaba en silencio
mientras sus pensamientos viajaban sin rumbo conocido.
La brisa nos trajo, desde la montaña, un perfumado olor
a hierba y flores. La luna sabía el secreto que guardábamos; sabía que, muy pronto, abriríamos nuestro pecho a
la mañana, con una estrella en la frente y la esperanza
en la mirada; sabía que empezábamos a coquetear con el
destino con una fe infinita en el después. No sentíamos
miedo, solo hacíamos lo que era necesario. No había
aprensión, ni dudas, ni vacilaciones. Éramos tres seres
que tejían su propio futuro.

Laura se acercó a mí y me abrazó silenciosa. Sentí su
respiración quemándome el cuello y parte de la cara.

–¿Te has fijado que esta noche parece que el tiempo se
ha detenido frente a nosotros? –preguntó, exhalando un
suspiro.

–Sí, mi amor –dije tomando sus manos entre las mías–,
hay noches en las que uno desearía quedarse quieto, casi
abandonado y sin que nada le importara. Son noches
para amar y contar estrellas, para hablar con ellas. ¿Te
imaginas que cada estrella brilla distinta para cada
gente, aunque tenga su luz propia? Todo depende de lo
que cada uno ve o quiere ver.

Don José, que había permanecido en silencio a nuestro
lado, dijo con una voz en la que afloraba una triste nostalgia:

–¿Saben que cuando una estrella muere o desaparece,
todavía nos ofrece por largo tiempo su luz? Debido a la
distancia, ellas mueren pero la luz sigue brillando. ¿No
es hermoso?

Laura y yo lo miramos con ternura. Sabíamos que en
ese preciso instante se le aparecía Edgar en la tristeza.

–Es muy hermoso vivir más allá de muerte, quedar en
el recuerdo de la gente como un ejemplo –dijo Laura–, si
uno pasa por la vida y no deja huella, no ha vivido en
realidad. Alguna vez, don José, la gente hablará de noso-

tros, nos recordará con respeto y también a Edgar. Eternizarse en los demás es el logro más grande que puede alcanzar el hombre en la vida. Es como quedar ciego para que otros puedan ver más allá del tiempo y sus circunstancias.

Por la mejilla del viejo corrió, triste, bajo la luz de la luna, una lágrima de azogue. Don José no había podido superar la muerte del hijo querido, arrancado de su lado en la flor de la juventud. Edgar se había convertido más allá del dolor, en motivo para seguir adelante.

Los tres supimos entonces que nos tocaba el papel de trascender en los humildes, en el pueblo aún a riesgo de la vida. No importaba que mucho después la gente no supiera de nosotros, que el tiempo nos quebrara la palabra y nos congelara el aliento, que nuestras pupilas perdieran su luz y se apagaran, que nuestros pulmones se convirtieran en cavernas vacías, viudas del aire y el olor de la flor en la mañana... Lo importante era que muchos hablaran de nosotros, quizás sin saber nuestro nombre, ni cómo fuimos: viviríamos anónimamente en la sonrisa de los que vendrán mañana.

Esa noche dormimos como pudimos: Laura y yo, como siempre, muy juntos. Su cuerpo tibio se había convertido para mí en el más preciado refugio donde depositar sueños y anhelos, donde hallar reposo para mis miedos y vacilaciones. No había en todo su cuerpo un lugar secreto para mí. Buscaba en su tierna geografía rincones apartados en que depositar mi amor de hombre. No había en su piel un pedazo que no hubiera inundado con una caricia o un beso, con el ansia genuina de prolongar mi sangre en la suya, mi carne en su carne, mi vida en su vida.

Apenas nació la mañana, nuestros amigos se fueron rumbo a la capital. Con nosotros se quedó el doctor, siempre dispuesto a ofrecernos su valiosa y reconfortante compañía.

Los días fueron transcurriendo uno tras otro y nosotros tratábamos de no permanecer inactivos. Laura, Leticia y

Lucía aprendían las nociones básicas de primeros auxilios, mientras yo realizaba largas caminatas por la zona, que me permitían, no solo entrenar el cuerpo, sino también conocer los secretos de una vida hasta ahora desconocida para mí. Luís se había convertido en un valioso maestro y entrenador, me enseñaba muchas cosas que me servirían en el futuro, si nuestros planes cristalizaban: aprendí a manejar el machete con destreza, a seleccionar las plantas útiles; poco a poco fui dominando la vida campestre y conociendo sus más íntimos secretos.

Los encuentros con este soldado me permitieron conocerlo mejor. Hablaba de su vida y del sufrimiento de su gente. Supe que había perdido a un hijo pequeño, víctima de las fiebres, impotente ante la muerte; supe de la falta de medicinas y de médico que lo salvara. Supe que su esposa era víctima de una enfermedad que la tenía postrada y de la imposibilidad de curarla, del sufrimiento cotidiano, del mísero salario que no alcanzaba para alimentar a sus hijos, de la desesperanza. Paulatinamente se consolidaba en mí la certeza de que este hombre humilde sería un valioso compañero; era evidente su natural disposición para no seguir aceptando con resignación una vida llena de tragedia y dolor.

Una tarde, mientras descansábamos al pie de un enorme árbol, me decidí a hablar con él.

–¿Has pensado, Luís, que puede haber una vida diferente a la que llevas? Una vida en que no tenga que morir un niño por falta de médicos y medicinas, una vida en que los muchachos puedan estudiar y llegar a ser médicos ellos mismos. ¿Has pensado que puede existir una vida en que tu gente sea dueña de la tierra que trabaja y que no tenga miedo de que le arrebaten lo que produce? Me miró sorprendido.

–Esa vida no existe –me dijo resignado, con una voz quebrada por la desilusión.– Yo he soñado, pero sé que no es posible.

–¡Existe, Luís, existe! Es cierto. Hay una isla no muy lejos de aquí en que la vida es así. Se llama Cuba y allí se ha logrado lo que te he dicho y mucho más: la gente trabaja feliz, los niños no se enferman para morirse de males curables. La gente trabaja y disfruta del resultado de su labor, nadie le roba lo que produce. En Cuba, un hombre llamado Fidel venció a los explotadores y trajo la felicidad a su pueblo.

–Ese Fidel no debe ser un hombre –dijo dudoso– debe ser Dios vestido de hombre. No creo que exista un ser humano capaz de eso.

–¡Es cierto! –le respondí seguro–, lo que pasa es que ese hombre logró unir a toda la gente para lograrlo; aunque tuvieron que luchar mucho para conseguirlo y muchos cayeron a lo largo del camino.

Se quedó un rato callado: trataba de asimilar mis palabras; su cerebro luchaba por imaginar aquella realidad. Su rostro se iluminó como el de un niño, cuando me preguntó:

–Y crees que ese Fidel quiera venir a ayudarnos?

–No lo creo. Está muy ocupado en mantener ese mundo feliz.

En sus ojos reapareció la tristeza y su sonrisa desapareció, transformándose en una mueca de desencanto. Cuando lo vi bajar la cabeza con resignación y pena, no pude menos que sentir su dolor como mío. Sin embargo, mi entusiasmo no desapareció.

–¡Epa, Luís! ¿Qué pasa? ¡No te entristezcas! Podemos lograrlo aquí.

–¿Pero, ... sin el Fidel ese que tú dices?

–¡Claro! ¡Nosotros mismos podemos hacerlo!

–Pero... ¿cómo?

–De eso quería hablar contigo. En nuestro país hace falta cambiar las cosas para que la gente viva como en Cuba. Tendremos que luchar como lo hicieron ellos. Luchar contra los ricos y los explotadores, que se meten el dinero en el bolsillo sin dar nada a los pobres. Para conquistar nuestros derechos hace falta gente decidida. ¿Qué tú harías si nosotros, mis amigos y yo, quisiéramos luchar por ese mundo mejor del que te hablé? ¿Te unirías a nosotros?

Me miró fijamente. En sus ojos pude ver no solo asombro. Había también un poco de temor y desconfianza, pero, sobre todo, mucha preocupación.

—¿No es peligroso? —balbuceó.

—Sí, no es cosa de juego... muchos de nosotros moriremos. Tendremos que luchar con las armas contra ese ejército al que tú perteneces, ese ejército que atropella y mata a la gente humilde en la ciudad y por aquí. Pero en él hay gente buena que puede ayudarnos, gente como tú, sencilla y honesta. No luchamos contra ellos. Nuestros verdaderos enemigos son los ricos y los asesinos que están dentro de él. ¿Lo entiendes ahora?

Luís asintió con la cabeza. Yo proseguí entonces:

—Nosotros no queremos matar por matar; no somos asesinos. Nosotros queremos obtener para nuestra patria lo mismo que en Cuba. Como ves, luchamos por ti, por tu mujer, por tus hijos. Luchamos por tu gente, para que no sufran más como ha venido pasando hasta ahora. ¿Entiendes?

El soldado me miró como se mira a un hermano menor. Me extendió una de sus manos callosas y me atrajo hacia sí. Me mantuvo abrazado unos minutos. Cuando nos separamos, pude ver que en sus ojos la tristeza se transformaba en lágrimas que brillaban sobre su piel quebrada por el sol.

—Tú eres un hombre muy bueno, Érico —dijo con voz temblorosa—, la Laura y el doctor también han sido muy buenos conmigo y con mis hijos. No creo que ustedes sean capaces de hacerle algo malo a mi gente. Si hay que luchar, yo estaré con ustedes. Si hay que ayudar, ¡dime cómo hacerlo!

—Más adelante te explicaré lo que necesitamos.

—Cuenta con mi ayuda —confirmó con energía.

—Sobre todo, hacen falta armas y balas —le precisé—, también otras cosas indispensables para la montaña. Creo que dispondremos de un poco de dinero para com-

prarlas. Lo que no podamos comprar, tendremos que qui-
társelo a los militares. ¿Entiendes?

Volvió a asentir.

Un rato después, entrábamos al rancho; habíamos regresado por el estrecho camino polvoriento que partía en
dos las milpas ubicadas frente a la casa. Desde allí vimos
a mi novia, que nos saludaba con la mano y una hermosa
sonrisa en su rostro. No pude resistir la tentación y corrí
hacia ella, quien también echó a correr a mi encuentro.
Cuando nos hallamos uno frente al otro, nos fundimos la
levanté y ambos empezamos a dar vueltas, abrazados,
sobre la tierra polvorienta y bajo la mirada alegre de
Luís. Ella ofrecía su risa al viento y a la vida con toda la
fuerza de sus quince años. Entregaba lo mejor de sí: la
pureza de sus sueños y la premonición de hacerlos realidad alguna vez. Me ofrecía a mí la certeza de un amor sin
límites, más allá de las fronteras del tiempo, de cualquier
goce terrenal y de la propia pequeñez de nuestros cuerpos.

Un rato después cenábamos acomodados en el patio trasero del rancho, bajo la luz de un candil. Las muchachas
se hallaban sentadas en un extremo, allá donde podían
verse las primeras estrellas y una luna tímida, que trataba de dejarse ver en un cielo que empezaba a oscure-
cerse. El doctor y Luís conversaban animadamente sobre
distintos temas, mientras comían frijoles parados y algunas tortillas de maíz. Laura y yo estábamos reclinados y
muy juntos en el otro extremo del portal trasero. Se había
convertido en una costumbre para los dos el estar siempre el uno cerca del otro. Era, tal vez, la forma de mos-
trarnos la permanente necesidad de sentirnos cerca, reflejo que surge espontáneamente cuando dos se aman de
una manera especial.

Luego, nos sentamos todos a conversar frente a la vieja
edificación de adobe. A nuestro alrededor ya había oscu-
recido y eso nos comunicaba la sensación de ser los únicos
humanos en el mundo. Nosotros y las estrellas. Nosotros
y el canto de los grillos.

Luís tomó la palabra de repente, movido por una imperceptible añoranza:

—Mi gente cuenta muchas historias —dijo con voz que no ocultaba la melancolía—, historias de cuando el hombre blanco no había llegado a estas tierras, de cuando mi gente era la única dueña de esta tierra, de la selva y las montañas. En aquellos tiempos, las plantas daban más frutos y el cielo parecía más azul. Dicen los abuelos que uno podía caminar días y días sin ver a nadie, sólo animales que ya no existen y flores de colores que la mente del hombre de hoy no puede imaginar. Uno podía entenderse con los animales como si les viera el alma; hablar con la lluvia y el trueno, preguntarles y escuchar sus respuestas. No había secretos entre los hombres y nadie se miraba con ojeriza o con envidia. Todo era para todos. Así de simple y linda era la vida entonces.

Se detuvo un momento para encender un cigarro. Luego continuó:

—Un día, el hombre quiso ser diferente de los animales y empezó a matar a otros hombres y a los propios animales, por el simple placer de hacerlo. Ese día las cosas cambiaron: los animales no quisieron hablar ni vivir con él. El puma se fue muy adentro de la selva, huyéndole, y la serpiente empezó a atacarlo. El resto de los animales comenzó a renegar cada vez que lo veía. Las flores más hermosas perdieron sus bellos colores y solo los muestran allá, muy dentro de la selva, adonde al hombre le es difícil llegar. A partir de ese día ni la lluvia ni el trueno quisieron hablarle más. Tampoco las estrellas y la luna, que antes siempre bajaban hasta los lagos a bailotear sobre el agua, volvieron a hacerlo. Todo empezó a ser triste a partir de ese día. Algunos dicen que, desde entonces, el hombre ya no ríe con facilidad; anda silencioso por los caminos, se enferma y sufre la soledad. Ya no escucha el canto de los pájaros. La vida es triste, porque él mató lo más lindo de su alma.

Laura se sentó junto a él, conmovida. Pasó un brazo sobre sus hombros y le dijo con una voz suave, salida de aquel profundo lugar de donde le nacía la ternura:

—Es una historia muy linda y muy triste la que cuentas. Es cierto que el hombre es culpable de muchas cosas; pero ya piensa en sus errores y sabe que tiene que cambiar. Por eso van apareciendo gentes que se preocupan de que el mundo vuelva a ser como el de tu historia. Hoy en día, muchos luchan para que no se dañen las selvas y las montañas, para que el agua de los ríos y los mares vuelva a ser limpia, para que no desaparezcan los animales. El hombre sabe que si no cuida el mundo en que vive, se quedará sin nada y morirá por su propia culpa.

—Tal vez lo más terrible es evitar que los hombres se maten entre sí —dijo Lucía con profunda tristeza—; hay guerras en las que mueren miles de personas en un día. Aquí, en nuestro país, los compatriotas pelean entre sí, sobre todo, para defender los intereses de los ricos. Si quieres cambiar las cosas, los poderosos mandan a los militares para que te maten. Sería magnífico que el hombre se amara más a sí mismo.

Luís me miró entonces recordando nuestra conversación de la tarde y preguntó:

—¿Y no es malo que tengamos que matar a otros hombres para cambiar al mundo?

—Es cierto,—dijo el doctor—; pero hay una diferencia entre ellos y nosotros. Durante años, el pueblo ha querido vivir mejor, como le corresponde, ha reclamado, por vía pacífica, sus derechos. Y, ¿qué ha recibido por respuesta? Muerte, represión y tortura. De hecho, se le han cerrado todos los caminos. La violencia de los ricos ha callado siempre cualquier reclamo de los pobres. Esa es la verdad. Como puedes ver, Luís, no queda otro remedio que responder a la violencia con la violencia. Sin embargo, nuestra violencia es justa porque defiende los intereses de la gran mayoría de la gente de este país, que somos los pobres como tú y yo. Duele matar a otros hombres, pero hay que hacerlo para evitar que sigan matando a cientos de miles. Llegará el día en que desaparezcan los verdaderos asesinos del pueblo.

Yo tomé la palabra tratando de ahondar en las palabras del doctor:

–¿Has pensado, Luís, que aquí no sólo se mata a los pobres con armas? Miles de compatriotas mueren de hambre y enfermedades sin que nadie pueda evitarlo: son asesinados sin armas. Pero..., ¿acaso no es un crimen? Tú lo has sufrido: tu hijito murió sin un médico que lo atendiera..., ¿acaso es justo?; tu esposa está enferma, casi tirada en una cama, sin que nadie del gobierno se preocupe por eso... ¿Es justo?

El soldado me miró y bajó la mirada. Había comprendido cada una de mis palabras y las de mis amigos.

–Tienen razón –apenas atinó a decir en voz muy baja.

Luego lo vimos marcharse en la oscuridad rumbo a su aldea. Iba cabizbajo y callado, cargando sobre sus hombros su triste realidad y un mar de pensamientos revueltos. Sabíamos que este hombre sencillo iba analizando su propia vida, la miseria en que él y los suyos habían vivido injustamente. Sabíamos que nuestras palabras habían abierto sus heridas y también le habían ayudado a tomar conciencia acerca de lo que debía hacer de ahora en adelante por el futuro de su familia y de su gente. Luís había dado un paso importante en su vida, había ingresado en nuestro ejército revolucionario.

8

El domingo siguiente, bien temprano, llegamos a la aldea de Luís, distante apenas unos cinco kilómetros del rancho. Cerca de veinte pequeñas casas de adobe, con cubiertas elaboradas por una palma nombrada posh, muy parecida a lo que en otras regiones se conoce como guano, se distribuían a los lados del único y polvoriento camino que atravesaba el caserío. Era un pequeño pueblo dormido en la falda de una montaña. Nos recibieron las miradas sorprendidas de varios niños que corrían descalzos de un lugar a otro, perseguidos por perros juguetones, moradores permanentes de estas aldeas. Una gallina negra nos pasó por enfrente como un bólido guiando a una larga hilera de pollitos, semejando a una pequeña locomotora que tiraba de un desordenado tren.

La casa de nuestro amigo estaba situada justo al centro del pequeño poblado. Como todas, carecía de puertas y ventanas. Una especie de cortinas elaboradas con telas o varillas de madera separaban a sus moradores del exterior. La pequeña y rústica edificación de piedra y barro contrastaba con el verde parduzco de la vegetación. Allí todo era posible, hasta vivir hacinados en el olvido y la indiferencia.

El grupo de niños, capitaneado por los hijos de Luís, corrió hacia la casa de nuestro amigo, llevaban consigo un bullicio alegre e inusitado. Los pequeños, con el cabello desordenado y los pies descalzos, anunciaban a viva voz nuestra presencia en el lugar.

De la casa salió Luís, en su rostro una franca sonrisa. Le acompañaba un anciano vestido de blanco, con un sombrero multicolor en la cabeza. Sus pantalones cortos dejaban ver unas piernas lampiñas y delgadas en las que el tiempo y los golpes se habían ensañado más de una vez. Desde las rodillas hasta los tobillos, múltiples cicatrices adornaban la piel morena. Sus pies estaban protegidos por unas zapatillas rústicas de cuero, conocedoras de todos los secretos del camino y la montaña. Nos encontramos con nuestros anfitriones justo frente a la humilde casa. Luís nos abrazó con entusiasmo, mostraba una alegría espontánea por nuestra visita.

—¡Sean bienvenidos a mi casa! Les estaba esperando desde hace largo rato.

—Tu aldea es muy bonita. Aquí se respira un aire limpio y saludable, muy distinto al de la ciudad —expresó Laura y su voz sonó sincera.

—Este es mi padre, uno de los integrantes del consejo de la aldea —dijo Luís, señalando al viejo que lo acompañaba—, se llama Porfirio.

Lo saludamos con respeto. Pudimos ver en sus ojos no sólo la sabiduría natural del hombre de campo, esculpida por el paso del tiempo; sino también una mirada escrutadora que trataba de sopesar y evaluarnos. En ella se confundían recelo y franqueza, duda y certeza, amistad y desconfianza. No podía ser de otra manera. Esta gente no se entrega fácilmente: durante años han sido engañados y manipulados; durante siglos han sido los olvidados de la tierra, para los que no hay una promesa ni una posibilidad más allá de lo arañado a la tierra y a la vida con sus propias manos, de lo alcanzado con su suerte estrecha y magra. Sin embargo, la vida nos demostraría que cuando se logra vencer la barrera de su desconfianza natural, estos hombres son aliados insustituibles, amigos francos e incapaces de traicionar al camarada.

Todos irrumpimos en una modesta estancia, donde la luz penetraba con dificultad. El piso de tierra y la humedad mezclada con un vaho sudoroso nos recibieron. En uno de los rincones de la única habitación, se encontraba una mujer tirada sobre un rústico catre de mimbre: era la esposa de Luís. Su cuerpo frágil y quebrado por la enfermedad se hallaba postrado e indefenso, casi sin vida.

Nos sobrecogió una enorme tristeza. Más que lástima, era una pena solidaria con el amigo.

Luego de saludar a la enferma, en cuyos ojos la vida parecía estar colgada de un fino y quebradizo hilo, salimos al fondo de la casa y nos sentamos sobre unos troncos que hacían la función de sillas. Una milpa pequeña bordeaba la parte trasera de la casa. La sombra de los árboles frutales, el canto espontáneo de los pájaros y el multicolor saludo de las orquídeas se apoderaron de nuestro ánimo: en medio del ambiente bucólico, las almas se hallaban más cercanas a la vida, alejadas a la vez de lo cotidiano y del ruido artificial de la ciudad. Era como si hubiéramos regresado a los orígenes, como si hubiésemos pisado por primera vez un paraíso donde lo natural predominaba con su esplendor y majestuosidad.

El viejo Porfirio, mientras fumaba su cigarro de hojas de maíz, tomó la palabra:

–Como pueden ver la vida es sencilla por acá. Como en los tiempos pasados, vivimos de lo que arrancamos a la tierra. Para comer tenemos que trabajar mucho. Nos faltan muchas cosas, pero tratamos de vivir felices.

Laura, que se hallaba sentada junto mí y tenía cargado en sus brazos al hijo más pequeño de Luís, le preguntó al anciano:

–¿Y tienen alguna escuela por aquí cerca?

–No hay escuelas aquí –respondió el viejo–; nuestros niños no estudian. Así ha sido siempre. Como puede ver, de poco nos serviría la escuela. Nacemos para trabajar la tierra y si uno no trabaja como un mulo se muere de hambre. Así ha sido siempre y creo que nunca cambiará.

–Y si se enferman... ¿qué pasa? ¿No tienen médicos acá? –indagué.

–Nunca lo hemos tenido. A nuestros enfermos tratamos de curarlos con hierbas y con lo que se pueda. Es cierto que muchos mueren, se nos van entre las manos... Ya estamos acostumbrados a eso.

–¿Y no sería maravilloso que tuvieran una escuela para los niños y un médico para curarlos cuando enferman? –

preguntó mi novia.

—¡Sí!, sería maravilloso —se limitó a decir el viejo—, pero es un sueño y a nosotros no nos gusta soñar. Si uno no araña la tierra, se muere de hambre entonces.

Laura y yo nos miramos discretamente. Nos golpeaba muy hondo la resignación del viejo Porfirio. Era un hombre en el cual la esperanza se había marchado desde hacía mucho tiempo. La conformidad con una vida simple y sin expectativas, desconocedora de las posibilidades de un futuro mejor y merecido era dolorosa para nosotros. Tal vez lo fuera también para él, pero no lo decía. Muy dentro de sí, allí donde latía su viejo corazón, vivía el temor de soñar o, quizás, una desesperanza que había echado firmes y duraderas raíces.

Mientras el buen Avendaño examinaba a la esposa de Luís, nos quedamos en el patio trasero preparando el almuerzo. El viejo y yo estábamos cocinando un suculento caldo de gallina, a la par que bebíamos pequeños sorbos de aguardiente. A mi oído llegó la voz de Laura, que se encontraba sentada junto a los niños, y les contaba leyendas y cuentos, muy conocidos para nosotros, pero no para ellos. El viejo y yo nos detuvimos a escucharla.

—"...entonces el príncipe y Cenicienta se casaron. Dicen que tuvieron muchos hijos y fueron muy felices" —culminó con voz sugestiva.

Un silencio profundo se apoderó de los muchachos. En sus mentes inocentes se iba formando una idea acerca de cómo era la vida de acuerdo con la historia. La imaginación se condiciona a partir de lo conocido y ellos buscaban acotejo a lo narrado entre sus montañas y la selva aledaña. No había otro espacio que no fuera el delimitado por sus vidas estrechas y cotidianas. Les costaba trabajo entender la historia de Cenicienta. De repente invadieron a Laura con sus preguntas.

Una niña que no pasaba los siete años, preguntó a mi novia:

—¿Qué es un príncipe? ¿Por qué viven en un palacio?

El hijo más pequeño de Luís preguntó a la vez:

–¿Nosotros podemos ser príncipes?

Mi novia trataba de salir del lío en que se había metido, me miró en busca de ayuda. El viejo padre de Luís y yo nos reíamos a pierna suelta. Laura les respondió:

–Un príncipe es el hijo del jefe cada país. Es gente que tiene mucho dinero y riquezas, por eso viven en una casa muy grande y tienen a mucha gente que trabaja para ellos. El príncipe de nuestra historia quería casarse para tener hijos, pero quería a una muchacha buena. No le importaba que fuera pobre, sino que lo hiciera feliz. Esto es sólo una historia, un cuento y nada más. En cuanto a que ustedes puedan ser príncipes, Miguelito, algún día lo serán porque todo el mundo se preocupará por ustedes. Tendrán escuelas bonitas, médicos que los cuiden, muchos juguetes y conocerán otros lugares. Cuando llegue ese día, cada casa será un pequeño palacio y todos serán felices.

El hijo mayor de Luís preguntó entonces:

–¿Y mi mamá no estará enferma?

–¡Claro, Luisito! –respondió Laura escondiendo en su mirada el dolor que le nacía del alma.– Tu mamá no estará enferma, y podrá caminar y reír junto a ustedes.

El rostro del niño se iluminó mientras trataba de imaginarse esa realidad. Un asomo de felicidad apareció en sus ojos oscuros. De repente, el mundo podría cambiar, ser diferente.   El viejo Porfirio se sentó junto a Laura. Puso una mano callosa sobre su hombro y le dijo emocionado:

–Tú eres una buena muchacha. Tú serías una buena princesa para esa historia. Sin embargo, tengo varias preguntas sobre ese cuento, ¿puedo hacértelas?

–¿Por qué no? ¡Hágalas, don Porfirio! –se atrevió a decir Laura mientras lo animaba con una sonrisa.

El viejo adoptó una postura reflexiva y lanzó la primera pregunta:

–Tú dices que Cenicienta, que era muy pobre, recibió ayuda de un ser bueno, como una diosa, para poder ir al baile que se dio en la casa del rey, ¿no es cierto?

Laura afirmó con un movimiento de la cabeza. El viejo continuó:

—Dices que se vistió con ropas muy bonitas que le consiguió la diosa, que los ratones se convirtieron en caballos y que una calabaza se convirtió en un lindo carruaje, ¿no es así?

Laura asintió de nuevo con un gesto.

—Cuando llegaron las doce de la noche y la magia acabó, Cenicienta tuvo que salir corriendo para que no vieran que era una muchacha pobre y desarreglada —prosiguió Porfirio—, cuando salió corriendo, dejó olvidado uno de sus hermosos zapatos de vidrio y por todo el país buscaron a quién le servía ese zapato. ¿Es correcto? Pues... aquí comienzan mis dudas: ¿por qué todos los objetos se transformaron a medianoche y volvieron ser como antes, menos el zapato?; ¿qué hubiera pasado si el zapato le hubiera servido a otra muchacha antes que a ella?; ¿por qué el príncipe se fijó en todo menos en los ojos, que no cambiaron después de las doce de la noche? ¿No crees que sea muy tonto ese príncipe?

Laura se quedó callada, sorprendida, ante las preguntas del viejo. Yo salí apresurado en su auxilio y traté de dar una respuesta comprensible para todos:

—Lo que sucede es que esta es una historia inventada por un hombre y este quiso que así fueran los hechos: la magia le permitió a la muchacha transformarse por unas horas para que el príncipe se fijara en ella y esa misma magia permaneció en el zapato para que pudieran encontrarla y sólo a ella le serviría el zapato. Esta no es otra cosa que una historia para niños; pero la realidad es diferente: en la vida real, las cosas no ocurren así. Pero... lo importante es pensar que el destino de las gentes, aún en los cuentos, puede cambiar de muchas formas. Si no se hubiera quedado el zapato, Cenicienta nunca hubiera sido encontrada por el príncipe. Si el zapato le hubiera quedado bien, por ejemplo, a una de las feas y malas hermanastras, el príncipe se hubiera engañado y le tocaría una esposa que después lo haría infeliz. Es cierto que el príncipe de la historia es un poco tonto. ¿No era bella acaso la muchacha pobre aunque estuviera vestida con ropas rotas y desarregladas? Si el príncipe hubiera buscado su alma, no hubiera necesitado un zapato para encontrarla.

Mi novia añadió nuevos argumentos:

—Ese príncipe también es un poco vago, ¿por qué no salió él mismo a buscar a la muchacha si tanto la quería?

El viejo se rascó la cabeza y expuso su criterio:

—Las historias que me contaron mis abuelos son muy distintas. No hay tanto lujo, las cosas son más sencillas y se entienden mejor. En nuestras historias se habla de hombres y de animales capaces de entenderse con los hombres. La gente puede hablar con aquellos, y con la luna y el río. No hay ricos ni pobres. Sólo gente común. Nuestras historias enseñan cómo ser mejores en la vida, a amar el trabajo, respetar a los viejos y ser buenos. Por eso me gustan más.

—Tiene usted razón. Luís me ha contado algunas y sé que es cierto. La historia de Cenicienta es bonita, pero se la analizamos nos deja muchas dudas. La principal es que el destino de la gente no puede depender de la magia: muchos factores pueden variar nuestro sino. Si yo no hubiera ido a la plaza cierta mañana, no hubiera conocido a Laura; incluso, si hubiera estado allí una hora después, tampoco la hubiera conocido. La casualidad influye en nuestro destino; pero este depende fundamentalmente de uno mismo, de cómo cada cual vea su vida y se conforme con ella o no.

El padre de Luís suspiró profundamente, trataba de ver su propia vida más allá de la simpleza y la rutina con la que la había consumido.

—Nuestro destino siempre ha sido el mismo —su voz sonaba afectada por la insatisfacción—; desde niños hemos trabajado muy duro, sin esperar nada del gobierno. Nuestra gente se muere y a nadie le importa: ese ha sido nuestro destino.

—¿Y van a cargar sobre sus espaldas siempre ese peso?

–preguntó Laura–; el hombre puede llevar su destino a cuestas mucho tiempo, pero un día debe hacer algo para mejorarlo. No puede cruzarse de brazos eternamente.

–Tal vez tengas razón. Perc... uno se acostumbra a vivir así. No es fácil cambiar. Somos como las montañas, siempre en el mismo lugar. Vienen el día y la noche, la lluvia y la tormenta, pero la montaña no cambia. Comprendo que nosotros deberíamos cambiar, pero... ¿cómo hacerlo?

–Hay que encontrar la forma –respondió mi novia–, lo malo no puede ser eterno. Lo importante es que ustedes mismos se den cuenta de la necesidad de cambiar. Es el primer paso. La forma de hacerlo viene luego por sí sola.

El doctor Avendaño se acercó a nosotros en compañía de Luís. Por el rostro de nuestro amigo, adivinamos que las noticias sobre la salud de su esposa no eran nada optimistas.

–Las noticias no son buenas –explicó el médico apenado–; la señora sufrió un fuerte impacto en la columna vertebral que le dañó la médula espinal. Como resultado de esta lesión, perdió prácticamente la movilidad de las extremidades inferiores. A partir de ahí y por falta de atención médica oportuna, ha sufrido un proceso degenerativo funcional irreversible: no volverá a caminar. Lo más doloroso es que su salud se encuentra bastante resquebrajada por la falta de ejercicio, la carencia de atención y de un tratamiento adecuado. No hay esperanzas de que sobreviva en estas condiciones.

Nos miramos con tristeza. Del pecho de Luís brotó un suspiro de dolor y resignación. Nuestro amigo sufría una pena sin límites. El deterioro de su esposa que ocurría ante sus ojos y el ir perdiéndola poco a poco hacían que la impotencia se adueñara de cada fibra de su ser.

Me acerqué a él y lo abracé, mientras una lágrima se escapaba de sus ojos.

–Debes de ser fuerte, Luís –y mi voz se quebró en mi garganta.– Recuerda que tus hijos te necesitan.

No pudo soportar la presión y se separó violentamente de mi abrazo. Con sus puños desnudos golpeó con rabia la dura corteza de un árbol, sin importarle las heridas que se causaba en las manos. Veíamos con dolor cómo lloraba de impotencia. Nadie trató de impedir su explosión. Laura, abrazada a mí, lloraba también. En ese momento, odié esta época que nos había tocado vivir, edificada sobre el sufrimiento y la desventura. Odié con todas mis fuerzas este tiempo indiferente que quebraba el amor, que aplastaba y laceraba el alma de las gentes sencillas de mi país. Quedamos compungidos, inermes, soportando estoicamente la avalancha de desventuras con la que pagábamos el derecho de existir. De ello fueron mudos testigos la vieja aldea de casas de adobe y la montaña pegada a ella como un matrimonio indisoluble y eterno.

Un rato después, luego de haber almorzado bajo la sombra de los árboles frutales, Luís me invitó a conocer los alrededores. Caminamos un largo trecho, en silencio, por senderos que mi amigo había recorrido desde su infancia. Íbamos hollando con nuestros pasos la virginidad de la montaña, que nos recibía, desafiante, en medio del jolgorio de los pájaros y el ajetreo bullicioso de pequeños animales, desconocidos para mí. El mismo arroyo que pasaba detrás de nuestro rancho, bañaba el costado de la montaña más cercano al caserío. Luís se sentó sobre las rocas húmedas ubicadas a un costado del río. Pude ver en sus ojos oscuros la huella de un sufrimiento latente.

–Tengo mucho dolor en el alma, Érico –me dijo apesadumbrado–, no sé qué me pasaría si la María se me va. Ella y mis hijos son todo para mí... Sabía que estaba muy enferma, pero no esperaba que pudiera morir. Ahora todo es distinto y muy triste.

–Imagino cómo te sientes, Luís. Yo también estaría así si me faltara Laura. ¿Sabes? Es cierto que ella y yo vivimos juntos desde hace poco y, sin embargo, es tan importante para mí como comer y respirar. No veo la vida sin ella cerca de mí. Supongo que ustedes, que llevan tanto tiempo unidos, deben sentir con más fuerza ese necesidad.

–Es cierto. La María... es mi vida, como la Laura para

ti... ¿No tienes miedo de perderla un día, en esta lucha que comienza? –preguntó de improviso.

–¡Sí! Tengo un miedo horrible de perderla. Si pudiera, la alejaría de todo esto. Muchas veces he pensado en pedirle que se vaya a otro país, lejos del peligro. Sin embargo, no me atrevo a hacerlo. Te lo confieso de verdad. Creo que si lo hiciera la lastimaría mucho. Sería como traicionarla. Ella ama la vida que ha escogido tanto como a mí. La lucha es su razón de ser. Ninguno de los dos podemos evitarlo. Sé que ella también sufre por mí; pero no nos queda más remedio que cuidarnos mutuamente y confiar un poco en el destino.

El hombre se acercó a mí y nos abrazamos. Cada día que pasaba se iba convirtiendo más en ese hermano que nunca había tenido. Esa tarde nos unió más la pena por la suerte de nuestras amadas. Esa tarde cayeron las últimas barreras que pudieran quedar entre los dos y nuestra amistad se consolidó a fuerza de dolor.

Un poco más tarde iniciamos el regreso a la aldea. Cuando divisamos el patio trasero de la casita de Luís, apareció Laura ante nosotros con la sonrisa de siempre. El ancho pantalón verde olivo y el pelo desordenado por el viento la hacían parecer más joven todavía. Encontré en sus ojos, nuevamente, la alegría de verme regresar junto a ella. Corrió hacia mí con los brazos abiertos, buscándome con avidez. La tomé entre mis brazos y la besé con desesperación y también con miedo, la besé con una profunda nostalgia que me partía el alma. Un amargo presentimiento se apoderó de mí, lastimándome. Entonces la abracé aún más fuerte, fundiéndola conmigo, como si pudiéramos convertirnos en un solo ser único e indivisible.

Así estuvimos largo rato. Ella abrazada a mí, disfrutaba de una felicidad que amenazaba con ser pasajera como el viento, y yo, dolido de esa misma felicidad, sumido en presagios nefastos y amenazadores, sentía todo mi cuerpo temblar de horror y angustia. Ni siquiera sus besos pudieron alejar de mis labios la amargura. Mil veces hubiera dado mi vida para salvar la de ella. Mil veces hubiera sacrificado cualquier parte de mí para alejar tan malos pensamientos y el miedo atroz de que me faltara. ¿Por qué, me pregunté, cuando uno tiene aquello que ha buscado con empeño en la vida, teme con desesperación perderlo? ¿Era natural mi temor o sería yo víctima de un tenaz pesimismo? ¿Podría yo vencer ese miedo o él sería capaz de vencerme a mí de un solo golpe? No había respuestas para las preguntas en que tomaban cuerpo la desesperación y el miedo a perder la felicidad.

Ella me miró fijamente, tratando de descubrir qué afectaba mi estado de ánimo. No le costó mucho encontrar la desazón que me golpeaba.

–¿Qué pasa, mi cielo? –y su voz sonó llena de inquietud.

–Nada. No pasa nada –apenas atiné a decir.

–Sé que estás preocupado por mí, Érico. No lo hagas... Los dos llegaremos a viejos, rodeados de hijos y nietos. ¿No te dije que a nuestro primer hijo quisiera llamarlo Ernesto, igual que el Che? Tal vez pueda ser un médico como Avendaño... ¿Te lo imaginas, mi amor? Quisiera que se pareciera a ti, que tuviera tu sonrisa y fuera tan, pero tan apuesto como tú.

Entonces pasó su mano por mi cara, acariciándola. El contacto con su piel y su obcecado optimismo me inundaron de nuevo con una frágil esperanza. Volví a abrazarla y no pude evitar que me sintiera llorar, pegado a ella. Así quedé, desarmado, hundido en su ternura y lastimado en lo más hondo de mi corazón; amándola con dolor y sin que nada me importara. La tragedia de Luís, sumada a la tragedia íntima que vivía mi alma de adolescente, fueron superiores a mí y me sentí tan desarmado como un niño pequeño. No tuve más remedio que sobreponerme entre sus brazos. No tenía otra opción que seguir adelante.

9

En la finca la vida transcurría sin muchos sobresaltos. Las muchachas asimilaban rápidamente las enseñanzas sobre primeros auxilios que les impartía nuestro médico. Yo me dedicaba a entrenar y para ello continuaba con mis largas caminatas. Por las noches leíamos y comentábamos algún buen libro. Salvo cuando recibíamos a nuestros amigos de la ciudad y teníamos noticias frescas sobre nuestros familiares, todo era monótono y agobiante y, a veces, la desesperación nos invadía. Para nosotros era importante empezar de inmediato los preparativos encaminados a formar grupo guerrillero. En ocasiones, culpábamos injustamente a nuestros camaradas por la lentitud con que se realizaban.

Hubo, sin embargo, un momento peculiar y significativo para mí. Ocurrió una tarde en que Luís y yo regresábamos de una de nuestras caminatas.

No bien penetramos en el rancho, encontramos las miradas de Leticia y Lucía. En ellas pude notar ese brillo común cuando alguien oculta algo y, sin embargo, no resiste la tentación de decírnoslo. Ambas se sonrieron de la misma forma enigmática y burlona. No había duda de que algo las hacía felices, pero escondían maliciosamente una sorpresa. Luís y yo las miramos extrañados.

–¿Qué sucede? –pregunté.

–Nada –respondieron al unísono y se rieron en mis narices.

De inmediato busqué a Laura y al doctor, que se encontraban en una de las habitaciones. Mi novia estaba acostada y me recibió con una de las miradas más felices que había visto en sus ojos verdes. Avendaño me sonrió de manera indescifrable y sugestiva.

–¿Qué sucede? –volví a preguntar sin poder contener la inquietud que me atormentaba.

Ambos volvieron a sonreír frente a mí, sin responderme.

–¡Epa, Laura! ¿Qué te pasa? ¿Qué haces acostada? –insistí nervioso.

El doctor se acercó a mí y puso su mano derecha sobre mi hombro. Me sacudió emocionado. Con voz que combinaba un aire solemne y burlón a la vez, me dijo:

–Tu Laura te tiene una gran sorpresa, amigo mío.

Ella extendió sus brazos hacia mí, llamándome. La misma sonrisa feliz revoloteaba en su rostro.

–¡Ven acá! –dijo suavemente.

Me acerqué y me senté a su lado. Ella atrajo mi cabeza junto a la suya, colocó su boca junto a mi oído. Me besó en el cuello, haciendo que cada célula de mi cuerpo se sacudiera víctima de una imperceptible descarga eléctrica. Luego me dijo en voz muy baja:

–¡Vas a ser papá! –susurró.

No era necesario decir más. Como movido por un resorte pegué un brinco, me separé de ella y miré inquisitivamente a Avendaño, quien me respondió con un simple movimiento afirmativo de su cabeza.

Entonces todo estuvo claro para mí. Sin poder contener la emoción salí corriendo fuera de la habitación, me olvidé de Laura y del doctor. Luís corrió detrás de mí. Cuando llegamos al frente del rancho, empecé a brincar abrazado a mi amigo. El soldado saltaba contagiado por mi paroxismo incontrolable. De mi garganta solo salía una frase:

–¡Voy a ser papá!... ¡Voy a ser papá!

Me parecía que las montañas cercanas devolvían mis gritos, haciéndose eco de mi felicidad. Los pájaros volaron asustados de las ramas de los árboles y se perdieron en el infinito, ¡quién sabe si para repartir la alegre noticia por todos los lugares o para huir de aquella sensación desconocida para ellos! Mis amigos, parados en el portalón del rancho, reían a carcajadas ante mi explosión de felicidad. Con ellos estaba mi Laura, más hermosa que nunca, más cercana a mí de lo que nunca había estado antes.

Luego de unos minutos de euforia incontrolable, compartida de forma solidaria por Luís y los otros, me detuve a contemplar a mi amada. Corrí hacia ella, buscando su abrazo fértil y cálido. Nos besamos delante de todos. Luego recibí los besos y abrazos de cada uno de mis camaradas, su alegría fraterna y sincera por mi felicidad. Aquel momento de alegría fue como un bálsamo reconfortante y un canto de optimismo frente a cualquier desdicha que pudiera traernos la vida.

Un rato después nos sentamos bajo la luz de la luna. El doctor tenía guardada una botella de vino que sacó sin vacilar para celebrar la buena nueva. Leticia cantó, emocionada, una antigua canción que hablaba del amor entre un hombre y una mujer, un canto a la esperanza. Me acerqué a Lucía cuando vi que de sus ojos brotaban unas lágrimas desesperadas.

–¿Qué pasa? –le pregunté.

–Nada... pensaba en Felipe. Si no hubiera muerto, algún día hubiéramos festejado un momento así.

Callamos. Sabía lo dolorosa que había sido esa muerte para ella. Lo cruel que resultaba la muerte de un ser tan joven, quien no llegó a sentir esta alegría. La vida a veces es muy injusta.

Laura se acercó y abrazó tiernamente a su amiga. Puso una mano en su barbilla y le dijo:

–Hubiera sido maravilloso que él estuviera ahora con nosotros, precisamente ahora en que me siento la mujer más feliz del mundo. Perdóname por ser egoísta, aunque sea por un pequeño instante. Tú sabes mejor que nadie que su sacrificio no ha sido en vano. Él vive en cada uno de nosotros. ¿Quieres una prueba? Yo le había pedido a Érico que nuestro hijo se llamara como el Che, pero le llamaremos Edgar Ernesto Felipe. Esa será una forma de tenerlos presentes y un motivo de orgullo para nuestro hijo. ¿No les parece?

Nos fundimos en un fuerte abrazo. Comprendimos que

la vida, nuestra existencia corta y agitada, nos había unido para siempre. Los sueños más puros que habíamos fabricado desde niños, el dolor por la pérdida de nuestros amigos, habían servido de cimiento a la amistad.

Poco después nos fuimos a acostar. La noche, el cansancio y el vino habían hecho de las suyas. Sin embargo, Laura y yo apenas si podíamos dormir. Nuestros cuerpos desnudos estaban muy juntos en la pequeña cama que nos tocaba, sumergidos en la oscuridad y en la necesidad de fundirnos en uno solo. La luz de la luna, que penetraba tímida por la ventana, me mostró los ojos de Laura que se tornaban de un color casi gris. Hasta mí llegaba su aliento cálido y reconfortante. La besé más de una vez con infinita ternura.

–¿Eres feliz, mi vida? –me preguntó.

–¡Sí, mi amor! Soy realmente feliz.

–¿No quieres darle un beso a nuestro hijo? –sonrió pícara.

–¡Claro!

Entonces me atrajo hacia sí, colocando mi cabeza sobre su vientre. Mis manos acariciaron su piel. Más de una vez besé con ternura el preciso lugar en que estaba mi hijo, prendido a ella como una semilla fértil y prometedora. Más de una vez traté de encontrar y sentir ese hálito de vida, carne de mi carne, materialización de mis sueños y mi amor, sumergido en su cuerpo como un grito de esperanza.

–¿No quieres decirle algo al niño? –inquirió con ojos llenos de burlona malicia, mientras yo la miraba con infinita ternura.

Con el tono más solemne que pude encontrar, dominado por la emoción y la ternura, le dije a mi pequeño:

–Edgar Ernesto Felipe, te prometo que serás un hombre feliz. Tu mamá y yo haremos todo lo que esté a nuestro alcance para ofrecerte un mundo mejor. Tú eres el resultado de un amor lindo y serás un niño muy hermoso. Nosotros te querremos por encima de todo. No importa que algún día estemos tristes, la tristeza no llegará a ti. No importa que nos sintamos sin fuerzas, tú nos darás un motivo para seguir. Incluso si se nos acaba la fe, tú serás nuestra esperanza.

Me emocioné mucho. El hecho de hablarle por primera vez a mi hijo, aunque sólo era una promesa, me caló hondo. Saber que del amor entre Laura y yo había surgido algo tangible y capaz de prolongarse más allá de nosotros, me conmovió de tal forma que solo atiné a llorar mis mejores lágrimas. Mi novia, llena de felicidad, lloró junto a mí, temblorosa, desarmada por la posibilidad de darle a nuestro amor un contenido más amplio que nuestras propias vidas.

Esa noche nos entregamos al amor de una manera distinta. Ninguno de los dos sabíamos que podía amarse de formas diferentes. Nos besamos desesperados sobre cada lágrima, borrándolas. Sentimos que nuestro amor había madurado un poco más: no era exclusivamente la pasión que habíamos conocido en el río, ni tan siquiera aquella ternura nacida poco a poco entre los dos; ahora era responsabilidad, compromiso con el retoño que se formaba en su seno y, mediante el cual, nos prolongaríamos más allá de nuestro tiempo. Nos sentimos más unidos, más indispensables y más necesarios.

A la mañana siguiente, bien temprano, nos sorprendió la llegada de don José y de Manuel. Nuestros amigos traían noticias de la ciudad y valiosas informaciones sobre las tareas llevadas a cabo para formar el destacamento armado. Ya se habían realizado gestiones para adquirir armas y municiones, así como para localizar casas de seguridad en la capital. Habían vendido los escasos valores que poseían para procurar algún dinero conque comprar lo necesario para la lucha.

Nos concentramos en la sala del pequeño rancho para discutir lo ocurrido y las tareas que se hacía necesario acometer en las próximas semanas. Manuel tomó la palabra, con un entusiasmo inusual en él:

—En el Instituto preguntan siempre por ustedes. Los

que conocen nuestros planes están desesperados por hacer algo. Antonio, Ramón y los otros muchachos se han lanzado a cumplir las tareas con un empuje sorprendente. Hemos tenido, incluso, que aguantarlos, porque han querido salir a la calle para asaltar a los soldados y quitarles sus armas. Han continuado el trabajo con el estudiantado y están programadas nuevas manifestaciones de protesta contra el gobierno. En estos últimos días se han estrechado las relaciones con los muchachos de otras escuelas y con los universitarios.

—Es importante —dijo Laura— mantener ese entusiasmo de forma que la gente no se enfríe y se sepa necesaria. Las tareas políticas deben ser por ahora las principales con los muchachos. La búsqueda de armas es una tarea peligrosa y deben hacerla los más experimentados y con mucho cuidado. Si las autoridades llegan a sospechar acerca de nuestros planes, la situación se complicará para nosotros.

Don José, que había permanecido callado hasta el momento, expuso sus criterios:

—Laura tiene razón. Debemos ser cuidadosos. Las manifestaciones y protestas estudiantiles deben continuar, mientras organizamos el paso a la lucha armada. Es necesario realizar una reunión en la ciudad en la que participen todos los comprometidos con las tareas organizativas. Érico debe ir con nosotros. Las muchachas pueden quedarse aquí. El objetivo es analizar el programa y las tareas inmediatas a llevar a cabo. Allí podremos definir qué se debe hacer para conseguir las armas que necesitamos y, sobre todo, crear una comisión que se encargue de seleccionar la futura zona de operaciones.

Miré a Laura. Sabía que la posibilidad de una separación, aunque fuera corta, no iba a agradarle mucho. Sin embargo, me sorprendió cuando dijo:

—Estoy de acuerdo. Érico participó en la elaboración del programa de trabajo junto a usted y es importante que pueda informar a los muchachos. Nosotros nos quedaremos aquí, no deben preocuparse, pues el doctor se quedará acompañándonos. Incluso había pensado proponerle que fuera con nosotras a la aldea de Luís para ayudarlos con algunas medicinas y con labores de prevención de enfermedades.

—Me parece bien —dijo Avendaño—, había pensado en eso después de la visita que hicimos a la aldea; pero estaba esperando que vinieran, pues son necesarias algunas cosas. Como Érico va a la ciudad, él podrá hablar con su tía para que me las consiga.

—No hay problema entonces —apuntó el viejo obrero.

Un rato después me despedí de Laura, luego de encargarle que se cuidara mucho y de prometerle que haría lo mismo. Llevaba una carta de mi novia para su abuela; también el recuerdo de mi amada y de mi pequeño hijo, aún por nacer, pero ya presente entre nosotros.

El sol había alcanzado su plenitud cuando entré en la casa de mi tía. Su rostro se iluminó de alegría cuando me vio parado junto a la puerta. Hacía casi tres meses que no las había visto, ni a ella ni a mi querida abuela.

—¡Mi hijo, mi hijo querido! —casi gritó por la emoción y la sorpresa.— ¡Cuánto lo extrañamos!

Sentí en mi frente sus besos, que hablaban de su preocupación por mí. Sentí todo su amor en cada lágrima escapada de sus ojos. Mi buena tía Luisa me ofrendaba todo su cariño en cada caricia.

Ya dentro de la casa y luego de fundirme en un abrazo contra el frágil cuerpo de mi abuela, me senté junto a ellas.

—¡Cuénteme de Laura! ¿Cómo está ella? —me urgió mi tía.

Le conté acerca de nuestra vida en el rancho y cómo había crecido el amor entre los dos. Cuando se enteró de que Laura estaba esperando un hijo, mi tía no ocultó su preocupación.

—¿Han pensado bien las cosas? —me dijo en un tono que mezclaba un poco el reproche y la inquietud.— Son tan jóvenes los dos... me parece tan apresurado ese hijo. Llevan una vida complicada e incierta, peligrosa para una embarazada... ¿Y tu mamá qué opinará al respecto? Creo que no le gustará mucho.

Miré a mi tía con cariño. Sabía que esa iba a ser su reacción cuando se enterara. Tanto ella, como mi madre, no podían sustraerse a la idea de que yo era aún un adolescente. Sin embargo, sabía que, a la larga, entendería nuestra decisión.

–Mire, tía –empecé persuasivo–, Laura y yo lo pensamos bastante... Aunque ustedes me sigan viendo como a un niño, hace rato que dejé de serlo. Los dos escogimos nuestra vida y lo hemos hecho con gran responsabilidad. Sabemos que es difícil y que tal vez se vuelva mucho más complicada aún. Por eso, y porque nos amamos, decidimos tener este niño. Nada ni nadie nos impedirá realizar nuestros sueños... Tal vez sea lo único que podamos hacer por nosotros... Tal vez sea lo único lindo que nos dé tiempo a realizar.

La anciana me miró sorprendida. Se daba cuenta de que ya no era el muchacho simple y soñador que llegó a su casa una mañana de abril, procedente de la Argentina. Unos pocos meses en mi país me habían transformado, hasta el punto de ser casi un desconocido. Sin embargo, pudo más el amor que todos sus recelos y preocupaciones.

–Está bien –expresó conciliadora– no discutamos más este asunto. Ustedes han mostrado mucha madurez y, supongo, sabrán qué hacer con sus vidas. Si le peleo, hijo, es porque lo quiero mucho. No deseo que sufran más. Si quieren tener ese niño, ténganlo. Nosotros, si es preciso, lo cuidaremos.

–Gracias, tía bonita –la abracé y coloqué un beso en su frente.

Horas más tarde, en casa de Laura, conversé con doña Dolores, su anciana abuela. Mientras me hacía tomar un jugo de frutas, le relaté cómo iba nuestra vida. Su rostro se iluminó con una indescriptible alegría cuando le di la noticia de que pronto sería bisabuela. Pude contemplar su felicidad mientras leía la carta de su nieta.

–Me hacen muy feliz –apenas atinó a decir, mientras las lágrimas caían de sus ojos.– La Laura es lo más grande que tengo en el mundo. Ella ha sido muy infeliz. Desde que sus padres murieron, me encargué de criarla. Le di todo el cariño del mundo, pero sé que la ausencia de sus padres la afectó mucho. Al conocerte, su vida cambió... La he visto reír de una forma diferente... Necesito ir a verla, aunque sea por unas horas. Estoy segura de que la muchachita estará loca por contármelo. ¿Me lo prometes?

La abracé tiernamente, mientras le decía:

–¡Se lo prometo! Cuando me toque regresar, me pondré de acuerdo con don José para que usted se pase unos días allá con nosotros.

–¡Muchas gracias, m'ijo! –dijo la vieja mientras se abrazaba a mí.– Usted no sabe lo feliz que me hace.

Me despedí de la vieja y encaminé mis pasos rumbo al Instituto. Llevaba dentro de mí un profundo agradecimiento hacia aquella señora que había dedicado los últimos años de su vida a criar a la pequeña hija de los españoles de la casa en que trabajaba como sirvienta. La trágica muerte de los padres de Laura en un accidente automovilístico, había dejado a la niña sola y desamparada. La ausencia de familiares directos empujó a Dolores a hacerse cargo de su crianza. Con una entrega estoica asumió la responsabilidad de cuidarla y protegerla con dedicación.

Un rato después, frente al conocido edificio, donde una día había buscado a Laura con desesperación para no separarme de ella nunca más, encontré al grupo de muchachos, que me saludó lleno de alegría. Querían conocer cómo estaba Laura y después de contarles los últimos acontecimientos ocurridos en el rancho, incluida la maternidad de Laura, quedamos en reunirnos con don José y sus camaradas esa misma noche. Me emocionaron sus muestras de alegría ante la noticia. Este grupo de estudiantes se había convertido para mí en algo muy cercano e íntimo. Si bien otros habían sido mis primeros amigos de travesuras allá en Argentina, estos muchachos constituían una amistad cualitativamente nueva. A fuerza de amasar juntos un mundo más prometedor y de aspirar a vivir en él, entre nosotros había surgido una estrecha camaradería. Las travesuras infantiles habían quedado atrás, convirtiéndose en un simple recuerdo de cuando imperaba la inocencia.

Guiado por esos pensamientos, dirigí mis pasos hacia la vieja plaza. Tenía un profundo deseo de ver la centenaria fuente donde había surgido nuestro amor. Me senté en el mismo lugar de siempre, allí donde compartimos el sabor de la tragedia e interpusimos la esperanza de vivir a toda costa. Me sorprendió ver que la piedra no me recibía con la indiferencia de siempre. Descubrí en ella un hálito de vida fundido a mi piel cuando mi mano recorrió con cariño su húmedo lomo. Podía sentir en el repiquetear de las gotas de agua un saludo. Ella esgrimía ante mis ojos su callada solidaridad, su pena y su ofrenda de esperanza redimida.

Pasé más de dos horas junto a la fuente. En cada minuto, estaba Laura presente entre los dos. Lo sabíamos y lo aceptábamos con el compromiso de hallar un punto común entre la carne y la piedra, entre la sangre y el polvo, entre en el moho y la piel vibrante. No necesitamos de la palabra, ni tan siquiera del gesto para entendernos. Sabíamos que nos faltaba Laura en ese preciso momento para que el paisaje cobrara la vida necesaria, capaz de hacerlo trascender más allá del minuto que vivíamos. Sin embargo, Laura estaba presente, invadía de esmeralda el entorno con su mirada y repartía felicidad con su sonrisa. Su recuerdo era como una llama viva, como una premonición y un cataclismo.

Cuando la noche se extendió sobre la ciudad y la disfrazó con luces, nos encontramos en casa del padre de Edgar. La vieja casa extrañaba su presencia traviesa. Luego de saludar, entré al patio trasero en compañía de don José. Allí se encontraban Martha, Pablo, Manuel, Antonio y Ramón por parte nuestra, así como Alfonso, Pedro y otros dos obreros, nombrados Paco y Benito. Todos conversaban animados, reinaba en el ambiente una agitación apreciable. Me senté junto al anfitrión, quien tomó la palabra de inmediato:

—¡Compañeros! Todos ustedes conocen el propósito de este encuentro. Ha llegado el momento de analizar lo que se ha hecho en relación con la formación una unidad guerrillera que luche por la liberación de nuestra patria del yugo explotador. A cada uno de los presentes se le ha encargado una determinada tarea y hoy veremos cómo marcha cada una. ¿De acuerdo?

Sin esperar respuesta, continuó:

—Todos ustedes han tenido acceso al documento programático y deben haberlo analizado con anterioridad. En él se explica por qué luchamos y hacia dónde vamos. No excluiremos a nadie que quiera combatir contra la dictadura; pero debemos tener bien claro que los pobres son la verdadera razón de nuestra lucha. Combatimos contra los militares que detentan el poder y por establecer una verdadera democracia; porque la tierra sea realmente de quien la trabaje y porque desaparezca la desigual distribución de la riqueza. Combatimos para que ustedes, jóvenes de nuestra Patria, tengan derecho a crecer libres.

Lo escuchábamos emocionados, con la certeza de que actuábamos correctamente. El impacto de sabernos útiles a nuestro país nos llenaba de un profundo orgullo que apenas podíamos contener en nuestros pechos. El viejo don José, luchador incansable, sabía llegarnos al alma con su verbo directo y preciso. Cada palabra suya nos empujaba hacia la convicción de que para todos el camino debía de ser ese: luchar sin tregua contra los enemigos del pueblo.

Pedro Montes tomó la palabra quebrando el silencio dejado por el padre de Edgar.

—Debe estar presente en el documento la convicción de que acudimos a la lucha armada porque los poderosos no nos dejaron otro camino. Durante años, la burguesía y los terratenientes se han enriquecido a costa de nuestro pueblo, favoreciendo, sobre todo, a los norteamericanos. Por eso, nuestra lucha debe tener un definido carácter antiimperialista.

Estaba claro que el dominio yanqui sobre la vida política y económica del país era una de las causas de la pobreza generalizada del pueblo. Luchar contra la burguesía y los terratenientes significaba hacerlo contra el imperialismo que los sostenía. Las armas que reprimían al pueblo eran norteamericanas, usadas por soldados entrenados en Estados Unidos y todos los instrumentos de represión eran entregados por oficiales yanquis. Era público que existían en el país asesores norteamericanos que entrenaban al ejército en contrainsurgencia y represión.

Un rato después, luego de varias intervenciones, quedó aprobado el documento que contenía el programa de lucha y los objetivos de la naciente organización. Habíamos logrado determinar cuáles serían nuestros pasos ulteriores y definir su dirección. Nuestro grupo había decidido iniciar la búsqueda de una patria mejor para todos. Habíamos apostado por la democracia, el antiimperialismo y la igualdad plena entre los hombres.

A propuesta de Pedro, se formó un grupo integrado por don José, Pablo, Luís y yo, que estudiaría sobre el terreno cuál sería la zona más favorable para la actividad guerrillera. Se decidió conformar células urbanas que constituirían nuestra retaguardia y desarrollarían actividades clandestinas en la ciudad. Finalmente, se encargó a Pedro y a un grupo de estudiantes y obreros, entre los que se encontraban Benito y Paco, así como por Manuel, Martha y Antonio, de todo lo relacionado con la actividad urbana.

Hasta el momento se contaba con un pequeño alijo de armas, fundamentalmente, las usadas en el ajusticiamiento de Rivas. Era importante incrementar este arsenal, lo que no excluía su obtención mediante el asalto a policías y soldados en la ciudad. Se acordó que el grupo urbano se encargaría de esa tarea. El dinero conseguido luego de la venta de nuestras pertenencias, a las que se sumaron las joyas de mi tía y de mi abuela, nos ayudaría en esa tarea.

Igualmente se contaba con material de urgencia y medicamentos que cubrirían, al menos en un inicio, las necesidades del destacamento guerrillero. De la misma forma, se había logrado adquirir suficientes alimentos enlatados, café, frijoles, sal y azúcar, para cubrir la demanda inicial de la tropa.

Alfonso informó que se disponía de una pequeña cantidad de calzado y ropa de campaña, así como de mochilas, hamacas y hules, suficientes para abastecer a cerca de veinte personas.

Don José destacó que, además del rancho de Avendaño, se contaba con tres viviendas en la ciudad que servirían para desarrollar las tareas urbanas encargadas al grupo y funcionarían tanto como casas de seguridad como para la recepción de la logística que fuera apareciendo. Su ubicación debía permanecer por ahora en el más absoluto secreto.

Era innegable que se habían dado algunos pasos significativos para la creación del grupo guerrillero y solo quedaba la adecuada selección de la zona de operaciones, labor a la que nos dedicaríamos de inmediato, apenas retornáramos al rancho.

Personalmente, me sentí convencido de que se había avanzado lo suficiente para garantizar, al menos, la permanencia de un pequeño grupo armado. Tanto el armamento como las vituallas indispensables se habían adquirido a costa de un esfuerzo digno de admiración. Cada uno se había desprendido de todo lo que tenía de valor. Los estudiantes habían vendido sus prendas más amadas y muchos de ellos, incluso los que no participarían directamente, no vacilaron en entregar dinero y alimentos para la futura empresa. El inicio era solo cuestión de tiempo.

Entrada la noche, marchamos hacia nuestras casas imbuidos de un profundo entusiasmo. Don José y yo decidimos pasar por casa de doña Dolores para informarle que saldría con nosotros temprano en la mañana rumbo al rancho, para que pasara unos días con Laura. La vieja se sentiría contenta de encontrarse con su nieta; aunque no fue fácil tomar la decisión de autorizarlo. Nos favorecía la confianza que teníamos en la anciana y el hecho de saber que su presencia no despertaría sospechas. Más adelante, cuando todo empezara a funcionar, debíamos cuidarnos de no violar las reglas del clandestinaje.

Cuando llegué a casa de mi tía, estaba realmente agotado. Conversamos brevemente, escribí una larga carta a mis padres y me acosté. Entonces me dediqué a pensar en Laura y en mi pequeño hijo. Los extrañaba. Laura se había convertido en una parte necesaria e imprescindible de mi vida. Su sonrisa navegaba en mi mente como una barca sin rumbo fijo, capaz de desafiar cualquier tormenta. No había ola ni viento huracanado, ni maremoto ni tifón, capaz de detenerla. Navegaba en mi pensamiento con las velas abiertas, partiendo el aire con su presencia y su canto de esperanza. Pensando en Laura, con el sabor de su saliva en mi boca, me dormí.

Afuera la ciudad dormía también, sacudiendo a ratos su intranquilidad: era como yo, luchaba por sobrevivir más allá del abandono de siglos, amasando en silencio su secreta esperanza de que algún día, tal vez no muy cercano, podría arrancar de su rostro esa tristeza vieja y lastimera que sabe a musgo seco y a lágrima salada, esa antigua tristeza que apostaba por la vida, sin miedo al fracaso y a la desesperanza.

10

Divisamos desde lejos el resplandor de los rayos del sol sobre el techo de zinc de nuestro amado rancho. Una inmensa alegría se desbordaba en mi pecho cuando sentí tan cercano el encuentro con mi amada. Allí estaba el otro pedazo de mí que me había faltado dolorosamente en las horas anteriores. Allí estaba mi naciente familia, la que más que nada en el mundo anhelaba edificar a pesar de las penosas y tristes circunstancias. Tenía claro que ese intento representaba no sólo un combate por la vida, sino también un pedazo tangible de ese mundo mejor que luchaba por construir.

Cuando el Land Rover se detuvo frente a la casa de adobes, pude distinguirlos a todos en el portalón. Estaban Leticia y Lucía, Avendaño con su figura encorvada y mi entrañable Luís con su uniforme de soldado. Allí estaba también Laura vistiendo un ancho vestido celeste que no ocultaba su ya abultado vientre. Su rostro se iluminó al vernos bajar del yipi. Con entusiasmo inusitado corrió hacia nosotros con una enorme sonrisa y el negro pelo que flotaba en el aire. Me abracé a ella y nos besamos en presencia de todos, sin el menor recato.

Un rato después, me senté junto a ellos para contarles los pormenores de la reunión. El entusiasmo se contagió a los compañeros del rancho. En sus ojos era fácil descubrir ansiedad y optimismo. ¡Al fin podríamos hacer algo concreto!

En un aparte con Luís, mientras Laura conversaba con su abuela, don José, Pablo y yo le explicamos la necesidad de buscar una zona adecuada para ubicar la guerrilla. El soldado, además de un entrenamiento básico, contaba con gran conocimiento de la región: no vaciló en proponer una región selvática distante a unos 80 kilómetros, caracterizada por su clima tropical y abundante vegetación, la cual llega a alcanzar elevada altitud y espesor. Predominaban árboles chicleros, conocidos como chicozapotes, y una gran diversidad botánica que la hacía tupida e impenetrable; su clima es lluvioso, cuenta con abundante fauna –jabalíes, venados, pecaríes, guajolotes, osos hormigueros–, que garantizaría el sustento de la tropa. Lo inhóspito y deshabitado de la región permitiría que nuestro grupo pudiera habituarse a la vida guerrillera, mientras recibía el entrenamiento necesario. La zona estaba rodeada de pequeñas aldeas, ubicadas en las estribaciones de la selva, muchas de las cuales eran conocidas por Luís y don Porfirio, y podrían servir como bases de apoyo al destacamento y fuentes para el ingreso de nuevos guerrilleros.

Aceptada la propuesta de Luís, quedamos en salir bien temprano al día siguiente para recorrer la zona. El hecho de que no muy cerca de allí actuara un grupo guerrillero ya constituido, era un factor controvertido. Por un lado habría una mayor vigilancia del ejército, con la consiguiente concentración de tropas y movilización de patrullas, lo cual afectaría la fase organizativa del destacamento y nos sometería a una permanente movilidad. Por otro lado, no podía descartarse la reacción de este grupo: habría que contactar con ellos con vistas a coordinar acciones y determinar las respectivas zonas de operaciones, lo que podía ser muy complicado si ellos no aceptaran nuestra presencia en la región. Sin embargo, el conocimiento por parte de don José de algunos de sus líderes, en gran parte procedentes del partido, y la existencia de una masa indígena sufrida y explotada en el territorio, favorecería la posibilidad de crear una poderosa red de colaboradores, lo que contribuiría a garantizar la supervivencia inicial.

El análisis de todos estos factores nos llevó gran parte del tiempo posterior a nuestra llegada al rancho: era mucho más complicado de lo que habíamos pensado. Todo dependería de cómo fuéramos capaces de coordinar esfuerzos con los otros destacamentos y de la capacidad de captar una vasta base de apoyo en la región. Habría que actuar con bastante tino y yo estaba confiado en que don José y la gente de Luís ayudarían en cada caso.

En horas de la tarde caminé con Laura hacia el río. Ambos sentíamos una enorme necesidad de estar juntos y expresar nuestro amor en la más completa intimidad. Nos sentamos en la orilla y contemplamos, callados, cómo el agua cristalina corría desordenada por el pequeño cauce. Esos momentos eran como un tónico reconfortante. La vida se nos presentaba tan llena de dificultades, que robarle un instante para la ternura era un aliciente significativo: son esos precisos momentos los que constituyen no solo la fuerza recurrente para seguir adelante, sino la base del recuerdo y la nostalgia que alguna vez nos lacerará.

La contemplé acostada junto a mí. Su frágil cuerpo descansaba sobre un suave colchón de hierba verde, de musgo húmedo y arena fina. Sus ojos, dirigidos al cielo, tal vez buscaban entre las nubes un lugar imaginario donde realizar sus sueños. Mi boca exploró la suya con avidez y sentí de nuevo aquella dicha indescriptible que sólo en ellos podía encontrar. Poco a poco, con calma y sin desesperación, nos entregamos el uno al otro. Poco a poco nos fundimos, como siempre, en un abrazo en que la sexualidad y la ternura bregaban por hallar un espacio común, un sitio en el cual convivir. No sé cuánto tiempo transcurrió. Cronos había aprendido a supeditarse a nosotros sin protestar. Laura y yo habíamos aprendido a entregarnos el uno al otro más allá de un límite predecible, deshaciendo fronteras y desatando una avalancha de expectativas en nuestra piel.

Más tarde, nuestros cuerpos desnudos se ofrecían a la tarde perlados por el sudor y la dicha. Mi mano acariciaba los cabellos negros, buscando en ellos una razón para amarla. A mi mente vino la leyenda de Adán y Eva recogida en la Biblia y en el Corán. Como ellos, Laura y yo permanecíamos desnudos, sin miedo a la serpiente. Entre los dos existía el amor más puro que pudiera imaginarse, tan puro como nuestra propia desnudez.

Al pensar en este mito, estudiado con el padre Pedro, allá en la iglesia San José Obrero de Villa Madero, en Buenos Aires, vino también a mi mente el mito de la formación del hombre según mis antepasados. Ellos no fueron tan infalibles como las deidades supremas de la Biblia y el Corán. El hombre fue creado a partir de los Progenitores, varios dioses entre los que se encontraban Gucumatz y Hurakán, el Corazón del Cielo, así como por Ixmucané e Ixpiyacoc. Luego del primer intento fallido de hacer al hombre de barro –que para los hebreos y musulmanes fue exitoso–, nuestras deidades continuaron sus esfuerzos: del lodo se pasó a la madera, porque el hombre de tierra no tenía entendimiento y se deshacía; el hombre de palo podía multiplicarse pero carecía de alma, de entendimiento y de memoria para recordar a su creador; no caminaba recto, sino a gatas como los animales y no tenía rumbo fijo. Al fin fueron creados los hombres de maíz, que sí tenían alma y eran inteligentes, hermosos y buenos, así como capaces de hablar, de caminar con rumbo y de venerar a sus creadores. Ellos fueron Balam-Quitzé, conocido como Tigre sol o Tigre fuego; Balam-Acab, conocido como Tigre tierra; Iqui-Balam, conocido como Tigre viento o Tigre aire y el cuarto, fue nombrado Mahucutah o Tigre luna. Estos cuatro hombres, nuestros padres, fueron hechos solo de maíz, solo de maíz blanco y amarillo se hizo su carne. Pensaba yo que todos esos dioses arrodillados por la opresión debían levantarse y gobernar libremente sobre la tierra, redimirse en nosotros al precio que fuera necesario. Entonces Laura y yo, sus hijos, podríamos darle a nuestra sangre la estatura que merecía tener. Sin renunciar al momento íntimo que buscábamos –para sentirnos el único hombre y la única mujer sobre la tierra–, en nosotros permanecía viva e irrenunciable la decisión de luchar por validar los mejores sueños de nuestros antepasados y por darles la posibilidad de volver a reinar en el mundo.

Una mano de Laura descansaba en mi pecho, abandonada al éxtasis de una posesión segura y calmada mientras yo realizaba mis mitológicas reflexiones. De repente, una pícara sonrisa iluminó su rostro, cuando me preguntó:

—¿Me sigues queriendo?

¿Cómo puedes preguntarme eso? —respondí con otra pregunta—, para mí no hay nada más importante en la vida que tú. Gracias a ti he entendido muchas cosas; hoy comprendo mejor a mis padres: por qué mi madre siguió a mi padre tan lejos de aquí, por qué siempre estuvo a su lado incondicionalmente a pesar del exilio y de las dificultades; su desesperación cuando mi viejo no llegaba a la casa y recibíamos la noticia de que estaba preso; sus miradas cuando se sentaban a descansar bajo la higuera y tomados de la mano se quedaban muy juntos, abrazados, para recordar toda su vida en un instante. Pero lo más importante es que hoy me entiendo más a mí mismo. Tú sabes que yo llegué aquí en busca de mi patria pues nunca me contenté con conocerla sólo por referencias. Aquí supe que era bella, incluso más de lo que imaginaba. Pero te juro, amor mío, que nunca podría haberla sentido tan amada si no te hubiera conocido. Gracias a ti soy, incluso, mejor patriota y mejor hijo.

Ella se sonrió mientras me miraba con ternura. Cuando lo hacía así, me sentía totalmente vencido y desarmado. Me dije a mí mismo que hay seres en la vida capaces de sacar de nosotros la esencia más humana y más sensible. Laura era así. Hoy entiendo mucho mejor a Jorge Isaac con su María, a Dante Alighieri con su Beatriz y al distante Petrarca con su propia Laura. Hoy entiendo mucho más a todos aquellos que amaron de esa manera en la vida, tal vez porque la vida me volvió adulto muy temprano. Era necesario que dejara atrás la adolescencia, dijera adiós a mi infancia y asumiera con más responsabilidad la difícil tarea de existir, para que entendiera el amor y todos sus impredecibles avatares. Por eso, siempre viviré con la certeza de que no hay palabra capaz de explicar lo que se siente cuando una mujer como Laura nos mira de esa forma.

–¿Qué pasa? ¿Por qué te quedas tan callado? –preguntó cuando vio que me abandonaba nuevamente a mis más íntimas reflexiones.

–Nada. Solo pensaba en ti.

Ella puso sus manos sobre su vientre, acariciándolo con suavidad.

–¿Y no piensas también un poco en él? –preguntó señalando a nuestro hijo que descansaba y crecía bajo su piel.– Mira que Edgar Ernesto Felipe se va a poner muy celoso si no piensas en él.

–¡Claro que pienso en él! –respondí–; esa criaturita tiene el poder de arrebatarme casi todos los pensamientos que no me robas tú. Cuando pienso en él, siento que seré el hombre más feliz de la tierra en el momento en que lo tenga entre mis brazos.

Me acerqué a ella y puse mi cabeza sobre su vientre. Varias veces lo besé con cariño, como tratando de decirle a mi hijo que lo amaba desde ya, desde el momento en que se había convertido en una simple promesa. Cuando estaba así, quieto, vencido por la ternura, escuché su voz:

–¿Te imaginas cómo será?

–Con que se parezca a ti, será suficiente –respondí, mirándola a los ojos.

–¡No! Me gustaría que se pareciera a ti –contestó aparentando enojo.– Quisiera que tuviera tus ojos oscuros que tanto me recuerdan una noche estrellada; que tuviera tu boca y que, al decirme ¡mamá!, se le formaran esos hoyitos en las mejillas que tanto me gustan de ti. Sobre todo, me gustaría que tuviera un pelo igual al tuyo, desordenado y rebelde, cayéndole sobre los ojos.

Me ruboricé al oír cómo Laura me veía. Realmente, carecía de encantos físicos y, tal vez, lo más sobresaliente en mí era mi propia juventud, la forma desarreglada en que me vestía, que me hacía ver ante los demás como un muchachón al que la belleza física había abandonado desde el momento de nacer. Por el contrario, Laura era realmente hermosa. Su cara siempre me recordaba a aquellas madonas de la iglesia, que nos miran desde su pedestal con una expresión de melancolía indescifrable y de ternura casi hiriente. Era una de ellas, invitándome a un goce casi celestial.

–No te pongas brava, mi amor –comenté–, pero me gustaría que se pareciera a ti. Sería maravilloso que tuviera tus ojos y tu piel y tu boca; que fuera tu doble. ¿Te imaginas, si se parece a ti, cuántas admiradoras tendrá? Sería un "rompecorazones".

–¡No y mil veces no! Quiero que se parezca a ti –respondió de nuevo aparentando enojo.– Sólo si se parece a ti será un "rompecorazones". ¿Acaso no te has fijado cómo has roto el mío?

Entonces se echó a reír con desenfado. Su alegría se hizo tan contagiosa, que me levanté y corrí desnudo hasta el río. Luego de zambullirme como un loco varias veces, comencé a gritar tan alto como pude:

–¡Se parecerá a ti! ¡Ja, ja! ¡Se parecerá a ti!

Ella entonces corrió hacia mí y se zambulló hacia donde me encontraba. Ambos saltábamos como dementes, contagiados por una descontrolada alegría.

Mientras yo continuaba gritando con todas mis fuerzas, Laura trataba de apagar mi voz con la suya:

– ¡Loco! ¡Loco! –repetía sin cesar.

Unos ratos después, abrazados, con el agua del río cubriendo nuestros cuerpos, volví a besarla, con más pasión. Sentí su lengua húmeda dentro de mi boca despertando en mí aquel caudal indescriptible de sensaciones que me hacía temblar la virilidad. Otra vez nos amamos en el río. Otra vez mi carne quiso hacerse suya en una entrega atormentada y sin freno. Y otra vez nos fundimos en uno solo buscando poseer y compartir lo mejor de cada uno.

La tarde comenzaba a perecer cuando regresamos al rancho. Nuestros compañeros se encontraban sentados debajo de los árboles frutales situados al frente de la edificación. Avendaño les contaba algunas leyendas populares o historias de aparecidos, muy frecuentes en las tertulias campesinas, historias populares que, divulgadas de boca en boca, van sufriendo cambios con el tiempo.

El viejo doctor, con el rostro distorsionado por el reflejo de las llamas de la hoguera, adoptaba un tono siniestro al narrar los hechos. Lucía y Leticia se encontraban muy juntas, tomadas de la mano. El miedo se les dibujaba en la mirada. Por su parte, doña Dolores se persignaba sin cesar, mostrando un nerviosismo inusual. Mi amigo Luís, callado, solo atinaba a silbar muy bajo, mientras con un palo hacía indescifrables figuras en el suelo. Laura se sentó muy quieta a mi lado. Una mano suya apretaba mi hombro ejerciendo una presión fuera de lo común. Yo los miraba sonriente, sobre todo al viejo médico, quien no ocultaba su goce al asustar a los presentes. Pablo permanecía sentado junto a Luís, sumido en quién sabe qué pensamientos.

–Cuentan una historia muy tétrica sobre una mujer a la que llamaban "la Llorona", que se aparece a las gentes y las asusta cuando van de noche por los caminos. Es una anciana muy delgada, con un largo cabello desordenado, la cual aparece en las aldeas gritando: "¿Dónde están mis hijos?". Según me han comentado, sus hijos fueron asesinados en una reyerta y nunca más los vio. Por eso los busca desesperada, emitiendo alaridos sobrecogedores que le ponen los pelos de punta a la gente. Cuando llega a una aldea, se dirige a la fuente y se lava el cabello. Todo el mundo se esconde en sus chozas y nadie se decide a salir. Luego se va gritando y no vuelve más. Sin embargo, los pobladores permanecen por un tiempo encerrados, víctimas de un miedo atroz. Así sucede una y otra vez. Lo peor es cuando alguien viaja distraído por un camino solitario y, de repente, se le aparece esta mujer. Muchos han muerto de miedo ante su presencia.

Laura preguntó asustada:

– ¿Usted conoce algún caso en que esto haya ocurrido?

–Realmente, no –respondió Avendaño–; aunque yo nunca me he topado con "la Llorona". Sin embargo, he conocido a mucha gente que dice haberla visto.

Luís interrumpió al doctor, saliendo del oscuro rincón en que se sentaba. Su abrupta aparición hizo que la vieja Dolores soltara un pequeño grito de temor.

–Yo sí la he visto –dijo con voz entrecortada–, una vez se apareció en la aldea y todos nos asustamos terriblemente. Los niños la vieron venir por el camino, gritando. Ni los perros se atrevieron a ladrarle, sino que huyeron aterrados y con la cola entre las piernas. "La Llorona" se paró en el centro de la aldea y se mojó el pelo, también su ropa rota. "¿Dónde están mis hijos?", gritaba sin parar. Nadie salió de la casa. La mirábamos desde las hendiduras de una ventana sin dejarnos ver. Luego me contaron que mató a un hombre del susto no lejos de la aldea. Por suerte a nosotros no nos sucedió nada.

Avendaño tomó nuevamente la palabra:

–Ni los borrachos se escapan de esos sustos. Algunos cuentan de un aparecido llamado "el Cadejo" que se aparece con frecuencia. Dicen que surge en los caminos, en las noches oscuras. La gente no se pone de acuerdo con esta historia. Unos dicen que es un perro enorme que se echa al lado de un borracho y, cuando este despierta, lo mira con unos ojos rojos enormes y lo mata con la mirada. Otros, que es un hombre grandísimo que tiene cabeza de caballo. También se aparece repentinamente en los caminos, cuando nadie lo espera y persigue a la gente hasta hacerla morir.

–Por suerte yo no bebo ni una copita de vino –comentó doña Dolores interrumpiendo al doctor.

–Bueno, creo que es hora de acostarse –dijo don José, que hasta el momento había estado alejado del grupo–; de todas formas no creo que haya Cadejo ni Llorona que pueda con nosotros.

–Tiene usted razón, don José –se atrevió a decir mi novia, un poco menos nerviosa–, no hay monstruo que pueda con nosotros. El verdadero monstruo al que nos enfrentamos, la dictadura represora, es más terrible que ese Cadejo del que han hablado aquí. Si a esa no le tenemos miedo, no creo que nos asuste un aparecido. Seguro que ustedes recuerdan a Rivas: ese sí era un verdadero monstruo. Lo triste es que tendremos que enfrentarnos a muchos como él. Por eso debemos tener muy claro que nunca aceptaremos dejarnos atrapar por ellos. En mi caso, estoy segura de que moriré peleando antes de que me capturen. ¿No piensan como yo?

Un silencio recorrió a los presentes. La posibilidad de que alguno pudiera enfrentar las torturas de nuevo nos golpeó a todos. Cada uno sabía a qué enfrentarse y había tomado de antemano la decisión de morir antes que lo capturaran. Nuestros enemigos habían buscado diversas formas para hacer hablar a sus prisioneros; no solo recurrían a los más crueles maltratos, sino que contaban con poderosas drogas, como el pentotal, capaces de hacer hablar a cualquiera. La opción de traicionar a nuestros compañeros, consciente o inconscientemente, era un riesgo que ninguno quería enfrentar.

–Quiera Dios que eso nunca suceda –expresó Lucía–, pero pienso igual: una vez fui salvajemente torturada y prefiero combatir hasta la muerte. Todos recordamos lo que les sucedió a Felipe y a Edgar. Sus cuerpos fueron destrozados. Esos criminales les aplastaron los dedos de las manos y los pies, así como sus genitales, posiblemente con martillos. Debe haber sido irresistible.

–Sin embargo, no hablaron.

–Es cierto –dijo Laura–; pero prefiero no correr ese riesgo.

–Pienso igual –comentó Leticia, que casi siempre permanecía callada.– A ninguno se le ha ocultado esa posibilidad: sabemos que esta lucha es a muerte. ¿Qué dirán nuestros padres y hermanos si flaqueamos ante la tortura? ¿Cómo podremos volver a mirar las caras de nuestros compañeros? Una vergüenza así no podría resistirla.

–Eso también es innegable. A veces la vergüenza es más dolorosa que la propia tortura –apuntó don José–, creo que cada cual es responsable de sus actos. Cuando uno se integra a la lucha adquiere una responsabilidad no sólo ante uno mismo, sino con los demás. Lo que uno haga afecta a todos: esa es una verdad que debemos ir aprendiendo.

Más tarde nos fuimos a dormir. El rancho era insuficiente para tantos moradores. Yo cedí gentilmente mi espacio a doña Dolores, de manera que fui a dormir junto con el resto de los hombres en la pequeña sala. Nos acomodamos como pudimos en el suelo, sobre unos delgados sacos de dormir. Luís se había quedado con nosotros, por cuanto bien temprano saldríamos hacia la montaña.

Esa anoche no pude conciliar fácilmente el sueño: extrañaba a Laura, su cuerpo pegado junto al mío; mi cabeza estaba sumida en los más nefastos pensamientos. Todavía danzaban en mi mente las palabras de Laura. La posibilidad de que ella pudiera morir me asustaba terriblemente. La conocía muy bien: sabía que lucharía como una fiera antes que dejarse capturar, mucho más ahora que esperaba un niño. Ella estaba dispuesta a sacrificarse, a sacrificar a nuestro hijo, antes que someterse a la tortura y perder a la criatura. Ansiábamos vivir, pero la disposición de morir peleando era inevitable.

Sin darme cuenta, mis ojos se anegaron de lágrimas. Lloraba en el mayor silencio posible esa desventura que anidaba en mi mente como una amenaza real y latiente. Cuando creí que mi corazón apenas podía soportar el peso de esos pensamientos que me laceraban, sentí a Laura acurrucarse a mi lado. Se metió como pudo dentro de mi saco de dormir y me abrazó con ternura. Su aliento llegó hasta mi cara como una ola tibia. Sus cabellos invadieron mis sentidos llenándolos de ese maravilloso olor que provenía de su cuerpo y me hacía gravitar por una galaxia tan deseada. Le besé suavemente los labios buscando que su saliva y su aliento me inundaran de la calma que tanto necesitaba. Así nos dormimos, muy juntos, venciendo la distancia que interponía el pequeño espacio que nos separaba. A su lado todo era posible, incluso decir adiós a la preocupación y al temor, a todo aquello que me golpeaba el alma.

Afuera, los grillos cantaban una canción de esperanza para quienes éramos capaces de apostar por la vida con la pupila abierta y el corazón herido. Afuera la vida continuaba como una promesa más.

11

Bien temprano partimos hacia nuestro destino. Laura se quedó parada en el portalón despidiéndonos con la mano, preocupada porque permanecería alejado de ella por varios días. En su rostro pude ver un asomo de tristeza que no pudo, sin embargo, alejar su hermosa sonrisa. Con ella quedaban Avendaño y doña Dolores. Viéndolos a lo lejos sentí una profunda opresión en el pecho. Se me habían convertido en algo tan querido y necesario, que se hacía imprescindible en cada momento y me recordaba que hay cosas espirituales tan terriblemente esenciales como comer y respirar.

El yipi enfiló hacia la aldea de Luís. Habíamos decidido incorporar a don Porfirio en nuestra exploración por motivos evidentes: el viejo indígena era un profundo conocedor de la zona y además tenía muy buenas relaciones con muchos de los habitantes de las aldeas cercanas. No habíamos pasado por alto la importancia no sólo de una adecuada selección del lugar de operaciones, sino también de un reconocimiento de la situación sociopolítica existente. No bastaban las condiciones físicas del lugar escogido para desarrollar la lucha armada, había que crear bases de apoyo, lo que requería de un activo proselitismo entre los pobladores.

Igualmente, el viejo podría enseñarnos muchos de los secretos de la selva y la montaña desconocidos para nosotros: ninguno de los integrantes del destacamento podía distinguir hoy la variedad de fauna y de vegetación existente en el lugar y ese conocimiento también era esencial para garantizar la subsistencia.

El padre de Luís se mostró muy entusiasmado. Apenas lo vimos, se dedicó, adoptando un aire doctoral, a revisar nuestra indumentaria con vistas a comprobar si se adecuaba a las condiciones de la selva y las largas caminatas que debíamos realizar. Una vez que estuvo satisfecho en este punto, se dirigió al interior de su choza en busca de vituallas necesarias para el recorrido: tortillas de maíz, chile y sal. Junto con estas provisiones traía una jícara grande llena de agua, un machete y una vieja escopeta calibre 20. Colocó parte de sus provisiones en un morral tejido y multicolor, y nos invitó a iniciar nuestra aventura.

Cada uno de nosotros había habilitado una mochila con provisiones y ropa necesaria para el recorrido. Cada uno disponía de una cantimplora y una hamaca, así como de un cuchillo. Don José y Luís portaban sendos Colt 38 que, junto con la escopeta del viejo, nos servirían para protegernos de cualquier contingencia en la selva. Nuestro amigo soldado había conseguido un salvoconducto que nos permitiría viajar por la región, el cual argumentaba que éramos un grupo de estudiantes que preparaban un trabajo sobre la fauna y la flora selváticas.

Luego de caminar cerca de dos horas, primero por la carretera y luego por caminos estrechos y sinuosos, evadiendo los profundos precipicios, llegamos a una aldea perdida, la cual no se diferenciaba en nada de la de nuestros acompañantes. Porfirio nos explicó que casi todas las aldeas de la zona se caracterizaban por estar construidas con adobe, una mezcla de barro y bejucos; los techos, al igual que los de su comunidad, estaban hechos de posh: Las viviendas, nos explicó, de los habitantes de las zonas selváticas están construidas con palopic, lascas de árbol amarradas con bejucos y techadas también con las hojas de esta planta similar al guano.

Don Porfirio fue el primero en acercarse a una de las casas de la aldea en busca de un primo suyo, nombrado Miguel. El dueño de la choza salió a su encuentro con una enorme sonrisa en la que nos regalaba no solo la alegría por la visita, sino también la imagen de unos pocos dientes ennegrecidos. Luego del abrazo efusivo, el anciano nos fue presentando uno a uno. Al poco rato estábamos todos conversando animadamente sobre el propósito de recorrer la selva aledaña. No hubo necesidad de proponerle a nuestro anfitrión que nos acompañara: él mismo se brindó.

Después de conversar sobre las condiciones de la vida en la región, que en nada se diferenciaban de las existentes en la aldea de Luís, partimos a pie hacia la que sería posiblemente nuestra futura zona de operaciones. Tal como había ocurrido cuando visitamos la comunidad del soldado, me impactaron terriblemente la pobreza y el abandono en que vivían los indígenas. La miseria generalizada en estos lugares, así como la falta de médicos y escuelas, eran muestras del deterioro de las condiciones sociales en que habitaban, sin esperanza alguna de cambiar. Permanentemente eran sometidos al drama de no ser dueños de la tierra en que trabajaban. Muchas veces —en vísperas de elecciones— les habían prometido títulos de propiedad que nunca les fueron entregados. Luego quedaban olvidadas como ellos mismos. Un mal que los afectaba notablemente era no solo la explotación que ejercían algunos hacendados de la región, sino también los intermediarios a quienes vendían sus cosechas. Luego de recorrer muchos kilómetros para transportar sus productos: café, chicle, cacao y cardamomo hasta la carretera, se encontraban con la triste realidad de que debían venderlos a precios irrisorios.

La selva se mostró majestuosa ante mis ojos; zona de vegetación abundante, tan común en la región ecuatorial del planeta, se caracteriza por las precipitaciones permanentes que alcanzan totales de alrededor de los cuatro mil milímetros al año. Chac, el dios de la lluvia, multiplicado en varios chacs que vacían sus calabazas llenas de agua sobre la selva, reina en estos lugares. Ese mismo dios es Tláloc, el que está casado con Chalchiuhtlicue, la de la falda de jade, diosa del agua, madre de los tlalocas o nubes. Cuando estos dioses se expresan, llueve sin parar. Por eso las selvas son tan húmedas y calurosas, lo que posibilita el surgimiento en ellas de una profusa y abundante vegetación. Cerca del 70% de las plantas que crecen en estos lugares son árboles de gran tamaño que alcanzan hasta sesenta metros de altura. Entre ellos se destacan cedros, caobas, yagrumas, ceibas y el tan difundido chicozapote, perteneciente a las zapotáceas, que llega a alcanzar hasta veinte metros de altura. Sus frutas, de una tono castaño claro, son comestibles y abundan en su parte superior sumamente tupida por unas hojas lanceoladas parecidas a las del laurel; el chicozapote es de gran importancia pues de su corteza se extrae el chicle. Todo este conjunto de árboles enormes integra la parte superior de la selva, que apenas si deja pasar la luz al suelo. En ellos, crecen diversas especies parásitas como la orquídea, abundante musgo, enredaderas y bromeliáceas. Entre estas últimas se destaca la piña americana que crece sobre los árboles y permite beber el agua que en ella se almacena.

En la parte inferior de la selva crece también una vegetación muy concentrada constituida por distintos arbustos y bejucos, posh, palmito y otras plantas que forman una masa vegetal, junto a las lianas y enredaderas, sumamente tupida. Es tal la concentración de plantas en la selva que una persona es incapaz de ver más allá de cinco metros de distancia.

Penetramos a ese enorme mundo verde a través de una de las brechas que ha abierto en él el hombre, pequeños senderos, abiertos a machete a través de la selva y que constituyen vías más o menos permanentes para acceder a su interior, desde luego, hasta un punto determinado. Más allá de este punto, se penetra a través del tupido follaje abriendo picas, es decir, senderos hechos a filo de machete que tienden a ser nuevamente devorados por la vegetación en poco tiempo.

Yo me encontraba realmente admirado por ese derroche de la naturaleza. En la selva, el hombre se siente diminuto, ínfimo. Toda su falsa creencia de que es el ser superior se quiebra ante la majestuosidad de una realidad húmeda y oscura que trata de devorarlo sin remedio. Los gigantescos árboles, que se elevan hasta el cielo como titanes multiformes, le recuerdan de modo constante su pequeñez, su incapacidad de lograr allí su omnipotencia, precisamente donde es casi un animal más, sometido a los innumerables peligros que la selva encierra.

Un rato después nos sentamos a descansar. Nuestras ropas estaban empapadas por el sudor y una tenue llovizna. El calor era casi insoportable y todos nos encontrábamos agotados.

Miguel se dirigió a nosotros mientras estábamos sentados sobre el tronco de un árbol derribado.

—La selva es muy peligrosa para el que no la conoce. Si uno no deja señales tras de sí, se lo puede tragar y uno no aparecer nunca más.

—Eso es muy cierto —confirmó el viejo Porfirio—; a veces uno abre una pica y al cabo de varios días ya no existe.

—Debe ser terrible perderse aquí —expresé con cierto temor.

Miguel me miró sonriendo, como se mira a una persona desvalida y me dijo:

—Si eres inteligente, no te pierdes: hay que ir dejando señales por donde se pasa. Luego es más fácil regresar. A la selva hay que entenderla. Es mala con quien no la quiere. Si la cuidas y tomas sólo lo que necesitas, ella no te maltrata. Es como una mujer... hay que conocerla bien para no llevarse un susto.

—Entonces puede ser caprichosa como algunas mujeres, ¿no es cierto? —comentó Pablo sentencioso.

—Tienes razón, muchacho —respondió el viejo Porfirio—, ella necesita de ti como tú de ella. A veces es caprichosa y te da sorpresas que asustan; pero la mayoría de las veces es muy agradecida, tal vez más que los hombres. Recuerdo una ocasión en que siendo casi un niño, quise hacerme el hombre grande y me metí solo en la selva. Caminé y caminé sin rumbo fijo y, cuando me di cuenta, estaba perdido. Así estuve varios días vagando como alma en pena. Un día me encontré a un pajarito que se había caído del nido tratando de volar. Tal vez sentí más lástima por el pichón que por mí mismo. Lo recogí y le quité el musgo y la tierra que lo ensuciaban, luego subí hasta una rama y lo coloqué en su nido. No sé si fue mi buena acción o un simple milagro. Lo que sí sé es que cuando regresó su madre, levantó el vuelo y sentí que me invitaba a seguirla. Con mucho esfuerzo caminé por los lugares que ella me indicaba y dos horas después, ya estaba fuera de la selva.

Nos quedamos silenciosos luego de escuchar la anécdota del viejo. Cada uno trataba de vivir en carne propia aquella aventura infantil, a la par que reflexionaba sobre su moraleja. Para mí estaba claro que a la selva no había que tenerle miedo, pero sí respetarla, tratarla como a una persona mayor.

—La selva es peligrosa si no la conoces —añadió Miguel—; muchas veces debes caminar con cuidado, fijándote bien en dónde pones cada pie. ¿Sabían ustedes que por aquí hay serpientes venenosas que pueden matarte en muy poco tiempo?

—¡No me diga? —exclamé sorprendido.

—Es cierto —respondió mi nuevo amigo—; aquí habita la coralillo, que es una de las más venenosas que conozco; no te ataca, si tú no la molestas; sin embargo, si te muerde, puedes darte por perdido. Cuando veas una te sentirás maravillado por su belleza: tiene anillos negros, rojos y amarillos; a veces llega a medir hasta un metro de largo.

—Menos mal que la describió. Le juro que si veo una cerca, trataré de estar lo más lejos de ella posible —atiné a decir.

—Me dijeron que también hay serpientes cascabel. ¿Eso es cierto? —preguntó Pablo a Miguel.

El aludido lo miró detenidamente antes de responderle.

—También hay cascabeles por aquí; pero estos bichos no atacan por gusto. Si uno se mete por donde ellas están, entonces te atacan. Por eso debes fijarte bien por donde andas. Si ves una cascabel, debes quedarte quieto y esperar que se vaya. Cuando te acercas a ella, el sonido de su cola te avisa que está allí.

Don Porfirio tomó la palabra y evidenció sus grandes conocimientos sobre estos reptiles:

—Existen otras serpientes venenosas en la selva de las que deben cuidarse mucho. Entre ellas está la "macocha", que tiene una gran cabeza y un color igual al de los soldados esos que se visten de camuflaje. También pueden toparse con la "lora", de un color verde vivo y con unos redondeles negros en los ojos. Existe la "barba amarilla", que es larga y tiene como una barba debajo de la boca. Una de las más abundantes es la conocida como "cantil", bastante pequeña y de color verde con manchas negras. Una de las pocas serpientes que no es venenosa se conoce como la "masacuata"; es la más grande, pero no hace daño; sólo ataca si la acorralan. Son peligrosas, pero no atacan si no se les molesta. Lo principal para no ser mordidos es pisar con cuidado, usar botas de hule, no meter la mano entre el follaje y no acostarse en el suelo. ¿Está claro?

Respondimos con un gesto afirmativo.

—Hay también otros animales peligrosos de los que ustedes deben cuidarse. Está, por ejemplo, el temacuil o acaltetepón, un lagarto venenoso que puede ser de color negro o negro y amarillo. También está el tigrillo, que en pocas ocasiones ataca al hombre; aunque algunos alcanzan gran tamaño y pueden ser peligrosos cuando tienen hambre y se encuentran con una persona sola; casi siempre son medio grises o medio pardos, con una hilera de manchas en el lomo; la gente los mata para robarles la piel. A veces pienso que es un crimen lo que se hace con estos animales —comentó Miguel.

—Hay unos animalitos muy pequeños que hacen, tal vez, más daño que todos los demás —añadió el viejo Porfirio—; son la mosca chiclera y el colmoyote. La mosca esa tiene un bicho muy pequeño que transporta y que te daña mucho la piel, provocándote unas llagas enormes. Lo mismo hace el colmoyote; este es un gusano que traen los zancudos en sus patas y que te dejan cuando te pican; después se te mete en el cuerpo y comienza devorarte por dentro. Por los hoyos en que se te metió comienza a salir agua y te hinchas todo.

—Eso debe ser terrible —balbuceé

—Es cierto —respondió el padre de Luis—; aunque puede curarse con medicinas, demora mucho tiempo y siempre te deja cicatrices.

—¿Pero no todos los animales deben ser dañinos para el hombre? —me atreví a preguntar.

—¡Claro que no! —respondió—. Hay muchos que sirven para que el hombre se alimente. Está, por ejemplo, el tepescuintle, un pequeño animal del tamaño de un perro pequeño y de carne muy sabrosa. Hay mucho venado, pavas, teparíes, coches de monte, armadillos y faisanes. De todos esos come el hombre. También la danta y otros animales sirven para que no pase hambre. Fíjate si la selva es buena con uno, que hasta en los ríos encuentras qué comer. Cuando pasemos por uno, te enseñaré las tortugas, los juilines y los jutes. Si en un momento el hambre te llega a apretar la barriga, se puede comer, incluso, hasta el saraguate, un mono muy abundante por aquí, que hemos visto varias veces en el camino, pues forma mucha bulla. En este caso, debes limpiar su carne para sacarle los colmoyotes que abundan en ella.

—Hablando de comer, ¿qué les parece si aprovechamos este momento para almorzar y luego continuamos el camino? —interrumpió Miguel—. Ustedes preparen un fuego, que yo conseguiré algunas "lolas".

— ¿Qué son esas "lolas"? —pregunté curioso.

Porfirio se rió a pierna suelta y con malicia, cuando me explicó cuál sería nuestro almuerzo.

—Las "lolas" son unos enormes gusanos de color verde. Primero se pelan y luego se asan. Son como las salchichas que comen ustedes en la ciudad.

Luís y su padre se rieron aún más cuando nos vieron a Pablo, a don José y a mí abrir los ojos con asombro.

−¡Qué? ¿No son acaso ustedes los futuros guerrilleros? −dijo con sorna− Si se meten aquí deben saber que para no pasar hambre hay que comer de todo.

Un rato después comíamos las "lolas" acompañadas de tortillas de maíz y algunos sorbos de leche condensada. Debo confesar que, aunque sentí un asco incontrolable cuando vi cómo Miguel pelaba esos enormes gusanos, cuando los vi tostarse en el fuego y fueron asemejándose a un hot dog, mi repugnancia fue desapareciendo y pude comprobar que efectivamente eran muy sabrosos. A partir de ese momento me comprometí conmigo mismo a aceptar todo aquello que se pudiera comer, dejando atrás mi tradicionalismo y mis escrúpulos. No quedaba otra opción si quería enfrentar los avatares de la vida guerrillera.

Luego de descansar un rato, nos dirigimos hacia la parte más profunda de la selva. Luís y Miguel iban abriendo una pica dentro del espeso follaje. Avanzábamos a duras penas. Como todos calzábamos altas botas de hule, la preocupación por las serpientes quedó a un lado. Sobre nuestras cabezas los monos formaban un bullicio permanente. Yo me mantenía cerca de don Porfirio tratando de aprender de él todo lo que fuera posible sobre la selva.

−Hay mucho mono aquí −dije mientras avanzábamos.

−¡Sí! −respondió. Luego me miró y al comprobar que en mis ojos estaba aún la curiosidad, continuó explicando.− Los más comunes son los monos araña. También hay mucho saraguate por aquí. El más interesante es el mico león. Lo llaman así porque cuando está en celo o llama a la manada, emite unos rugidos tan fuertes que se escuchan a mucha distancia.

−¿Y los monos llegan a acostumbrarse a uno? Le pregunto porque veo que cada vez que pasamos por un lugar, ellos se alborotan −comenté.

−Los monos son raros −respondió−. nunca se acostumbran a la gente. Tú pasas frente a ellos muchas veces y siempre arman el mismo alboroto. Parece que no tienen memoria como los hombres.

Eso era muy importante. Los monos constituyen un sistema permanente de aviso sobre la presencia de intrusos en un lugar, pero a la vez se convierten en un elemento que denuncia tu presencia allí: ventajas y desventajas resumidas en una paradoja pequeña y bulliciosa que salta alborotada de rama en rama de forma permanente.

No sucedió nada sobresaliente más adelante. Todo el recorrido fue igual: la selva se oponía a nuestro avance y nosotros pugnábamos desesperadamente por abrirnos paso. Lo único que llamó mi atención y me distrajo del cansancio, fue la aparición de un armadillo. Al verlo, Miguel lo persiguió: el animalito realizó un enorme esfuerzo por escapar; intentó, incluso, formar con su cuerpo una enorme bola protectora, pero fue inútil. Mi nuevo amigo lo capturó tomándolo de la cola. Luego le dio con gran rapidez un certero golpe en la cabeza y cargó con él.

Todo a nuestro alrededor parecía incambiable: los monos gritaban en lo alto y la llovizna insistente trataba de desestimular nuestro avance. Permanecí callado las tres horas siguientes de nuestra penosa marcha; experimentaba una sensación de placidez ante este mundo inhóspito y maravilloso. Cuando nos topamos con la margen de un enorme y caudaloso río de cerca de cien metros de ancho, ratifiqué la certeza de que este era el lugar propicio para ubicar nuestro grupo guerrillero: lo apartado del sitio, las difíciles condiciones de vida, sumadas a la protección de la vegetación, lo hacían adecuado para desarrollar la fase de adaptación y entrenamiento. La presencia de varios indígenas conocedores de la región nos permitiría golpear al enemigo y ocultarnos con rapidez en la selva. Junto al río impetuoso decidimos acampar y pasar la noche, lo cual hubiera sido un peligro en otras condiciones, pues estábamos prácticamente al descubierto, pero por el momento nada nos preocupaba. Lo inhóspito del lugar, la tenencia del salvoconducto expedido a Luís y que lo autorizaba a acompañarnos, así como la escasa probabilidad de toparnos con otras personas, nos persuadieron de pernoctar en ese lugar.

Mientras Miguel y Pablo encendían el fuego para cocinar nuestra cena, el resto fuimos bañarnos en una pequeña bahía que se formaba en la orilla, poco profunda y ajena a la impetuosidad del río.

Un rato después descansábamos alrededor de la hoguera. Unos sorbos de aguardiente nos hicieron entrar en calor y combatieron la humedad que había calado nuestros huesos durante el recorrido por la selva. Con excepción de Luís, Miguel y don Porfirio, los demás mostrábamos muestras evidentes de cansancio. Pablo se quedó dormido de inmediato. Nuestro amigo el soldado y su padre se sentaron junto a don José. Yo me incorporé al grupo.

—¿Qué les parece la zona que hemos andado? —preguntó Luís.

—Creo que reúne condiciones para lo que queremos hacer. No hemos visto un alma durante el día y me imagino que casi siempre sea así. ¿No es cierto? —indagó el padre de Edgar.

—Lo importante es que su soledad permitirá que nuestra gente pueda adaptarse con bastante tranquilidad a las condiciones selváticas y entrenarse: aquí se puede aprender no solo a conocer la selva, sino también tiro y otras cosas necesarias para esta forma de lucha —añadí.

—Érico lleva razón —apuntó don José—; la guerra de guerrillas se basa en golpear y luego desaparecer. Si somos capaces de salir de la selva y atacar las patrullas del ejército y sus pequeños destacamentos en la zona, y de inmediato escondernos con rapidez en la espesura, seremos invencibles. Hay que contar también con otro elemento fundamental: el apoyo que nos den los habitantes de las aldeas que nos rodean; sin ese apoyo, sin la base de masas, seremos solo un grupo aislado.

—¿Quiere decir que nosotros los ayudaremos no sólo en la selva, sino también desde nuestras casas? —volvió a inquirir mi amigo el soldado.

—Eso es muy cierto —aprobó don José—, sin el apoyo de ustedes, nunca podremos vencer al ejército. Recuerden que luchamos para que puedan vivir mejor, para que no los exploten los grandes hacendados y los intermediarios no abusen más pagándoles precios tan bajos por sus cosechas. También para que tengan médicos y escuelas para sus hijos. Por eso, es importante que los miembros de sus comunidades entiendan la necesidad de incorporarse a esta lucha. Muchos de ustedes se irán incorporando al destacamento, pero la gran mayoría deberá apoyarnos desde las aldeas. ¿Cómo? Pues... de muchas formas. Desde cuidar a los heridos hasta avisarnos cuando venga el ejército. Ustedes serán nuestros ojos y oídos en la región. Llegará el día en que armemos a la gente para que luche contra el ejército y los explotadores.

—A mí me preocupa que tenga que morir gente como mi Luís, que como ustedes saben, son iguales a nosotros, gente muy pobre —dijo don Porfirio con cierta tristeza en la voz—; no me gustaría que los matáramos.

—Sabemos que hay muchos soldados que se meten al ejército porque no tienen otro remedio, que mucha gente humilde lo hace para sobrevivir. Con ellos hay que trabajar, hay que hacerles ver que la lucha es por ellos y por sus familias. Los que lo entiendan, nos apoyarán. Cuando vean que atacamos a los hacendados que explotan a los pobres, que nos enfrentamos contra los ricos intermediarios, entenderán nuestra causa.

—Fíjese, don Porfirio, que los ricos nunca vienen hasta aquí. Ellos se quedan en sus casonas de la ciudad y en sus enormes fincas. Mandan a otros a reprimir a los pobres, a quemar sus aldeas, a matarlos. Contra esos poderosos sin alma luchamos nosotros, no contra el soldado humilde. Su hijo Luís se ha dado cuenta.

—Es verdad —confirmó el aludido.

Cuando la noche nos sumió en las sombras, nos fuimos a acostar en nuestras respectivas hamacas. A propuesta de don José, organizamos guardias de dos horas. A mí me tocó la primera.

Mientras mis amigos dormían, me dediqué a vigilar la espesura. Una impenetrable oscuridad me rodeaba. A mi alrededor había calma solo en ocasiones se sentía el bullicio aislado de algunos saraguates, el canto insistente de los grillos o el rugido de un tigre. El ataque permanente de los zancudos y de unos diminutos bichitos conocidos como chaquistes era insoportable. Yo permanecía arropado, protegiéndome en vano con un hule, sin poder impedir que este animalito, parecido al jején, me picara impunemente. Algunas veces me sorprendía el ruido causado por algún animal que pasaba cerca de mí. La noche me impedía determinar si era una serpiente, un venado, un armadillo o un tepescuintle. Así pasaron las dos horas de mi guardia, sin ningún sobresalto, salvo mi miedo natural ante lo desconocido. Cuando el reloj me indicó que finalizaba mi turno, fui a despertar a Luís.

Esa noche, lo confieso, apenas pude pensar en Laura. El cansancio y el sueño hicieron presa de mí de tal forma, que a los pocos minutos dormía plácidamente en mi hamaca, sin importarme el calor y la humedad sofocantes, las agresiones de los zancudos y chaquistes, y las amenazas constantes de la selva.

A la mañana siguiente emprendimos la marcha nuevamente. Como a las dos horas de camino, apareció ante nuestra vista un descampado en el que pudimos ver una pequeña casa hecha con palopic y posh. A su alrededor había un sembradío de frijoles y una pequeña milpa. Los perros denunciaron nuestra presencia y un hombre salió de la casa con un machete en la mano. Una sonrisa apareció en su rostro cuando vio entre nosotros la presencia de Miguel, a quien conocía desde hacía algún tiempo.

–¿Qué hacés por aquí, Miguel? –preguntó el desconocido morador de la rústica vivienda.

–De paso con unos amigos, Serapio –respondió el interpelado.

–Vengan para acá, para que descansen un rato –nos invitó bajando el machete– y para que coman algo. Aquí tengo un poco de tortillas y de pajuil, que yo maté hace un rato.

Mientras avanzábamos hacia la casa, le pregunté a don

Porfirio:

—¿Qué es ese pajuil?

Me respondió sonriendo:

—No te preocupes que no es nada malo. Es como una pava o un chompipe, aunque se diferencia de ellos porque es todo negro y tiene el cuello adornado por plumas amarillas. Es muy sabroso.

—Entonces lo comeré con gusto —respondí—; la selva me ha despertado un hambre de tigre.

Luego de explicarle a Serapio los motivos aparentes de nuestra incursión por esa zona, este comentó que era raro ver a alguien por allí. Una semana antes había visto cerca del río a un pequeño grupo de guerrilleros, al parecer de paso. Con respecto a los soldados, dijo que no había visto a ninguno por allí, ya que no se atrevían a ir tan adentro de la selva.

En cierto momento, me atreví a preguntarle a esta suerte de Robinson Crusoe:

—¿No te aburres aquí solo?

—¡Claro que me aburro! —respondió—, muchas veces pasan los días y no veo a nadie, solo animales que pasan y ni me miran. Me falta una mujer y muchas otras cosas, pero esta es la forma que tengo de ganarme la vida y de darle un poco de dinero a mi familia. De todas formas la soledad no mata, solo aburre. Nada más.

Serapio había sido colocado por la vida en la difícil circunstancia de conocer la cara de la soledad, la cual llega a pesar sobre uno, pugna para que nos acostumbremos a su presencia y excluye aquello que no sea esa penosa sensación que nos aprisiona. Este hombre sencillo convive con ella y con sus recuerdos, sin rebelarse siquiera. Tal vez la soporta, la vence a ratos, guiado por el motivo más fuerte de tener que garantizar su propia subsistencia y la de su familia. No le queda otra opción y eso lo sustenta día a día.

De él aprendí esa tenaz resistencia a la selva, a la monotonía con que en ella se vive cada minuto. Una parte de mí le envidiaba esa tenacidad casi obsesiva por sobrevivir en medio de la adversidad, y la fuerza de voluntad necesaria para vivir en ese ascetismo cautivador. Cuando pensaba en los riesgos que enfrentaba junto a Laura, hubiera querido tener la opción de vivir junto a ella en este mundo casi mítico y apartado. Solos los dos. Otra parte de mí, sin embargo, la que ahora priorizaba cada una de mis acciones y decisiones más importantes, prefería enfrentar la vida sin evasión, asumiendo riesgos y deshaciendo miedos. Yo también, indudablemente, carecía de opciones como él.

Decidimos permanecer en la casa de este nuevo amigo los dos días siguientes, tomándola como base para hacer cortas incursiones por los alrededores. Era pasar una escuela con nuevas lecciones que aparecían a cada paso. En ese tiempo me fui familiarizando con el inhóspito interno. Aprendí a distinguir cada animal, a descubrir los secretos de cada planta y a conocer que la selva tiene su propio lenguaje.

Cuando llegó el momento, emprendimos el camino de regreso tomando una ruta distinta a la que habíamos empleado para llegar hasta allí. Atrás dejábamos a Serapio, con su soledad a cuestas, sobreviviendo en su destierro forzoso. En nuestro retorno no hallamos nada diferente: la selva muestra la misma cara por dondequiera que uno va. A veces deja de sorprendernos y la aceptamos como algo natural. Así fueron pasando los días. Al cabo de una semana, todos teníamos una idea aproximada de las características de la región en que posiblemente operaríamos en el futuro próximo. Don José, Pablo y yo resistimos esta prueba inicial y logramos conocer en carne propia cuáles serían las circunstancias en que habríamos de materializar nuestro sueño.

Al regresar, llevábamos una maravillosa experiencia y la alegría de haber conocido a dos nuevos amigos: Serapio y Miguel, quienes potencialmente podrían convertirse en un valioso apoyo. Las cartas estaban echadas. A partir de ese momento solo tendríamos que trabajar muy fuerte para lograr nuestros objetivos. En nuestros planes inmediatos estaba regresar a la aldea de Miguel. Allí se necesitaba realizar un fuerte trabajo de politización entre la gente, persuadiéndola con respecto a nuestras motivaciones y acerca del papel a que ellos les correspondía.

Estaba desesperado por ver a Laura. Llevaba conmigo una hermosa orquídea, que mantuve viva para regalársela como prueba de mi amor y de que la había tenido presente en cada momento de nuestra separación.

12

Luego de dejar a don Porfirio y a Luís en su aldea, emprendimos el regreso hacia el rancho. Mis amigos y yo teníamos la certeza de que algo había cambiado dentro de nosotros. El contacto con la selva nos había endurecido un poco y a la vez nos había confirmado la percepción de que éramos capaces de vencer a toda costa cualquier dificultad.

A los pocos minutos, el yipi hacía su entrada en el rancho y dejaba tras de sí una nube de polvo. No bien nos bajamos del Land Rover, salió del rancho el doctor Avendaño; traía una cara que no auguraba buenas noticias. Un temor enorme se apoderó de mí y salí corriendo a su encuentro, preocupado por que algo malo hubiera sucedido en el rancho o con alguno de nuestros compañeros de la ciudad.

–¿Qué ocurre, doctor? ¿Y Laura? –pregunté con una evidente inquietud.

El doctor me abrazó y me dijo sin preámbulos:

–No te sobresaltes, que no es nada grave; pero Laura presenta amenaza de aborto.

–¿Qué es eso, doctor? –pregunté–, por favor, ¡respóndame!

–Bien, te explicaré, pero debes calmarte –dijo mientras me invitaba a sentarme junto a él en el portalón del rancho. Pablo y don José también lo hicieron.– La situación es simple. Desde anteanoche, Laura presentó dolores intermitentes en el bajo vientre, acompañados de pequeños sangramientos. De inmediato, le hice un examen externo y comprobé que presentaba una dilatación en el orificio cervical externo, en el cuello del útero. Para mí no hay dudas, Laura presenta una clara amenaza de aborto.

—Pero, ¿ella y la criatura están en peligro?

—La situación no es tan complicada como te imaginas. Casi la cuarta parte de los embarazos terminan en abortos espontáneos. Las causas son diversas. Una parte considerable se produce como resultado de alteraciones en el desarrollo del embrión o del tejido placentario. En otros, la causa se debe a falta de vitaminas, infecciones o alteraciones hormonales. Pueden ser provocados como resultado de alteraciones psíquicas, tales como la ansiedad y el estrés. Sin embargo, con un tratamiento adecuado de reposo en cama y supervisión médica la situación puede controlarse en la mayoría de los casos. Tienes que hablar con ella para convencerla de que lo mejor es que se traslade a la ciudad. En su casa o en casa de tu tía, haciendo el más riguroso reposo, todo puede solucionarse favorablemente. Yo he tratado de convencerla, pero ella se niega.

—No se preocupe, doctor, que yo hablaré con ella.

De inmediato corrí hacia la habitación donde se encontraba Laura. Estaba acostada como una virgen vencida. Al verme, abrió sus ojos verdes. Un poco de otoño bailaba en ellos con su carga de tristeza y un amargo sabor a hojas secas.

—¿Has visto lo que nos pasa, Érico? La vida no puede ser tan dura —dijo con lágrimas en los ojos.

Me senté a su lado y besé con ternura sus labios resecos y temblorosos. Mi mano desfiló por sus cabellos tratando de insuflarle ánimo y un poco de esperanza.

—No te preocupes, mi amor. Todo saldrá bien.

—Me preocupa el niño. No quisiera perderlo. Él es la prueba de nuestro amor y debe vivir por encima de todo. Te juro que yo moriría mil veces, antes de que le pase algo a nuestro hijo —comentó emocionada.

—Lo sé, mi amor, lo sé. Pienso igual que tú. Por eso te pido que sigas las orientaciones del médico al pie de la letra: es la única forma de salvar al niño.

Ella se quedó callada. Su corazón estaba sometido a una lucha interna que, en lugar de ayudarla, ponía más en peligro su embarazo. Por un lado, Laura deseaba desesperadamente tener al niño, pero por otro se resistía a permanecer ajena a la lucha. Entendía su sufrimiento, esa contradicción que la dañaba en lo más íntimo de su ser.

—Quiero quedarme en el rancho, cerca de ti. Aquí puedo ser más útil a la causa. Te prometo que haré reposo, todo el reposo que me digan —dije lo más persuasiva posible.

—Estoy de acuerdo. Sin embargo, si faltas a tu compromiso, te mando para tu casa —dije con dureza—; hablaré con Avendaño y con don José para convencerlos.

Su rostro se iluminó con una sonrisa. Todo el otoño que había naufragado con nostalgia en sus ojos, desapareció. La primavera volvía a reinar en ellos con su verde premonición de alegrías y esperanza.

—¡Ven! —comentó con voz llena de picardía—, ¡dame un beso!

Luego de besarla tiernamente, me dirigí a conversar con el médico para comunicarle nuestra decisión. Él aceptó a regañadientes, porque don José contribuyó también a persuadirlo. El padre de Edgar veía en nosotros al hijo perdido y se había aliado a nuestra desesperación por estar juntos por encima de todo. Avendaño pensaba igual, pero su condición de médico y su responsabilidad para con nosotros habían primado en sus criterios.

Un rato después, todos estábamos reunidos en torno a la cama de Laura. Pablo, don José y yo les contamos a las muchachas y al médico nuestras aventuras en la selva. Leticia y Lucía abrían los ojos con asombro cuando contamos acerca de nuestro frugal almuerzo a costa de las "lolas". Todos se impresionaron con nuestra descripción de la selva y su belleza, los innumerables peligros que encierra si no se le conoce bien. Cuando describimos la variedad de animales que habíamos visto, pude ver en mis compañeros una mezcla de sorpresa y admiración.

—Lo importante es que pudimos comprobar que la zona es adecuada para la guerrilla —dijo don José—, ideal para preparar a la gente y entrenarla con calma y sin peligros. Por otra parte, las condiciones sociopolíticas de la región

favorecen la creación de bases de apoyo para el destacamento: los campesinos son explotados sin piedad, viven
en una miseria terrible y no aguantan más.

—Si logramos hacer un profundo trabajo político en las
aldeas, la gente se nos sumará —apuntó Laura desde su
cama.

—Cierto —aprobé— nosotros avanzamos bastante con la
gente de Luís y con Miguel, un primo de don Porfirio, que
vive en una de las aldeas aledañas. Están muy entusiasmados con la idea de luchar por cambiar las cosas; se han
mostrado muy cooperativos. Hay algunos en la selva que
viven en parcelas en las que siembran cardamomo; son
gentes de una mayor cultura, provenientes casi todos de
la costa. Con ellos y con algunos trabajadores chicleros
también se puede trabajar.

—Considero oportuno que un grupo de los compañeros
visite de inmediato la región, no sólo para conocerla, sino
también para identificarse con los indígenas y sus problemas. A la vez, un grupo de nosotros debe trasladar hacia la selva algunas armas, crear nuestras bases de operaciones y determinar la ubicación de los campamentos.
Por eso, considero que Érico debe ir con nosotros para informar al resto de la gente, organizarnos y comenzar a
actuar de inmediato. El rancho puede servir como base
intermedia para el traslado de las armas y de los abastecimientos necesarios —propuso don José.

Todos estuvimos de acuerdo con la propuesta del viejo
líder y decidimos salir hacia la ciudad a la mañana siguiente. El resto del día lo dedicamos a descansar. Yo
cargué a Laura y la llevé hasta el río; nos sentamos en la
orilla y permanecimos abrazados largo rato.

—¿Sabes que te extrañé mucho durante estas semanas?

—Lo sé, mi amor. Yo también te extrañé. Vi tantos lugares hermosos que quise en algunos momentos tenerte
allí, cerca de mí. La selva es maravillosa. Me imaginé allí
contigo viviendo como Tarzán.

Ella me miró entonces y de nuevo vi el temor en sus
ojos.

–¿Crees que saldremos adelante? –preguntó y sentí su nerviosismo.– Si algo me pasa alguna vez, no quiero que te quedes solo. ¡Júrame que te casarás con otra muchacha!

–No me digas eso –pedí con una profunda tristeza–, nada te pasará. A veces me veo viejo a tu lado, jugando con nuestros nietos en una patria libre. Para entonces verás que todos tus temores fueron infundados.

–¡No! Yo sé que no será así. Sé que me quieres mucho y será muy triste para ti quedarte solo. Pero no debes hundirte en la tristeza. Debes seguir viviendo por sobre todas las cosas. Si te falto alguna vez, me encantaría que pudieras cumplir con todos los sueños que hemos forjado juntos. Sé que tú te recuperarás, mi amor, si yo te falto algún día.

La nostalgia se apoderó de su voz mientras me hablaba, lastimándome. En la medida en que la escuchaba, mis ojos se fueron humedeciendo. No podía imaginarme sin ella. Temía que Laura fuera para mí como Ariadna, la mítica doncella que sacó a Teseo del laberinto. Siempre había experimentado la sensación de que no podría estar cerca de ella cuando más me necesitara. Al igual que la hija de Minos y Pasifae, que murió alejada de su amado mientras este estaba en su barco, Laura me asustaba con sus presagios.

–No me hables así, Laura –le reproché–, ese pesimismo tuyo nos hace daño a los dos. Lo principal es que estamos juntos; pensar en cualquier cosa que nos separe es tan malo como dejar de amarnos.

–Perdóname si te hago sufrir, pero es necesario que lo sepas. Uno nunca sabe lo que sucederá... No te estoy pidiendo que dejes de amarme, porque yo sé que nunca lo harás. Sólo que no te quedes solo. Muchas mujeres pueden amarte como yo. ¿Sabes que Lucía se ha enamorado de ti? Me di cuenta de que te miraba de una forma diferente desde el día en que la consolaste... Tal vez porque te pareces tanto a Felipe, a su forma de actuar y sentir.

–Pero yo no la amo a ella, ni he estimulado su amor –

intenté decirle–, sólo...

–Lo sé, Érico. Nadie puede mandar en el corazón de una mujer. Estoy segura de que ella nunca quiso que sucediera. Por eso, no tengo celos y, por el contrario, si algún día te faltara, estoy convencida de que ella te amará tanto como yo. ¿Me prometes que la tendrás en cuenta?

–No puedo prometerlo, tú nunca me faltarás... –respondí con miedo y amargura en la voz– Lucía para mí es como una hermana, nada más.

–No importa, sólo promételo.

–Está bien –me limité a decir, tratando de rehuir la situación a la que ella me había empujado.

Como me percaté de que la tarde estaba declinando, la levanté en mis brazos y me dirigí con ella hacia el rancho. Esa noche apenas si pude articular palabra. Sentía en mi pecho una hiriente melancolía que me nacía del alma misma, golpeándome, hiriéndome. A veces no podía comprender esas crisis de pesimismo en que caía Laura..., era incapaz de entender que esta muchacha quinceañera, de repente, había sido empujada como yo a una vida de tensiones para la que no estábamos preparados. La lucha por cambiar las cosas, por eliminar la contradicción entre la dolorosa realidad y el mundo anhelado; las constantes amenazas a la felicidad personal la empujaban a sufrir con desesperación. A diferencia de Schopenhauer, que veía la existencia humana como una lucha ilusoria contra la miseria real y la imposibilidad de cambiarla, actuábamos por la firme convicción de que era posible cambiar el estado de cosas existente. Si el filósofo alemán veía la vida como una tragedia permanente en la que el hombre acude a la voluntad innata que posee para luchar por metas sucesivas, nosotros comprendíamos la imperiosa necesidad de luchar por cambiar la realidad; aunque muchas veces no imaginábamos el costo que eso presuponía. Nuestra propia juventud nos daba la dosis necesaria de optimismo para resistir y continuar, a pesar de que había momentos de miedo y vacilación. Cada uno de nosotros crecía más allá de sus propios temores.

Cuando volvimos a estar solos, quise llevar un poco de alegría a Laura. Sentados en el portalón le entregué la orquídea que le había traído de la selva.

–¡Toma, mi amor!, te compré este espejo para que te mires. Me lo vendió una viejita en las tantas tiendas de la selva.

–¡Es muy hermosa! –exclamó admirada por la belleza de la flor.

–La traje porque, al verla sobre las altas ramas de un árbol, te recordé. En el mundo hay miles de especies de esta flor, pero... nunca había visto una tan hermosa. Por eso se parece a ti: he visto miles de mujeres pero ninguna tan bella como tú.

Se ruborizó y me regaló una de sus sonrisas. Otra vez era Laura, mi Laura. La de siempre.

–¿Sabes que nuestro país es admirado por sus flores? –comenté–, cuando te paras frente a las montañas en primavera, parece que estuvieran pintadas de colores. En sus faldas puedes observar hermosas pinceladas azules y amarillas que bajan desde las crestas. Este colorido las hace más hermosas.

–Nuestra patria es maravillosa, Érico –y exhaló un profundo suspiro.– Bien vale la pena luchar por ella.

–Tienes razón, Laura. La patria es la madre superior, está por encima de familiares y amigos, por encima de todo. Lo aprendí allá, en la Argentina, en la escuelita de mi barrio. Comprendí que la patria es enorme y que uno la encuentra dondequiera que vive y sueña. Puedo decirte, sin temor a equivocarme, que me siento más patriota que nunca.

–¿Eso quiere decir que amas más a la patria que a mí? –preguntó maliciosa.

–No veo la diferencia entre ambas –respondí–, tú eres la patria por la que lucho.

Estiró sus brazos hacia mí invitándome a abrazarla y no me hice esperar. Ambos teníamos la necesidad de sentirnos cerca, de eliminar distancias momentáneas y comunicarnos a través del contacto esa hambre insatisfecha y permanente de ternura. Mis labios besaban sus ojos y su boca, su cuello tibio y acogedor, como buscando lo mejor de ella para que se quedara en mí. Laura me retenía pegado a ella. Empujó mi cabeza hacia su regazo, al lugar aquel en donde nuestro hijo trataba de sobrevivir. Besé su vientre más de una vez.

—¿Lo sientes, Érico?

—No lo siento, pero sé que está ahí.

—¿Crees que querrá ser doctor, como yo hubiese querido ser? —preguntó.

—Nunca se sabe —contesté enigmático—, ¿por qué no le preguntamos a él?

—¿Cómo nos responderá? —averiguó.

—Muy fácil —dije mientras golpeaba suavemente su vientre con los nudillos— ¡Toc! ¡Toc! ¡Toc! Niño, ¿me escuchas? Soy papá. ¿Qué te gustaría ser cuando seas grande? —sonriente, puse mis oídos sobre el vientre de Laura; ella también reía abrazada a mí.

—Dice que no te preocupes, que él sabrá qué hacer con su vida —comuniqué enarbolando mi felicidad—, que te quiere mucho y que debes cuidarte para que pueda nacer sin problemas.

Luego la cargué y la conduje hacia nuestra cama. A través de la ventana nos miraba Ixchel, la diosa de la luna, rabiosa por nuestra felicidad. Laura y yo dormimos, abandonados, dándole la espalda a sus presagios y fundidos en un abrazo que se hacía el privilegio con que contábamos para vivir.

Al día siguiente, bien temprano, me despedí de los compañeros. Uno a uno los abracé con cariño. Al despedirme de Lucía, pude comprobar en su mirada la aseveración de Laura. Mi novia vio cómo me ruborizaba al separarme de la muchacha. Sonrió sin celos ante mi reacción. Luego me acerqué a ella y la besé con ternura.

—¡Cuídate! —insistí.

—No te preocupes. Te estaré esperando.

El yipi salió por el camino, dejando tras sí una huella

polvorienta. Durante el viaje, apenas si conversé con Pablo y don José, mis acompañantes. Me dolía por dejar a Laura y, a la vez estaba ansioso por saber de mis padres. El viaje me daría la oportunidad de leer alguna carta de ellos o de llamarlos por teléfono. En ese preciso momento me percaté de cómo habían pasado días sin noticias. Sabía que estaban preocupados por mí, en particular mi madre: habíamos sido inseparables, la había acompañado durante las largas ausencias de mi padre. No dudaba de que mi tía Luisa la mantuviera informada acerca de mis pasos y eso me alegraba, pero también me preocupaba. ¿Quién sabía qué le habría dicho?

Un poco después entrábamos en la ciudad, la que se mostraba inalterable a mis ojos. La vida allí era tan distinta de la del rancho, que no podía menos que sorprenderme por el bullicio de las gentes y el agitado tráfico que la caracterizaba. El espíritu bucólico que se había adueñado de mí se resistía a este ir y venir atormentado. Extrañé, aun cuando acababa de dejarlo atrás, mi pequeño mundo de paz.

Cuando entré a la casa, tía salió a mi encuentro con una alegría incontrolable. Su rostro bien maquillado, que intentaba ocultar las arrugas y vencer al tiempo, se iluminó con una sonrisa.

¡Hijo querido, qué bueno verte otra vez! —exclamó.

—¿Cómo están por aquí? —casi ahogado, trataba de escapar de su abrazo.— Avendaño y Laura les mandan un racimo de besos.

—¡Qué bueno! ¿Y Laura cómo está? —inquirió.

Les conté acerca de la amenaza de aborto de Laura, tía Luisa me interrumpió.

—Ustedes están locos. Debías haberla traído para acá... yo la cuidaría como a una hija. ¡No te quepa duda!

—Lo sé, tía, lo sé —intenté calmarla.— De todas formas el doctor la tiene bajo su cuidado.

—¿Y cómo está él? Ustedes prácticamente lo han secuestrado...

—Está muy bien, siempre piensa en usted como un fiel

enamorado. Manda esta flor –dije con un tonillo burlón, mientras le entregaba una rosa, que había arrancado hacía un momento del jardín de la propia casa.

–¡No juegue con eso! –regañó–, Avendaño es casi un hermano para mí.

–Pero no me niegue que lo extraña, ¿no es cierto?

Mi tía disparó contra mí una de esas duras miradas que lanzaba cuando estaba enojada. Me tomó del brazo y me empujó hacia el cuarto donde estaba mi abuela. Yo besé con ternura a la anciana inválida y me abracé a ella.

Un rato después, tía me entregó varias cartas que había recibido, entre ellas una de mis padres. Mi corazón latió de una forma extraña al tener entre mis manos aquella misiva cargada de nostalgias y lejanía.

–Ahora mismo vamos a llamarlos por teléfono –y a la par discaba en el aparato el número de la operadora de larga distancia.– Tu madre está desesperada porque no sabe de ti desde hace mucho tiempo.

No había transcurrido un minuto, cuando escuché del otro lado del auricular la querida voz de mi madre.

–¡Mamá! ¡Soy yo, Érico! –grité.

–Hijo querido, ¿cómo estás? –escuché su voz a lo lejos.

–Estoy muy bien. No te preocupes por mí.

–Sólo queremos que te cuides mucho. ¿Lo harás por nosotros?

–¡Claro!

–Tu padre está muy contento con lo que haces. Por aquí estamos juntando dinero y otras cosas para hacérselos llegar. Me han dicho que tienes novia y me imagino que debe ser una linda y buena muchacha, ¿no es cierto? –sentí a través del auricular.

–¡Sí, mamá! Es muy buena y la amo mucho.

–Me alegro, Érico. Manda a decir qué les hace falta. Por aquí hay un poderoso grupo de amigos dispuestos a ayudar, incluso, a incorporarse al combate. Estamos preparando un comité de solidaridad con la lucha de nuestro pueblo. Pronto les llegará ayuda –dijo entusiasmada.

–Buena idea –respondí con un nudo de añoranza en la

garganta.— ¡Te quiero mucho, mamá! Te mando un beso. Saluda a papá y dile que no fallaré.

—Yo también te quiero, hijo mío. Adiós —se despidió.

Un rato después, acostado en mi cama leía las cartas que había recibido. Una era de Pichichi, mi añorado amigo de Buenos Aires, quien capitaneaba las travesuras en el barrio. Al recordar con añoranza mi vida en la Argentina, vino a mi mente aquella ocasión en que nos enteramos de que, si escondíamos un diente en un rincón de la casa, venía un ratoncito y nos ponía dinero en el lugar. Nos pasábamos entonces toda una tarde arrancándonos algún diente para tener algo de plata. Recuerdo todo el sufrimiento que nos costaba esta nueva pretensión infantil. No bien lográbamos nuestro objetivo, a duras penas, salíamos con Beto, Colita, e íbamos hasta la tienda del armenio Botasian a comprar caramelos. Después los tres tontos mosqueteros nos paseábamos por la calle con unos enormes sombreros de papel, espadas de madera, grandes bigotes pintados, los bolsillos atestados de caramelos y una sonrisa desdentada.

En otras ocasiones íbamos hasta la calesita que funcionaba en el barrio y realizábamos mil peripecias y argucias para tratar de colarnos en ella sin pagar. Era una lucha permanente contra el dueño, en la que hacíamos gala de nuestras mañas infantiles y de nuestra agilidad para escapar. Cuando lo lográbamos, nos pavoneábamos ante el resto de los chicos montados en los caballitos de madera.

Atenazado por la invasión de los recuerdos de mi infancia, en los que la inocencia era el único rostro que ofrecíamos a la vida, suspiré con nostalgia. La carta de mi madre aumentó ese sentimiento dentro de mí en proporciones incalculables. Mi infancia, tan cargada de remembranzas del exilio, no se había escapado de mi corazón. Lo supe esa vez y, aunque quisiera evitarlo, así sería siempre.

El papel me traía toda una carga de sentimientos. Con amor infinito fui leyendo cada palabra escrita por ella.

Tenía plena conciencia de que a través de la escritura podía sentir su preocupación por mí, su miedo casi demente por perderme y no recuperarme jamás. Pero en la carta estaban presentes también su apoyo incondicional a mi decisión de luchar por la libertad de mi pueblo, y su disposición y la de mi padre a compartir conmigo cada sueño y cada esperanza. Entonces pensé que era muy afortunado. Me alegré de haber tenido la infancia que tuve y por ser hijo de ellos.

Me preparaba para marchar a casa de don José, donde nos reuniríamos con el resto de los compañeros para preparar el próximo paso. Cuando salí, tenía la certeza de que dejaba atrás la niñez, que la vida me la había arrancado para siempre.

13

Cuando llegué a la casa del padre de Edgar, encontré a varios estudiantes del Instituto y a mis conocidos del grupo obrero. Enseguida salieron en mi busca Antonio, Manuel, Ramón, Martha y Lorenzo para abrazarme. Pude sentir ese optimismo contagioso que sólo se encuentra en la juventud. Poco a poco fui respondiendo sus preguntas sobre Laura y las otras muchachas y fui abrazando a los obreros, entre los que se encontraban Pedro, Alfonso, Paco y Benito. Don José y Pablo estaban sentados en un extremo de la habitación y los saludé con un gesto. Allí estaba el germen del movimiento armado, los que serían a partir de este momento mis camaradas de lucha en los combates por venir. Sentía una profunda admiración por ellos. Todos estaban dispuestos a abandonar sus casas y sus trabajo, sus aulas y sus comodidades, para marchar a la selva y a las montañas o quedarse como clandestinos en la ciudad, enfrentando el riesgo y la muerte. Tal vez, muchos no veríamos la victoria, no lograríamos completar el camino, pero nadie dudaba de emprender la marcha.

Don José tomó la palabra:

–¡Compañeros!, ya hemos creado las condiciones esenciales para iniciar la lucha como queríamos. Algunos de nosotros marcharán hacia la zona selvática aledaña a la principal cordillera montañosa del país para integrar el destacamento guerrillero. Otros realizarán importantes misiones en la ciudad. Este es el momento indicado para que se retire quien no se sienta capaz de resistir.

El viejo miró a los presentes, pero nadie se retiró. Un clamor de alegría nos invadió a todos. Luego don José continuó:

–El destacamento estará integrado por el que les habla, Alfonso, Paco y Benito, por los obreros; por los estudiantes estarán Érico, Pablo, Manuel, Ramón, Lucía y Antonio, también se sumarán campesinos encabezados por Luis y Miguel, lo que hará una cifra aproximada de veinte guerrilleros. Cuando nos asentemos, propiciaremos la incorporación de otros compañeros deseosos de luchar. Hemos pensado que es prudente crear un grupo urbano, que se encargará de continuar buscando armas y otros recursos para el destacamento. En la medida que este grupo se consolide, podrá realizar no solo labores de retaguardia, sino desarrollar acciones armadas en la ciudad. Esto hará que se dispersen las fuerzas del ejército. Proponemos para este grupo urbano a Pedro, Martha y Lorenzo. ¿Está claro?

Como nadie manifestó dudas, don José continuó con su explicación:

–Utilizaremos el rancho de Avendaño como lugar de enlace entre la ciudad y la selva. Allí permanecerán el doctor, Leticia y Laura. Su misión será curar a los heridos que saquemos de la selva y la montaña y servir de punto intermedio para recibir abastecimientos y hombres que se envíen de la ciudad hacia el destacamento. Estoy seguro de que don Porfirio, el padre de Luis, nos ayudará en este sentido.

–¿Cuándo empezamos, don José? –preguntó Manuel entusiasmado.

–Antes debemos cumplir algunas tareas. Es importante trasladar de inmediato las armas y otras cosas que hemos logrado conseguir. Mañana saldremos hacia el rancho Érico, Pablo y yo con esos abastecimientos. Con nosotros irán Benito y Manuel. De inmediato saldremos hacia la aldea de Miguel y de ahí hacia la selva. El otro grupo integrado por Paco, Alfonso, Ramón y Antonio, llegará dos días después. Coordinaremos con don Porfirio para que los espere y los lleve hasta la aldea. Allí los recibirá unos de los hijos de Miguel, quien los guiará hasta la selva. Con ustedes irá Lucía, que se incorporará al grupo del rancho. Pedro se encargará de conseguir los medios para el traslado. ¿Existe alguna duda?

Nos levantamos como movidos por un resorte. Los que marcharíamos en la mañana siguiente estábamos apremiados por el tiempo. Por suerte, Pedro lo había previsto todo con antelación y tenía ubicadas en una casa las armas, uniformes, calzado, alimentos y medicinas necesarios. Él y Alfonso recogerían el cargamento antes que a nosotros.

Uno a uno nos despedimos. Abracé efusivamente a cada uno de mis camaradas, tanto a los que vería en unos días como a los que no sabía si volvería a ver. Estábamos muy emocionados y no lo ocultábamos.

Salí apresurado de la casa para preparar las condiciones. Al entrar, encontré a mi tía Luisa dormitando sobre el sofá. Me abracé a ella con ternura y le dije:

—Mañana me voy bien temprano.

—¿Pero tan pronto, mi hijo?

—Sí, tía —le comuniqué—, y esta vez creo que pasará mucho tiempo antes de que volvamos a vernos. Quiero que se cuiden y no se preocupen por mí, ¿de acuerdo?

Ella empezó a llorar desconsolada; su corazón se sintió más apesadumbrado y solitario que nunca. Traté de reconfortarla, pero era inútil.

—Mire, tía, todo saldrá bien —susurré en su oído, mientras la abrazaba con ternura.— Escogí este camino porque creo que es el correcto. Le dejaré una carta para mamá… ¿Está bien? ¡Déme usted la bendición!

—¡Dios lo bendiga! —apenas atinó a decirme entre sollozos.

Me despedí con un beso. En mi cuarto, escribí la carta para mis padres, en ella trataba de no preocuparlos, pero era importante que supieran cuáles eran mis sentimientos en ese instante. Quería que supieran que nunca había traicionado sus enseñanzas, que lo que hoy hacía era resultado de lo aprendido de ellos: su intransigencia y su amor al pueblo. Sin darme cuenta, la carta iba adquiriendo el tono de un testamento político, que reflejaba no sólo mi amor entrañable hacia ellos, sino también hacia la causa. Sentía en lo más íntimo la necesidad de comunicarles las principales motivaciones de mi vida en esos momentos. Era como dejar algo para el recuerdo, por si la vida nos jugaba una mala pasada.

Me dormí con el corazón lleno de esperanza y optimismo. Para mí, la vida, que había sido hasta el momento un sobrevivir entre el dolor y la ternura, se abría llena de pretensiones y sueños por realizar, se presentaba más limpia y hermosa que nunca.

Bien temprano me recogieron mis amigos. En sus rostros pude ver, mezclado con un nerviosismo contenido, un conjunto de expectativas imposible de ocultar. La noche les había servido para despedirse de sus seres queridos con la promesa de cuidarse y volver. Detrás habían dejado alguna lágrima rebelde, capaz de escapar más allá de la voluntad y la resistencia humana. Sabíamos con certeza lo que íbamos a enfrentar y, sin embargo, nadie vaciló.

El silencio reinaba dentro del yipi, mientras nos conducía hacia el rancho, nuestra parada de tránsito. Cada uno estaba sumergido en sus más íntimos pensamientos. Tal vez el viejo José meditaba acerca de su hijo asesinado, y la posibilidad de vengarlo y continuar lo que el muchacho había iniciado desde las aulas del Instituto; tal vez pensaba en su mujer y en sus dos hijas, a las que dejaba en la ciudad sin un apoyo directo para subsistir. Pablo, por su parte, miraba el caleidoscopio verde de diversas tonalidades que corría ante sus ojos mientras el vehículo avanzaba por la carretera estrecha y solitaria; quizás pensaba en sus padres, en su novia a la que sólo pudo dejar un beso como constancia de su amor, en la fragilidad de la vida que le tocaba. Manuel dormitaba sumido en un abandono aparente que no ocultaba las tensiones que vivía; para él, como para todos los jóvenes del grupo, se presentaba la oportunidad anhelada por nuestro romanticismo: la de servir sin condiciones a la causa que habíamos abrazado sin importar el costo que hubiera que pagar. Solo Pedro, que conducía el Land Rover, parecía ajeno a la lucha que devoraba nuestras mentes.

Detrás de nosotros venía el pick up conducido por Alfonso. Lo acompañaba Benito. Debajo de la carga de mercancías que transportaban, se encontraban ocultas las armas y otros abastecimientos necesarios para el destacamento. Con independencia de que la carretera se encontraba despejada, ambos conductores permanecían atentos a cualquier señal de patrullas del ejército o de puntos de control. Al fin, alcanzamos el sinuoso y polvoriento camino que conducía al rancho.

Cuando arribamos a nuestro destino, sus ocupantes salieron al portalón. Laura, por supuesto, no estaba, pues se encontraba en la cama. Nos abrazamos a nuestros compañeros, mientras don José continuaba el camino para buscar a Luís y a su padre. Yo fui de inmediato hasta la habitación para encontrar a mi novia. Una sonrisa iluminó su rostro al verme.

–¿Cómo estás, mi amor?

–Bien. No te preocupes, cumpliendo al pie de la letra las indicaciones de Avendaño.

–Me alegra –dije mientras la besaba con ternura– que además de bonita seas muy disciplinada.

–¿Cómo está tu familia? –preguntó.

Le conté y luego la cargué hasta la sala. Allí estaban conversando animadamente los habitantes permanentes y ocasionales del rancho.

Un rato después llegó don José, con Luís y su padre. Sin perder tiempo, se les comunicaron a los presentes los acuerdos de la reunión urbana. Estaba claro que a partir de ese momento nuestra vida iba a cambiar. Mientras Lucía saltaba de alegría al conocer que participaría de la vida guerrillera en la selva, pude ver en los ojos de mi novia un asomo de tristeza. De acuerdo con las indicaciones del jefe, se decidió que partiríamos en la mañana siguiente hacia la aldea de Miguel y que, posteriormente, sin descanso alguno, nos internaríamos en la selva. Laura, Leticia, Lucía y Avendaño, con la ayuda de don

Porfirio, prepararían las condiciones para recibir al resto de los compañeros y enviarlos hacia su destino de inmediato.

De igual forma, se acordó que la abuela de Laura se marchara a la ciudad, por cuanto a partir de ese momento el rancho pasaba a convertirse en un lugar peligroso. Don José preguntó a Laura:

—¿Quieres irte a la ciudad con tu abuela?

—¡No! —respondió tajante—, me quedo aquí. No podré hacer ejercicios bruscos, pero todavía puedo curar a un herido y disparar un arma. Ustedes saben lo importante que es la lucha para mí. Si me obligan a irme será como matarme.

Nos conmovieron las palabras de Laura. Esta contradicción entre el amor y el deber no era insalvable para ella: deseaba tener al niño y pagaba el costo, pero no quería dejar de ser útil. Había que respetar sus deseos.

—Puedes quedarte —dijo don José.

—¡Qué bueno! —gritó mi novia, mientras se lanzaba hacia don José y lo abrazaba.

Todos nos reímos experimentando una genuina alegría y también admiración hacia la muchacha. Mi Laura se crecía cada vez más en mi corazón.

El resto del día lo dedicamos a los preparativos. Cada uno de los que partiríamos al día siguiente preparó su exiguo equipaje y colocó en la mochila solamente lo imprescindible. Con gran tristeza me desprendí de mis libros: El pequeño príncipe, el Popol Vuh y Mitos y leyendas de la antigua Grecia.

Cuando llegó la tarde, cargué con Laura y la llevé hacia el río. Ambos necesitábamos estar a solas las últimas horas que nos quedaban juntos. Nos sentamos bajo la sombra del viejo árbol que había sido mudo testigo de nuestro amor.

—¡Prométeme que te cuidarás! —dijo apesadumbrada.

—Lo haré, no te preocupes. Para mí es también muy importante que tú te cuides mucho. No creo que haga falta decirte que tú y el niño son las cosas que más quiero en la vida. ¿Me entiendes?

Ella asintió.

–No dudes en irte para la capital si el embarazo se complica –continué–, allí también puedes ser útil.

–Lo haré, mi amor. Siempre que pueda vendré a este lugar a recordarte. Aquí fui tuya por primera vez. Aquí nos amamos tanto que, salvo la vieja fuente de la plaza, no encuentro en el mundo otro lugar que sea tan nuestro. Nos desnudamos y, con cuidado, la metí dentro de las cristalinas aguas del río. Para mí era maravilloso sentir su cuerpo y acariciarlo con ternura. Para mí era reconfortante besar su vientre donde latían nuestras mejores esperanzas. La amé por última vez, con delicadeza, tratando de llevarme esa ternura suya, que me sería necesaria en las largas y oscuras noches de la selva. La amé, sin palabras, sólo con la convicción de que a pesar de todo, nos amaríamos por sobre todas las cosas.

Cuando todavía el día era una criatura que trataba de abrirse paso en la noche, salimos del rancho con destino a la selva. Luego de recoger a Luis, partimos hacia la aldea de Miguel. Esta vez íbamos con más cautela.

Miguel nos recibió en su casa y nos presentó a sus dos hijos, uno de los cuales, Carlos, se uniría también a nuestro destacamento. No había transcurrido una hora cuando el pequeño grupo se desplazaba por una de las brechas abiertas en la selva. Cuando creímos que nos habíamos alejado a una distancia prudencial y luego de comprobar que no había nadie por los alrededores, nos detuvimos para distribuir armas y provisiones. Cada uno de los ocho integrantes del destacamento recibió junto al arma correspondiente, dos uniformes, una hamaca, una mochila, un nylon, botas altas de hule y parte de las provisiones con que contábamos. El resto de las armas y provisiones fue escondido en un lugar seguro para que fueran recogidas por los que se incorporarían dos días después.

El destacamento guerrillero estaba formado por dos

obreros: don José y Benito; tres estudiantes: Pablo, Manuel y yo; y, finalmente, por tres indígenas de la zona: Luís, Miguel y Carlos. En días siguientes, con la llegada de los refuerzos esperados, el grupo se incrementaría hasta catorce o quince compañeros: con el arribo de Alfonso y Paco, por los obreros; Ramón, Antonio y Lucía por los estudiantes; así como dos campesinos de la aldea de don Porfirio, tendríamos un pequeño destacamento capaz de enfrentar pequeñas patrullas del ejército.

Desde el punto de vista del armamento, contábamos con dos fusiles Garand, dos carabinas M-2, una M-1, una metralleta Schmeisser y dos escopetas. A mí me entregaron un M-2. También disponíamos de dos Colt-38 y una 45. Otro Garand, tres escopetas, una subametralladora MP-41 y una metralleta Uzi, fueron escondidas para ser usadas por el resto de la tropa que estaba por arribar. Aunque contábamos con municiones suficientes, estaba claro que en el futuro deberíamos, como las armas, arrancárselas al ejército.

Don José distribuyó, previa aprobación, las responsabilidades dentro de la pequeña fuerza guerrillera. Se conformó un grupo de exploración que serviría como vanguardia del destacamento, el cual estaría al mando de Luís y en el que estaría también Miguel. En la retaguardia, al mando de Alfonso, irían Manuel, Carlos y Ramón. El resto de la columna, conformado por Benito, Antonio, Paco, Pablo, los campesinos de la aldea de Luís, Lucía, don José y yo. La muchacha sería la encargada de los primeros auxilios, pues había recibido el entrenamiento necesario con Avendaño. A mí me propusieron como comisario político.

Emprendimos de nuevo la marcha, adentrándonos en la tupida vegetación. Luís y Miguel iban abriendo una pica para que pudiéramos avanzar. Luego de cuatro horas de camino, hicimos un alto para ingerir algún alimento. Cada uno abrió su lata de sardinas y tomó un poco de leche condensada. Enterramos los restos y continuamos la marcha hasta la tarde. La cena fueron unas "lolas" que la retaguardia había ido recogiendo por el camino. Antes de acostarnos, don José distribuyó las guardias. Los zancudos y los chaquistes se ensañaron con nosotros mientras permanecíamos despiertos y vigilantes en nuestro turno de guardia. A veces sentíamos el paso entre la hojarasca de los animales, convertidos en sombras indefinidas y raudas como el sonido. La vida nocturna de la selva era tan agitada como la diurna. Los saraguates alborotadores, el rugido de algún tigre y el ruido de la serpiente al arrastrarse marcaban el compás de las horas mientras la noche negra reinaba a sus antojos.

A la mañana siguiente, emprendimos rumbo a la casa de Serapio. La selva nos recibió con uno de los aguaceros más fuertes que había visto en mi vida. Empapados, tratábamos de avanzar a duras penas. Los monos gritaban alocados cada vez que un relámpago iluminaba la espesura, dando un aspecto espectral a lo que nos rodeaba. El suelo enfangado nos jugaba malas pasadas y contribuía a aumentar nuestro cansancio. Cuando la lluvia torrencial se había convertido en tímida e insistente llovizna, encontramos el sembradío de frijoles que servía de sustento a nuestro amigo. Los perros ladraron con insistencia, avisando a su dueño la presencia de intrusos.

Serapio experimentó gran alegría cuando nos vio llegar. Salió a nuestro encuentro y abrazó efusivamente a los que conocía. Una vez dentro de la casa, donde nos colocamos como pudimos, Miguel y don José le explicaron el motivo de nuestra presencia en la región, sin ocultarle esta vez el verdadero propósito que nos animaba. El hombre no puso reparo alguno en ayudarnos. El hecho de que hubiera sido un poblador de la costa y de que su nivel cultural, relativamente alto en comparación con el de los habitantes de las aldeas vecinas, le permitía comprender con más claridad nuestros objetivos Había conocido de cerca la explotación más cruel y había buscado la fórmula para evadirse, en lo intrincado de la selva. Ahora se le presentaba la oportunidad de enfrentarla y decidió hacerlo.

—Les ofrezco mi casa para lo que pueda servirles —dijo entusiasmado.

—Tu casa no la queremos —respondió don José—, pero sí que nos permitas hacer en el descampado algunas chozas como la tuya.

—No hay problema.

Comimos los restos de una danta que había cazado Serapio y nos reunimos debajo de un enorme cedro que atenuaba la constante llovizna.

Mientras Pablo y Manuel se encargaban de hacer la guardia por los alrededores, don José explicó cuáles serían nuestros próximos pasos.

—De inmediato, construiremos nuestra base. Para ello buscaremos hojas de posh y prepararemos un poco de palopic, aquí estableceremos el campamento provisional. Durante esta etapa es importante conocer la selva y prepararse para esta vida. Recibirán un rápido entrenamiento en tiro y guerra de guerrillas, en lo que casi todos somos analfabetos. Vamos a aprovechar la experiencia colectiva. Luís puede ayudarnos mucho en lo referido al dominio de las armas; Miguel, Carlos y Serapio nos pueden instruir acerca de la selva y sus condiciones. Cuando llegue el resto de los compañeros, organizaremos la vida en el campamento. Por ahora es indispensable construir unas cinco casas: un hospitalito, una cocina-comedor, el estado mayor, con un local para las reuniones y las clases y, finalmente, dos albergues. No hay que esmerarse mucho en la construcción, por cuanto nuestra estancia por aquí será provisional. ¿Entendido?

—Es decisivo que nos adaptemos bien a la región —añadí—, aprendamos a movernos en ella con rapidez y seguridad. En la medida en que lo logremos, podremos irrumpir fuera de la selva, golpear a las patrullas del ejército y volver a adentrarnos en ella.

Todos los compañeros escuchaban en silencio, redondeando su idea acerca de cómo sería nuestra vida inmediata.

Cuando Miguel y Luís salieron en busca del segundo

grupo que se incorporaría a nuestro destacamento, ya habíamos avanzado bastante en la construcción de las rústicas viviendas, ayudados por la pericia de Serapio y de Miguel. Habíamos construido los albergues y la cocina. El resto lo haríamos con mayor rapidez por la fuerza que se nos sumaría. Durante estos dcs días, mientras el grueso del grupo se dedicaba a las labores constructivas, siempre una patrulla permanecía explorando la región con el doble propósito de vigilar y obtener algún alimento. La captura de un venado y un pecarí fueron suficientes para que no pasáramos hambre. Un cercano arroyuelo, distante unos cincuenta metros del caserío, nos proveía de agua para beber, cocinar y asearnos.

La vida en el campamento adquiría aires de cotidianeidad. Cada cual sabía qué hacer y se entregaba a las tareas con disciplina y entusiasmo. La posibilidad de vencer el período de adaptación y de preparación militar lo más pronto posible, para enfrentarnos al ejército, era un reto permanente. Esperábamos con ansiedad ese momento, sentíamos la necesidad de enfrentar al enemigo y de hacerle saber nuestra disposición de lucha.

Tres días después, sentimos ladrar los perros de Serapio. Tuvimos la certeza de que eran nuestros compañeros los que se acercaban al campamento, cuando, efectivamente, vimos acercarse a Luís y a Miguel, seguidos de cerca por un pequeño grupo de personas. Con profunda alegría reconocimos los rostros queridos y saludamos a Alfonso, Ramón, Paco, Antonio y Lucía. Con ellos venían dos primos de Luís, Tomás y Sebastián, enviados por don Porfirio.

Lucía me traía una carta de Laura. Cuando cayó la noche, leí y releí la esquela bajo la tenue luz producida por una rama de ocote. Tratábamos de preservar a toda costa las pocas velas de que disponíamos, así como nuestras linternas y nos alumbrábamos con antorchas de esa planta resinosa que crece en la selva. Todo el campamento parecía, cuando se marchaba el día, un fantasmagórico reducto que vivía y aparentaba moverse en la perenne oscuridad de la noche. El olor penetrante del ocote le daba a nuestro campamento un ambiente hogareño y acogedor.

Mi novia me pedía que me cuidara y me hablaba tiernamente de nuestro hijo. El profundo optimismo que salía de cada letra y cada palabra, me daba fuerzas para soportar la separación. Sabía que era parte del costo que debía pagar por mi amor a la libertad, pero separarme de Laura era arrancarme un pedazo del corazón.

Los días transcurrían sin novedad. Poco a poco, adquiríamos mayor desenvoltura, al extremo de que ya no era necesaria la presencia de Miguel, de Carlos o de Luís, para internarnos en la selva y regresar sin dificultad. El entrenamiento militar empezaba a dar sus frutos. Las prácticas de tiro y otras técnicas necesarias nos daban una preparación básica que nos permitiría hacer frente a lo por venir.

Una tarde, don José nos convocó a todos en el rústico comedor. Sabíamos la razón y nos llenaba de alegría.

—¡Compañeros! —exclamó el jefe con una sonrisa en los labios—, ha llegado el momento de realizar nuestra primera acción. Miguel y Luís me han sugerido que ataquemos alguno de los pequeños cuarteles ubicados en las aldeas de los alrededores. ¿Qué les parece?

Todos gritamos de alegría. Una alta disposición combativa reinaba en nosotros.

—¡Ahora sí les vamos a dar donde les duele! —exclamó Benito.

—Se quedará un compañero con Serapio cuidando el campamento. Somos gente disciplinada y hay que acatar la decisión: esta vez le tocará a Ramón quedarse.

El aludido experimentó una profunda sensación de tristeza, que no pudo ocultar; pero acató la decisión del jefe.

—Asaltaremos un pequeño puesto de policía que tiene cerca de veinte efectivos, se encuentra cerca de la aldea de Miguel; si logramos la sorpresa, conseguiremos nuestro objetivo. El plan es bien simple: unos pocos, Benito,

Miguel y yo, atacaremos por el frente. Luís dirigirá la embestida por el flanco derecho, que es el más vulnerable; con él irán Manuel, Sebastián y Tomás. Érico acometerá por el lado izquierdo, junto con Lucía, Antonio y Carlos. Alfonso lo hará por el fondo acompañado por Pablo y Paco. Lo importante es actuar con rapidez y volver a internarnos de inmediato con las armas obtenidas y todo aquello que pueda sernos útil. Recuerden disparar sólo lo necesario, pues hay que ahorrar municiones. ¡Mañana saldremos hacia allá!

La posibilidad real de enfrentarnos por primera vez al enemigo nos conmovió a todos. En los ojos de cada uno podía verse la emoción mal contenida, un nerviosismo latente y una alegría indescriptible. Todos aprestábamos nuestras armas y equipos, mientras Lucía preparaba un ligero botiquín.

Esa noche apenas si pudimos dormir. La tensión por la cercanía del combate se había apoderado de todos y era superior a nuestra capacidad de controlarnos. Había llegado la hora definitiva de hacer realidad nuestras aspiraciones, la hora en que uno sabe que se juega el todo por todo y que no hay regreso posible.

Esa noche la dediqué a pensar en Laura, a recordarla minuto a minuto, a hacerla latir al compás de mi sangre. Nada más.

14

Temprano salimos hacia el objetivo. Algunos pudimos aprovechar la existencia de algunas picas recientes para avanzar con la mayor rapidez posible; otros tuvieron que abrirse paso a través del tupido follaje. Debíamos vencer casi dos días de camino para llegar a la aldea cabecera y era fundamental no atraer la atención.

Cuando llegamos al límite de la selva, apareció ante nuestros ojos una llanura sinuosa, herida por abundantes quebradas y pequeñas elevaciones. No lejos de allí, distante apenas a unos cinco kilómetros, se encontraba la aldea cabecera. Nos ocultamos tratando de no hacer ningún ruido que delatara nuestra presencia a los pobladores de algunas casas aisladas. El paisaje se reducía a vastos sembradíos de maíz, en los que aparecían dispersas las conocidas casitas de adobe y posh. Nos dispusimos a esperar que llegara la noche para avanzar hacia el objetivo y rodearlo.

Cuando las sombras se apoderaron de la planicie, emprendimos la marcha sigilosa hacia la aldea. A cada rato escuchábamos los ladridos de los perros que nos olfateaban; sin embargo, no nos preocupamos: eran frecuente los ladridos en las noches, cuando con relativa frecuencia salían los tigrillos a capturar gallinas de los corrales. Todo permaneció tranquilo mientras avanzábamos y ocupábamos nuestras respectivas posiciones. Pasaron varias horas; un poco más tarde, cuando la noche se iba disolviendo en el clarear de un nuevo día, aparecieron ante nuestros ojos las casas de adobe tan típicas de las aldeas y distinguimos el cuartel de policía, edificado con madera y techo de zinc. Sin hacer ruido, nos colocamos en posición de ataque en espera del momento indicado.

La entrada al cuartel se veía tranquila. Un policía dormitaba en el portalón. Al fondo, el cocinero preparaba el desayuno. Exactamente a las seis de la mañana empezó el ataque. De un tiro certero de don José cayó fulminado el policía de guardia. De inmediato, todos comenzamos a disparar mientras nos acercábamos. Luís logró colocarse cerca de una de las ventanas y lanzar una de las pocas granadas que teníamos. Nuestro grupo y el de Alfonso disparaban contra los que trataban de escapar por el fondo. El factor sorpresa había funcionado. Tras un breve tiroteo, la resistencia desapareció y vimos salir por una de las ventanas un trapo blanco, al parecer un calzoncillo, amarrado al cañón de un fusil.

Un rato después estábamos en el cuartel junto al reducido grupo de policías semidesnudos y asustados. Un obeso teniente sollozaba pidiendo que no lo matáramos. Ninguno fue maltratado. Dedicamos unos minutos, por el contrario, para explicarles la causa de nuestra acción, pues no podíamos olvidar que eran gentes humildes y explotadas. Recogimos armas, municiones y todo lo que pudiera ser útil: obtuvimos un valioso arsenal compuesto por 18 fusiles Garand, tres pistolas y abundante parque. Confiscamos frijoles, arroz, sal y alimentos enlatados. De nuestra parte hubo un herido, Manuel, que recibió un disparo a sedal en un hombro. Los policías sufrieron seis bajas mortales y cuatro heridos. Finalizado el combate, aparecieron los pobladores, llenos de miedo y curiosidad. Se apilaron frente al cuartel, llevados por una orden inexistente.

Miguel indagó si alguno de los policías había abusado de ellos. Uno a uno acusaron al teniente de frecuentes maltratos contra ellos. Con sus dedos temblorosos lo culpaban de arrebatarles sus cosechas, de amenazarlos constantemente y de proteger al hacendado de la región y a los intermediarios. Luego de escuchar las denuncias contra el gordo oficial, se determina fusilarlo sumariamente. Un grupo de guerrilleros lo condujo al fondo del cuartel donde fue ajusticiado. El resto de los policías temblaba de miedo.

Don José se dirigió a los pobladores para explicarles nuestros objetivos. El hecho de ver entre nosotros a gente humilde como ellos y el ajusticiamiento del teniente abusador hicieron que nos miraran con simpatía. Algunos nos entregaron un poco de comida: tortillas de maíz y fruta. Nosotros distribuimos de lo capturado en el cuartel aquello que no podíamos llevar con nosotros. Uno de los pobladores, viejo conocido de Miguel, pidió integrarse al destacamento y recomendado por aquel, aceptamos su incorporación.

—Nunca más volverán a maltratarlos sin temer a la justicia del pueblo. Nosotros luchamos por ustedes, para que la tierra les pertenezca, para que no vengan a robarles sus cosechas y a maltratarlos. Ahora es importante que se unan para impedir los abusos en las aldeas. Llegará el día en que ustedes tengan escuelas y médicos —les dijo el jefe a los pobladores, mientras nos preparábamos para el retorno.

Íbamos camino a la selva, cargados de entusiasmo y nuevos pertrechos. La victoria era indiscutible. El destacamento contaba con un nuevo miembro, Prudencio. El golpe al cuartel levantó la moral combativa de los guerrilleros, al extremo de que muchos querían marchar en busca de otros objetivos. Don José los persuadió de que por el momento había sido suficiente. Les recordó que el guerrillero golpea y se retira: esa es su posibilidad de supervivencia.

Luego de dos largos días de camino procurando borrar las huellas que dejábamos atrás, llegamos a nuestro destino: el campamento junto a la casa de Serapio. Almorzamos opíparamente unas pavas que habían conseguido Ramón y nuestro anfitrión, y nos reunimos para hacer el balance de la acción. Don José tomó la palabra.

—Los felicito por la disciplina y entusiasmo mostrados en el combate. La victoria fue aplastante; nuestro bautizo de fuego abre las posibilidades para realizar nuevas acciones contra el enemigo. Pero no crean que las cosas siempre serán tan fáciles como hoy. Si tuvimos éxito, fue porque ellos desconocían nuestra presencia y estaban desprevenidos. A partir de ahora estarán más vigilantes, lo cual no puede perderse de vista. Quiero significar la importancia que tiene para nosotros el factor sorpresa, la capacidad que tengamos de golpear donde el enemigo no nos espera: esa será la clave del éxito.

Todos permanecíamos en el más absoluto silencio, analizando el significado de cada palabra del jefe, quien continuó:

–Tampoco debemos perder de vista la importancia de crear bases de apoyo entre los aldeanos de por aquí. Ya hemos logrado acercarnos a las gentes de las aldeas de Luís, Miguel y la que acabamos de atacar. Los frutos aparecerán en la medida en que los pobladores comprendan que luchamos por ellos, lo cual requiere de tiempo y de trabajo con la gente. Cada golpe debe tener un doble propósito: batir al enemigo y realizar propaganda entre los de la zona.

–Creo que la gente de la aldea entendió bien por qué atacamos al cuartel –intervine–, pero me preocupa que el ejército llegue y los reprima con crueldad.

–Eso ocurrirá –respondió don José mirando a Prudencio, el nuevo miembro– y no podemos impedirlo. Tratarán de sacarle a la gente lo que sepa y lo que no sepa. Confío en que puedan sortear las amenazas y presiones que se ejercerán contra ellos. Es prudente que organicemos algunas acciones de hostigamiento sobre las patrullas del ejército que recorren la zona; de esta forma el enemigo se preocupará un poco más por cuidarse y quizás deje en paz a los aldeanos. Creo que es oportuno que salgan hacia la zona un grupo de compañeros, dirigidos por Luís, para hostigar sobre la marcha a dichas patrullas, sin perder la movilidad ni el factor sorpresa. También debemos esconder el campamento, pues estoy seguro de que el ejército mandará a la aviación a bombardearnos.

–¿Quiénes integrarán las patrullas de hostigamiento y quiénes se quedarán aquí? –preguntó Alfonso, impaciente.

–A eso iba –respondió don José–, la patrulla será mandada por Luís, como ya dije, e integrada por Paco, Benito, Miguel, Érico, Ramón, Carlos, Prudencio, Lucía, Tomás y Sebastián. El resto permaneceremos aquí moviendo el campamento.

–¿Cuándo salimos? –preguntó Luís.

–Mañana, bien temprano –indicó el jefe–, ahora vayan a descansar; deben quedarse conmigo Érico, Miguel y Luís para explicarles el plan general de los hostigamientos.

Durante casi una hora estuvimos analizando la forma en que debían llevarse a cabo las acciones. Don José insistió nuevamente en la importancia del factor sorpresa y en la necesidad de evadir el enfrentamiento directo con la tropa, es decir, golpear e irse. Esa debía ser nuestra táctica y no otra: el ejército contaba con una superioridad numérica considerable y, de inmediato, desplegaría sus fuerzas para atacar. Con su potencial de fuego, sus armas más sofisticadas y su movilidad, solo sería posible neutralizarlo con una movilidad mucho mayor y con la rapidez de nuestros golpes. Si no éramos capaces de marcharnos de inmediato, caerían sobre nosotros como fieras y nos aniquilarían.

Al amanecer salimos a cumplir nuestro cometido. Miguel, Luís y yo avanzábamos en la vanguardia. El resto nos seguía en el más absoluto silencio. Nos detuvimos sólo para comer y continuamos la marcha. Cuando anochecía, llegamos al punto escogido para pernoctar, montamos campamento, sin encender ni una hoguera, sin realizar acción alguna que delatara nuestra presencia. Luego de distribuir las guardias, cada uno se acostó en su hamaca y esperamos que amaneciera. Ni el cansancio provocado por la caminata, ni el calor y la humedad reinante, pudieron aplacar el nerviosismo que experimentábamos. Sabíamos que en pocas horas enfrentaríamos de nuevo al enemigo, pero esta vez, al ejército, más preparado y con mayor disposición combativa que la policía.

Apenas apareció la primera luz del día nos pusimos en movimiento hacia un lugar ubicado cerca del camino que conducía a la aldea de Prudencio. A unos cien metros había un pequeño foco de vegetación, que sobresalía sobre las milpas, donde se situaron Miguel y otros tres compañeros. Luís, Lucía, Carlos y yo nos colocamos unos doscientos metros más al norte, aprovechando una pequeña elevación cubierta por espeso follaje.

Tres horas después vimos aparecer la avanzada de una patrulla del ejército. La encabezaba un yipi en el que habían colocado una ametralladora calibre cincuenta. Detrás marchaban tres camiones atestados de soldados. Una pequeña escuadra compuesta por cerca de diez uniformados avanzaba delante, a pie, explorando el camino. El primero en disparar fue Luís: uno de los soldados del grupo de exploración cayó de bruces sobre la tierra del camino. A continuación todos disparamos nuestras armas hacia la caravana. Los soldados se tiraban asustados de los camiones buscando protección en los bordes del sinuoso camino. El ataque les causó varias bajas, pero minutos después, la tropa se repuso de la sorpresa. De un fuego desordenado pasaron a disparar con gran precisión hacia nuestras posiciones. De inmediato, Luís dio la orden de desaparecer de allí. Apenas nos habíamos retirado unos metros, sentimos caer los obuses de morteros sobre las posiciones que habíamos ocupado. Todo temblaba a nuestro alrededor. Los disparos de la calibre cincuenta cortaban la milpa sobre nuestras cabezas: no quedaba otra opción que refugiarnos en la selva.

Una hora después, luego de comprobar que no éramos perseguidos y que las detonaciones de los obuses se habían ido quedando atrás, nos reunimos en el lugar acordado. Faltaban Ramón y Carlos, el hijo de Miguel. Esperamos un buen rato y al comprobar que no llegaban, imaginamos lo peor. Luís, Miguel y yo decidimos regresar, extremando las medidas de precaución, hacia el lugar del hostigamiento. Colocados tras la tupida vegetación, casi en el sitio donde nace la selva, pudimos distinguir el numeroso grupo de soldados que se reorganizaba. Con unos prismáticos, Luís observó minuciosamente la zona donde habían estado nuestras posición: había varios cadáveres tirados en el camino, entre ellos, los de nuestros dos compañeros.

Miguel se vio sacudido por un dolor lacerante. A duras penas pudimos aguantarlo para que no corriera en busca del cuerpo de su hijo. Un grito de dolor escapó de su garganta y se hizo sentir por todos lados. De inmediato, sentimos el fuego ensordecedor de los obuses a nuestro alrededor. Luís y yo emprendimos una loca carrera hacia la espesura, arrastrando a Miguel con nosotros.

Nos reagruparnos y emprendimos la marcha hacia el campamento. Caminábamos en silencio, cargando sobre nuestros corazones el dolor por la pérdida de los camaradas caídos hacía unos momentos.

Sentimos volar un avión sobre nuestras cabezas. La selva se convirtió de repente en un infierno. Por dondequiera caían bombas que mataban y destruían todo lo que hallaban en su camino. Permanecíamos tirados en el suelo, apretados contra la tierra y temiendo que uno de esos artefactos de muerte acabara con nuestras vidas. Un rato después, cuando había cesado el bombardeo, pudimos observar un desolador paisaje en torno a nosotros. Decenas de saraguates y otros animales yacían calcinados sobre la tierra. Varios árboles humeaban semejantes a titanes destruidos por una fuerza poderosa e invisible. Todo era desolación y muerte. La selva, herida en su orgullo por el odio del hombre, nos veía pasar.

Miguel marchaba a mi lado en silencio. Su pena se había convertido en mutismo. Acababa de pagar un precio enorme por hacer realidad los sueños de gente humilde como él.

–¿Sabes, Érico?, hubiera preferido que me mataran a mí y no a mi Carlos.

–Lo sé, Miguel, lo sé.

–¿Qué le digo a su mamá ahora? Era su preferido... –confesó.

–No te apenes, ella entenderá... Hemos sufrido y sufriremos otras pérdidas como esta. La guerra es así. A nosotros nos queda la tarea de hacer que su muerte no sea en vano. Algún día tu gente recordará a Carlos y a Ramón como los héroes que fueron. Tienes mucho de qué enorgullecerte.

Esa noche dormimos en plena selva. A ninguno de nosotros le apetecía comer. A duras penas tragué dos tortillas y un poco de carne enlatada que llevaba en mi mochila. Me dormí con una sensación de dolor que me oprimía el pecho. Pensaba en cómo tomarían nuestros compañeros del Instituto la muerte de Ramón. Este muchacho de apenas diecisiete años de edad había vivido y muerto como un hombre, plenamente convencido de sus actos.

Al amanecer emprendimos la última etapa de camino hacia la casa de Serapio. La selva nos abría solidaria su vientre. Habíamos cumplido la tarea y eso nos alegraba, pero el costo dolía tremendamente: no regresaban todos los que habíamos marchado hacia el combate: faltaban Ramón y Carlos.

Llegamos cabizbajos y entristecidos al campamento. Traíamos en el rostro el amargo sabor de la noticia y en la mirada la ausencia dolorosa. Nuestros compañeros se percataron de nuestra desazón y de su causa, sin que mediaran palabras.

Nos reunimos Luís y yo con el jefe para explicarle lo ocurrido, después don José convocó al resto del destacamento y le dirigió la palabra:

–¡Compañeros!, otra vez la lucha por nuestro pueblo nos cuesta la pérdida de dos de nuestros camaradas. Ha muerto Ramón, estudiante de apenas diecisiete años, que dejó las aulas y la ciudad para entregarse a la lucha por mejorar la vida de su pueblo. No puso reparo ante el sacrificio y las dificultades. No se sintió desalentado jamás. A pesar de ser casi un niño, supo crecerse. También hemos perdido a Carlos, joven campesino, indígena humilde y trabajador, quien comprendió que la única forma de mejorar la vida de los suyos era pelear por sus derechos. Carlos fue un ejemplo de modestia y heroísmo. Fue un digno hijo de Miguel, nuestro compañero de combate. Ramón y Carlos vivirán eternamente en el pueblo y serán dos banderas que elevaremos en la lucha contra los explotadores. Propongo que las primeras escuadras que formemos lleven sus nombres como una forma de homenajearlos y recordarlos.

Levantamos la mano para aprobar la propuesta mientras las lágrimas pugnaban por escapar. Comprendimos que había que continuar el camino trazado a pesar del dolor y de la muerte que nos acechaban en la incertidumbre de cada minuto y de cada acontecimiento. La única opción estaba claramente definida: luchar por nuestra causa hasta ofrendar la última gota de sangre.

Los días pasaban sin dejar una huella apreciable. Miguel luchaba con estoicismo por resignarse al golpe recibido. Los demás nos resistíamos a permanecer en esa aparente tranquilidad. Carecíamos de noticias sobre lo que ocurría en la capital y en el rancho. Para mí era ya una tortura pensar en Laura. Me desesperaba no saber qué ocurría con ella y con mi hijo. Su embarazo de casi cinco meses, la amenaza de aborto y su frágil estado de salud, me sumían constantemente en una pena que no podía apartar.

El ejército no había penetrado en nuestra zona de operaciones. Estaba claro que preferían mantenernos aislados en la selva y patrullar la región adyacente, estableciendo un fuerte sistema de control y vigilancia.

Una tarde, don José nos convocó a varios –Luís, Alfonso, Miguel y yo–, con el propósito de analizar la situación y adoptar medidas al respecto. Luego de discutir acerca de la necesidad de restablecer contactos con el exterior y conocer la situación operativa en las aldeas cercanas a nuestro radio de acción, se determinó enviar a dos grupos para buscar información de inteligencia. El primer grupo estaría formado por Tomás y Sebastián, quienes tratarían de llegar, haciendo un recorrido de casi una semana por dentro de la selva, hasta la aldea de don Porfirio. Su misión era restablecer contacto con el rancho y con el viejo dirigente indígena. El otro grupo, lo integrábamos Miguel, Luís, Serapio, Alfonso y yo; debíamos acercarnos a la aldea del primero, con vistas a obtener información sobre los sitios en que el ejército había colocado tapones o sobre el movimiento de sus patrullas. Para ello, debíamos emplear el vestuario con que habíamos ingresado a la selva. Alfonso y yo debíamos ocultarnos en las estribaciones de la selva para esperar el regreso de nuestros compañeros y apoyarlos en caso necesario; los demás involucrados en la exploración se harían pasar por pobladores del lugar y no debían llevar armas largas.

A la mañana siguiente salimos hacia nuestros destinos respectivos. Yo le había solicitado a Sebastián que hiciera llegar una breve nota a mi Laura a través de don Porfirio. Me tocaría esperar varios días, pero podría tener noticias sobre mi novia. La esperanza de saber de ella me calmó un poco y le dio un hálito de optimismo a mi vida por esos días.

Luego de dos días de camino, llegamos al lugar en que esperaríamos a nuestros compañeros, quienes partieron hacia su destino debidamente disfrazados y cargando un saco de leña cada uno. Alfonso y yo permanecimos ocultos en la espesura sin hacer notar nuestra presencia. Tratamos a toda costa de ahorrar nuestras provisiones, alimentándonos con lo que apareciera. La imposibilidad de hacer fuego nos colocó en la situación de combinar algunos alimentos crudos con alimentos enlatados. Las "lolas" eran también sabrosas de esta forma. En ocasiones nos limitábamos a tomar un poco de pinol, una especie de gofio en polvo, acompañado con un poco de leche condensada y agua.

Parte del tiempo lo dedicamos a explorar los alrededores, tratando de detectar la presencia de extraños cerca de allí. Salvo la presencia de algunos trabajadores chicleros aislados, que pasaron cerca de nosotros sin notarnos, no había otro ser humano por allí. En ocasiones, conversábamos sobre nuestras respectivas vidas. Él se sintió interesado por conocer cómo había sido la mía en la Argentina y las circunstancias en que había llegado aquí. En una oportunidad había tratado con mi padre, cuando yo era apenas un niño. Este hecho nos unió más a los dos y constituyó un nuevo tema de conversación. Alfonso era un trabajador que había dedicado cada momento de su existencia a la lucha obrera. Se había casado muy joven y tenía dos pequeños hijos. Su esposa era maestra y compartía sus ideales.

Otras veces hablábamos del amor, de lo que había significado ese sentimiento para cada uno de nosotros. Yo le contaba sobre Laura, cómo había surgido la relación entre los dos. Él me confesaba cómo había conocido a María, su esposa, hacía varios años. Me sorprendió gratamente saber que ellos también se habían sentado, más de una vez, en la vieja fuente de la plaza para jurarse amor eterno. Comprendí que el amor asume rostros diversos para existir y emula en el tiempo más allá de la piedra y el tiempo. Alguna vez la piedra desaparecerá vencida por la erosión y el desgaste, pero el amor seguirá latiendo. Los hombres lo eternizamos, lo hacemos amplio y valedero en la vida y la muerte, lo hacemos trascender nuestras propias circunstancias.

Cuando estábamos ya desesperados por la suerte de nuestros amigos, estos aparecieron con los rostros golpeados por el sudor y el cansancio. Con ellos venía Pascual, el otro hijo de Miguel, y otro campesino de su aldea, nombrado Bartolo. Nos informaron de sus averiguaciones y emprendimos el camino hacia el campamento.

Las noticias no eran nada halagüeñas. El ejército había

tomado toda la zona por asalto y colocado en las aldeas numerosos grupos de soldados. Los cuarteles de la policía habían sido reforzados por militares, con frecuencia destacaban patrullas de más de cien hombres en toda la zona que bordeaba la selva, y los caminos y carreteras eran vigilados de manera constante por tapones colocados a cierta distancia, que llegaban a tener hasta cuarenta o más hombres fuertemente armados.

El ejército llevaba a cabo criminales acciones contra los pobladores de las comunidades, asesinaba a todos aquellos que resultaban sospechosos de colaborar con nosotros. La práctica de tierra arrasada, consistente en quemar aldeas y milpas campesinas, había sumido en el terror más brutal a los humildes vecinos de la zona.

Apenas llegamos al campamento, pusimos a don José y a nuestros compañeros en conocimiento de la situación. Debíamos realizar una acción que levantara la confianza del pueblo en nosotros, a la par que golpeara los esfuerzos de los militares por dominar la situación. En la tarde, luego de analizar la información traída, llegamos a la conclusión de que se podía atacar uno de los tapones del ejército, obstruir durante unos minutos el tráfico si lográbamos derrotarlos e, inmediatamente, desaparecer de allí. Dos factores podrían garantizar el éxito: la sorpresa y la rapidez.

Se acordó salir en la mañana siguiente en una columna que integrarían todos los miembros, con excepción de Serapio, Bartolo y Pascual cuya misión sería cuidar el campamento y esperar el regreso de Sebastián y Tomás.

El destacamento marchaba por la selva abriéndose paso entre el espeso follaje. Una pertinaz llovizna nos acompañó durante casi todo el trayecto. Sobre nuestras cabezas escuchábamos el alboroto permanente de los micos anunciando nuestro paso. Con frecuencia debíamos sustituir a los compañeros que encabezaban la marcha abriendo picas en la espesura. Por momentos, nuestro desplazamiento se hacía casi imposible. Las lianas, los

bejucos y arbustos, levantaban paredes casi infranquea-
bles. Luego de tres días de lento avance, avistamos una
vasta zona de pequeñas elevaciones, sembrada con maíz
y frijoles y con establos y corrales para la ganadería
ovina. Mientras la mayoría se dedicaba a acampar en un
lugar de tupida vegetación, un pequeño grupo de exploración, dirigido por Luís e integrado por Paco y Miguel,
penetró dentro de una milpa cercana y se adentró en la
finca que se levantaba delante de nosotros. Una hora después regresaban para informarnos que en la casa principal parecía no haber soldados. Salvo el finquero y su familia, así como varios trabajadores, no había tropas por
los alrededores. Don José dio la orden de avanzar de inmediato.

Los habitantes de la finca se sorprendieron al vernos
llegar. El propietario se sintió sumamente nervioso. Temía que destruyéramos su hacienda y lo asesináramos.
La propaganda del ejército nos hacía ver ante los ojos de
los habitantes de la zona como delincuentes. Don José se
acercó al dueño y a sus empleados, calmándolos. Les dijo
que nuestro propósito no era asesinar a nadie, que simplemente estábamos de paso por el lugar.

El propietario nos ofreció un frugal almuerzo y le pedimos información sobre la presencia militar en la zona.
Efectivamente, a unos diez kilómetros de allí, existía un
punto de la carretera donde estaba acantonado un tapón
del ejército. Según don Manuel Ortiz, el dueño de la hacienda, cerca de cincuenta efectivos militares habían sido
destacados en ese lugar; estaban bien armados y contaban con una ametralladora calibre treinta.

Con su ayuda y la de otros campesinos conocedores de
la zona, elaboramos el plan de ataque. Ayudaba a nuestros propósitos el hecho de que la topografía del lugar era
bastante irregular, lo que favorecería nuestros movimientos y la rápida huida hacia la espesura de la selva,
distante apenas a unos cinco kilómetros. Si éramos capaces de actuar con rapidez, podríamos lograr nuestro propósito con éxito.

Don José determinó que debíamos organizar el fuego de manera que este mismo evitara la rápida reorganización del enemigo luego de la sorpresa. Un pequeño grupo formado por Luís, Miguel, Pablo y Alfonso se trasladaría en uno de los camiones del dueño, de manera que pudiera colocarse en la retaguardia de los soldados y evitara su huida escape por allí.

No había transcurrido una hora, cuando nos encontramos ubicados a unos metros del tapón. Ocupamos nuestras posiciones y se inició el combate. La distancia que nos separaba de los militares, así como el factor sorpresa, nos permitieron atacarlos en condiciones favorables. El fuego graneado de nuestra parte les causó varias bajas desde el primer momento. Corrían de un lugar para otro, disparando sin certidumbre y sin plena conciencia de hacia dónde lo hacían. Un grupo quiso escapar, pero fueron detenidos por los disparos de Luís y su gente. Cuando los militares se percataron de que era imposible ofrecer más resistencia, se rindieron. Nuestra acción sorpresiva les produjo nueve muertos y varios heridos. Con independencia de que varios pudieron escapar, logramos capturar a cerca de dieciocho uniformados, entre ellos un teniente y dos sargentos.

Recogimos las armas de los muertos y heridos, así como las de los que se habían rendido. Contábamos con una considerable cantidad de pertrechos militares y comida. Luís cargó sobre sus espaldas la ametralladora calibre treinta y su parque. Cada uno de nosotros tomó una o dos armas, así como las municiones que podían ser trasladadas.

Don José se dirigió brevemente a los soldados y sus oficiales, así como a varios campesinos que se habían concentrado en la carretera y que habían sido sorprendidos por el ataque. Luego de explicarles los objetivos de nuestra lucha y por qué ellos no debían volver sus armas contra el pueblo, sino contra los explotadores, dio la orden de partida. Detrás de nosotros quedaba un grupo de soldados desmoralizados, que pensaban únicamente en escapar de allí: habíamos logrado asestarle un importante golpe al enemigo. Por nuestra parte sólo tuvimos dos heridos leves, Benito y Manuel: el primero había recibido un disparo en el brazo derecho y el estudiante, otro, a sedal, en la cabeza.

De inmediato partimos hacia la selva. Era decisivo desaparecer de allí lo más pronto posible. Casi corriendo vencimos los cinco kilómetros que nos separaban de la espesura. No habíamos avanzado más de una hora, cuando sentimos el bombardeo a nuestras espaldas. El enemigo había recibido refuerzos y contraatacaba. A partir de ese momento debíamos estar preparados para recibir una respuesta.

15

Mientras tanto, la vida en el rancho transcurría con constantes sobresaltos. Laura, Leticia y Avendaño se habían acostumbrado a una permanencia forzada, pues sabían que su estancia allí era necesaria para el éxito de nuestros planes. Poco a poco habían ido recibiendo algunas armas provenientes de la ciudad, que eran transportadas por el grupo urbano dirigido por Pedro y sus compañeros. Contaban también con una pequeña cantidad de medicinas y alimentos enlatados.

En algunas ocasiones se trasladaban hasta allí don Porfirio y sus nietos, llenando de alegría el lugar. El viejo campesino calmaba a Laura cuando la impotencia y la desesperación por no saber de mí la torturaban: la paciencia de mi novia se resquebrajaba con facilidad en esos momentos de tensión. A diario les llegaban noticias sobre combates en las estribaciones de la selva y nuestros amigos no tenían cómo comprobar su veracidad. Era evidente que algo pasaba y ellos lo sabían. Tal vez lo más alarmante eran los partes del ejército, en los que se decía que los uniformados habían destruido varios grupos guerrilleros causándoles significativas bajas. La desinformación se convertía en una fuente de alarma y preocupación. Sin embargo, la voz popular decía otras cosas: nuestros éxitos se sobredimensionaban de boca en boca y nos describían como una enorme columna integrada por más de cien hombres.

El avanzado embarazo de Laura y la permanente amenaza de Avendaño de mandarla para la ciudad si no hacía reposo, la mantenían postrada en la cama, limitando sus movimientos en la casa. Su temperamento intranquilo y su vitalidad se sentían aprisionados. Estaba casi siempre sumida en una profunda tristeza. Sólo cuando sentía a la criatura moverse en su vientre, recobraba el optimismo y la alegría. En esos momentos se le veía reír y hacer planes para el futuro. Eran instantes maravillosos, en que la fe y la juventud se le desbordaban, imprimiendo a los demás una fuerza contagiosa.

Por las tardes se sentaba, con la ayuda de Leticia, a contemplar la lejanía como queriendo encontrarme en ella. Entonces hablaba en voz baja con nuestro hijo bajo la mirada emocionada de sus compañeros de solitaria convivencia. Avendaño y Leticia suspiraban con tristeza. Una solidaria mezcla de compasión y admiración se apoderaba de ellos, oprimiéndoles el corazón.

—Mire, hijo mío —decía a la criatura que permanecía en su vientre—, su papá está muy lejos, pero no se olvida de nosotros. Él está luchando para que usted y todos los niños de por aquí puedan ser libres alguna vez. Usted debe ser feliz por ello. Llegará el día en que todo esto termine y podamos vivir juntos los tres. ¿Me entiende?

Callaba como en espera de una respuesta que nunca llegaba y luego de un rato en silencio, continuaba:

—¿Sabe que alguna vez iremos a Cuba? Dicen que por allá la gente es más feliz que nosotros. Su papá prometió llevarnos a conocer a Fidel y al Che, a los cubanos. No sé quién comentó que allí todo el mundo camina sonriente, porque se sabe dueño de sus sueños y esperanzas. Él me lo prometió y verá usted cómo lo bañamos en una de esas playas tan bonitas, siempre alegres por el sol. Dicen que la arena allí es limpia y fina. ¿Se imagina usted metido en esa agua azul y cristalina, nadando como un pececito?

En otras ocasiones, Laura se sentaba a contar bellas historias de príncipes a los hijos de Luís. Los dos muchachos se habían encariñado con ella, en parte porque el aire maternal que desprendía mi novia les permitía sustituir por un rato a la madre paralítica y postrada que los llenaba de angustia y de dolor.

En una oportunidad vio una gran tristeza en los ojos de los pequeños. Sabía que sufrían por la ausencia del padre que se encontraba tan lejos.

–Ustedes deben ser hombres ahora más que nunca –dijo con ternura–, Luís está con Érico luchando por un mundo mejor, para que ustedes tengan el derecho a estudiar en escuelas bonitas y médicos que los cuiden. Es duro estar tan lejos de su papá; pero hay que ser fuertes. Yo no les niego que a veces me siento muy triste y muy sola, pero cuando pienso que es para bien, aguanto como una leona. ¿Entienden?

–Pero, ¿crees que volveremos a ver a mi papá algún día? –preguntó el más pequeño.

–¡Sí, estoy segura! –respondió con entusiasmo–, tu papá regresará algún día a casa y serán felices.

–Una vez nos dijiste que algún día seríamos príncipes. ¿Era jugando? –preguntó Luisito, el mayor.

Ella se rió con la misma sonrisa contagiosa con que mostraba su alma a los demás. La inocencia de los niños era capaz de hacerla sobreponerse a cualquier dolor. Le daba fuerzas por encima de sus propias preocupaciones y hacía que germinara el optimismo, que la había caracterizado siempre a pesar de los golpes recibidos. Sus ojos verdes mostraron un brillo más acentuado cuando le dijo al niño:

–Eso es muy cierto. Tal vez sean algún día unos príncipes muy especiales. Cuando esto ocurra, me imagino que la aldea tenga unas calles muy limpias y las casitas sean mejores y con piso de cemento. Habrá una escuela donde podrán estudiar y jugar. Podrán pasear y conocer las maravillas que hay en nuestra patria. Si se enferman, siempre habrá un médico que los cure. Y, sobre todo, se acabará para siempre la tristeza de la gente. Todo será alegría. Me imagino ese día a cada rato, con tanta frecuencia, que pienso que lo tengo pegado al corazón.

–¿Por qué no dibujas ese día para verlo mejor? –pidió el más pequeño.

Entonces Laura les pintó el sueño sobre un pedazo de papel. La aldea aparecía empotrada sobre las verdes montañas, poblada por casas blancas que se distribuían a los lados de un camino asfaltado. En el centro se levantaban una escuela y un hospital, sobre los que ondeaba majestuosa la bandera nacional, y una plaza, en la que los niños jugaban alegres. A un costado, se veía a hombres y mujeres, que trabajaban la tierra con una sonrisa en el rostro. El cielo azul aparecía sobre sus cabezas como una promesa ofrecida por un sol radiante.

–¿Lo ven? –dijo gozosa, acercándoles el papel.

Los niños abrieron unos ojos inmensos, mientras estudiaban el dibujo de Laura. Aquel mundo aparecía ante sus ojos como un sueño hermoso que podían tocar con sus frágiles manos. En sus miradas apareció un brillo nuevo y la esperanza voló en sus pupilas como una paloma blanca y pura, que se remonta en la tarde hacia las montañas lejanas.

Laura se alegró entonces de haber existido en esta época precisa, que demandaba de uno el mayor sacrificio y daba la posibilidad de amasar a fuerza de constancia y de entrega un mundo mejor. Sintió en sus dedos el calor tibio de la arcilla, el paso del agua pura y cristalina, el ardor que solo la gente como ella era capaz de sentir desprenderse de una semilla. Se sintió feliz de ser madre y de llevar en su vientre una promesa.

Tuvo en ese momento la certeza de que de ahora en adelante todo cambiaría para ella y para los demás. El optimismo se le desbordaba por los ojos, porque la esperanza le latía en el corazón, sin vergüenza ni temor a la herrumbrosa guadaña de la muerte, a la desazón y a la amenaza. Elevó su vista hacia el cielo limpio de la mañana como para fundirse con cada nube, y cada pájaro viajero y sin destino.

Así soñaba ella, acompañada de los pequeños, cuando divisó a Leticia que corría por el camino polvoriento.

–¡Vienen los soldados! –gritaba desesperada–, ¡vienen los soldados para acá!

–¡Váyanse por el fondo! –urgió Laura a los pequeños y con gran esfuerzo se levantó de la silla y se dirigió hacia el interior del rancho. Los niños se perdieron entre las milpas.

Leticia, mi novia y Avendaño tomaron un arma cada uno. De inmediato, se colocaron detrás de las ventanas y vigilaron el frente de la casa. Por el camino fue apareciendo un numeroso grupo de soldados, que apuntaba sus fusiles hacia el rancho.

—Leticia, ¡debes llevarte a Laura de aquí! —urgió el doctor a la joven— ¡Yo les cubriré la retirada!

—¡No nos iremos sin usted! —respondió Laura—, si nos toca morir, lo haremos como revolucionarios y antes trataremos de llevarnos por delante a algunos de ellos.

Leticia tampoco se movió. Los tres estaban convencidos de que había llegado el momento temido: la hora de morir peleando. Habían jurado no entregarse y lo cumplirían. No tuvieron tiempo para pensar en sí mismos, la sangre hervía de forma tan especial, que apenas tuvieron tiempo para despedirse de la vida.

—¡Salgan de la casa —los conminó una voz desde afuera—, los tenemos rodeados! Será mejor que se entreguen o los haremos mierda.

—¡Hijos de puta! —gritó Laura—, ¡aquí no se rinde nadie! ¡Vengan si tienen huevos!

La respuesta no se hizo esperar. Una andanada de balas cayó sobre la frágil construcción destruyéndolo todo a su paso. Las paredes de adobe se rompían por el impacto del plomo destructor. El primero en caer fue Avendaño. Una bala le destrozó la cabeza. Su cerebro quedó desparramado sobre las paredes de la sala.

—¡Dios mío! —exclamó Leticia, que se encontraba a su lado.

El miedo apareció retratado en el rostro de la joven, pero se repuso de inmediato. Sin pensar, continuó disparando hacia fuera con su Uzi. Laura, que se encontraba en el otro extremo de la sala, disparaba con calma contra los soldados. Cuatro de ellos estaban heridos o moribundos en las afueras del rancho.

Luego de unos minutos de combate, se hizo un silencio

sepulcral. Los oficiales trataban de reorganizar el ataque. Era evidente que los moradores del lugar no se rendirían.

–Vamos a lanzarles unas granadas a esos hijos de puta –ordenó el teniente a un sargento subalterno–, de otra forma nos va a ser difícil sacarlos de allí. Deben ser como diez y están bien armados.

–Y tienen buena puntería, los desgraciados –apuntó el sargento.

Poco después, los militares volvieron a atacar. Sobre el rancho cayó una granizada de balas. Laura y Leticia se defendían con coraje. Tal era su resistencia, que los soldados pensaban que había un numeroso grupo de guerrilleros atrincherados en el interior de la casa.

Un soldado logró lanzar una granada hacia el interior de la estancia. Se produjo una estruendosa explosión. Laura sintió un fuerte golpe en el costado. Cuando se repuso del impacto logró ver, entre la nube de polvo, el cuerpo destrozado de Leticia tirado en el suelo. La joven era una masa sanguinolenta desparramada sobre el sucio piso de cemento. Entonces se fijó en sí misma. La sangre corría por su cuerpo manchándole la blanca bata que vestía. Su brazo derecho era apenas una deforme masa de carne que colgaba del hombro. Con gran esfuerzo apartó de su rostro el pelo humedecido y se percató que todo había terminado.

Sé que pensó en mí en ese momento; en nuestro hijo destrozado en su vientre malherido. Supo sin miedo que había llegado el final que tanto había temido. Nunca podré describir su dolor. Las palabras nunca podrán describir un sueño roto; siempre serán incapaces, como yo, de retratar la angustia y la frustración del momento. Laura moría y lo sabía; sin embargo, había jurado no entregarse: debía morir luchando y se dispuso a hacerlo con dignidad. Con un esfuerzo sobrehumano se irguió sobre sus piernas temblorosas. En su mano izquierda llevaba un revolver y así buscó la puerta. Cuando los soldados la vieron aparecer en el portalón, casi arrastrándose, se sintieron sobrecogidos; quedaron mudos, expectantes. Muy lentamente, Laura elevó su brazo hacia ellos, pero no alcanzó a disparar. Una bala le destrozó el pecho.

De inmediato, los soldados penetraron en la estancia. Buscaban los cadáveres de varios enemigos y salían sorprendidos al encontrar sólo a un viejo y a una joven muchacha. Nunca imaginaron que tal resistencia la hubieran llevado a cabo dos niñas y un anciano.

Un soldado arrastró el cuerpo moribundo de Laura hacia el frente del rancho. Al verla manchada de sangre, con aquel vientre destruido que no ocultaba su embarazo, no podían menos que apenarse por ella. Uno de ellos le puso su chamarra doblada bajo la cabeza. La observaban en silencio, con una mezcla de curiosidad, lástima y admiración. Se sorprendían de verla con vida aún, luchando con la muerte como lo había hecho un poco antes contra ellos. Los enormes ojos verdes se apagaban para siempre tragándose con ansias el brillo del día, haciéndose más hermosos a la vista de sus asesinos, hasta el extremo de conmoverlos.

Laura se veía sacudida por los últimos estertores de agonía. Su boca balbuceaba con dificultad unas pocas palabras. Un viejo soldado, de rostro humilde, trató de escuchar lo que decía. Pasando una mano por su rostro, apartó de él la masa de cabello ensangrentado y puso su oído cerca de su boca.

—¿Qué quieres decir, hija mía? —preguntó conmovido.

—¡Adiós!..., Érico..., ¡adiós! —dijo en un esfuerzo casi supremo.

—¿Quién es él? ¿Acaso tu novio?

Pero Laura no pudo responder, ni el soldado escucharla. El teniente se acercaba al grupo, rompiendo la frágil intimidad entre la moribunda y sus enemigos, lanzando improperios.

—¿Qué pasa aquí, pendejos? —gritó a los soldados.

El viejo soldado se levantó como movido por un resorte.

El miedo se veía en su rostro cuando respondió al arrogante oficial:

—Es que todavía hay una viva, señor.

—¿Y por qué no la han matado, hijos de puta? —explotó en cólera el oficial.

Los soldados se retiraron unos pasos, más por miedo que por respeto.

El oficial se dirigió entonces al viejo soldado y le dijo con tono autoritario:

—¡Mátala de una vez! Esa puta tiene que morir.

El militar se sintió colocado en una penosa encrucijada: debía obedecer la orden del jefe, pero su corazón de hombre se resistía a hacerlo. Se sentía incapaz de disparar contra Laura.

Es que... está embarazada..., mi teniente —balbuceó—, es casi una niña.

—No me importa. ¡Hágalo! —ordenó.

El soldado no se movió.

—¿Ninguno de ustedes lo va a hacer? —preguntó al resto de los soldados, mientras sus ojos los miraban inyectados en sangre y odio.— ¡Les juro que pagarán las consecuencias!

Tampoco se movió el resto de la tropa.

El teniente sacó su pistola y se acercó a Laura. La miró sin inmutarse y le disparó en la sien derecha. Su último aliento se fue llevado por el viento como una premonición del mañana, hasta las mismas montañas y la selva, donde la vida pugnaba por seguir adelante. No pudo darse cuenta el oficial de cómo el viejo soldado crispaba los puños con impotencia y dolor. Tampoco pudo percibir la repugnancia de cada uno de sus hombres hacia sí mismos. Su acto criminal había levantado un muro insalvable entre él y la tropa. Un día no muy lejano, estos hombres humildes, forzados a luchar contra el pueblo, tomarían conciencia acerca de cuál era su lugar; algún día entenderían por qué los viejos y los niños se levantaban en armas para reclamar sus derechos, a costa de la propia vida y, entonces, encontrarán el camino iniciado por Luís.

—¡Quemen el rancho y todo lo que hay por aquí! —ordenó.

—¿Y qué hacemos con los muertos? —preguntó el sargento.

—Nuestras bajas nos las llevamos —respondió el oficial—, al viejo y las dos putas guerrilleras esas, me las dejan como están, sin enterrarlos. ¡Que se los coman los zopilotes!

Se marcharon, dejando que la enorme pira de fuego consumiera el rancho donde tantos sueños defendieron Avendaño, Laura y Leticia. Sus cadáveres insepultos permanecieron varias horas como banderas rotas ondeando en la tarde. Así los encontraron don Porfirio, Tomás y Sebastián, quienes arribaron al lugar cuando el día empezaba a morir.

Los campesinos se sintieron conmovidos al ver los cuerpos destrozados de las muchachas y el médico. Los enterraron junto al río, donde Laura le había pedido al padre de Luís que lo hiciera, si algo le pasaba. La misma tierra que fue testigo de nuestros sueños se abrió maternal para recibirla como simiente. Allí quedó mi Laura, en el mismo lugar en que me dijo que siempre me esperaría. En el mismo lugar en que la amé por vez primera y donde supe sembrar mis más puras esperanzas de hombre. Mis compañeros del destacamento, que llegaron muy tarde al lugar después de recorrer la selva, enterraron junto a mi novia mi última carta para ella, la carta escrita en mis momentos de añoranza y de desesperación por sentirla tan lejos. Si Laura la hubiera recibido, si sus suaves manos hubieran podido tocar el tosco papel, podría haber leído estas breves líneas:

Amor mío:

Tan lejos de ti, me doy cuenta de cuánto te quiero. No hay un momento en que no piense en ti y en nuestro hijo. Te prometo, como lo he hecho siempre, que saldremos airosos de esta, y que llegará para nosotros una época más feliz. Mientras tanto, mi vida, cuenta con mi amor, que es lo único que tengo para darte.

¡Cuídate mucho! Ten confianza en que saldremos vencedores.

Dale un abrazo a mi buen Avendaño y a Leti.

Tuyo siempre,

Érico

Después, se fueron hacia la aldea con el alma rota por el dolor y un sabor amargo en la boca. Pasaron cabizbajos, sin detenerse, frente a las cenizas aún humeantes de lo que había sido el rancho. El viejo Porfirio lloraba en silencio una pena milenaria, pero sólo una lágrima escapó de sus ojos mustios para que la bebieran las sombras. Iba pensando en Laura y en mí. No imaginaba cómo yo podría resistir este golpe que me había deparado la vida.

La luna, mudo testigo de nuestras confesiones de amor, apenas si se atrevió a salir para despedirlos mientras marchaban hacia la aldea. Un sabor a luto inundó su rostro de plata y se ruborizó de pena. No quiso salir a despedirlos. No podía. Era tanta la vergüenza que tenía la luna, que hubiera llorado de poder hacerlo.

En la tierra quedaban mis más queridos amigos de esa época preciosa de mi existencia. Quedaba Avendaño, quien supo crecerse sobre una vida apuntalada en tristes recuerdos y abandonos, para hacerse amigo y padre a la vez, camarada intachable en los combates, superiores a su edad y a su cansancio; su corazón de niño eterno había sabido repartirse en una solidaria entrega a los demás; quien lo conoció y compartió con él sus anécdotas y sueños, jamás podrá olvidarlo. Quedaba en el lugar Leticia, la muchacha callada y soñadora, que no tuvo tiempo para amar, sólo para entregar su corazón a quienes tuvieron la oportunidad de acercarse a ella, que se había convertido en bandera para vivir, luchar y triunfar; en la tierra quedaba la pureza de su alma, su virginidad deshecha por la muerte.

Y quedó Laura, mi Laura. Con ella se me rompió el amor en mil pedazos con la misma agonía y rapidez con que había nacido. Yo, que apenas había tenido tiempo para amarla, la había perdido; pero mantendría mi compromiso de no defraudarla jamás. Con ella se fueron mis ilusiones más puras, las de la juventud primera, cuando se comienza a vivir pleno de inocencia y esperanza. Con ella se fue lo más querido, lo que siempre me faltará.

Habrá quien, al recordar los hechos, diga que tres revolucionarios habían muerto en el rancho. Se equivocan. Mi hijo también murió destrozado por las balas, convertido en el mártir más joven de esta lucha. Allí perdí lo mejor de mí, lo que no se puede recuperar ni sustituir por más que uno quiera.

Mucho tiempo después, sabría que un día podría juntar a todas las mujeres en la memoria y resumir que el amor vive en una sola, aunque uno crea que ha amado a más de una. El amar es como el suicidio: sólo se consigue una vez en la vida, no puede repetirse por más que el hombre se esfuerce, va más allá de sus posibilidades. Y Laura me enseñó una forma de amar tan exclusiva, tan propia, que no podrá repetirse. Podré haber amado a otras, es cierto, pero de forma diferente, no menos pura que aquella vez, pero siempre diferente.

La noticia me llegó unos días después. El destacamento había recibido en esa semana un permanente asedio de la aviación. Contantemente teníamos que refugiarnos de las bombas enemigas, que dejaban en cada incursión una estela de muerte.

Aquella tarde fatídica, fui uno de los primeros en ver llegar a don Porfirio, Sebastián y Tomás. Por sus caras presupuse que eran portadores de malas noticias. No sé por qué mi corazón latió de forma apresurada, dio un vuelco en mi pecho; no sé por qué la boca se me llenó con el sabor amargo con que se degusta a la desgracia. Supe que algo doloroso laceraría el costado más sensible y delicado de mi alma.

El viejo se acercó a mí en silencio y vi una lágrima asomar en su curtida mejilla hecha de carne y cobre. Pasó por mi lado, sin detenerse, bajando los ojos, sin atreverse a mirarme. Los otros compañeros también rehuyeron mis preguntas y se fueron en silencio al otro extremo del campamento.

—¿Qué pasa, por Dios... qué pasa? —preguntaba con insistencia.

Fui corriendo como un loco hasta donde se encontraba don José conversando con Luís y su padre. No pude soportar la incertidumbre y penetré en el rústico comedor sin pedir permiso. Los tres bajaron la cabeza apenas se percataron de mi llegada. Don José lloraba como un niño. Había perdido su calma habitual y el corazón se le salía por encima de su dureza de siempre. Eso me hizo sobrecogerme aún más.

—¡Epa! ¿Qué pasa con ustedes? ¿Por qué usted llora, don José?

El viejo jefe, mi amigo, me dijo con voz quebrada, mientras intentaba secar las lágrimas:

—Es Laura... ¡La mataron! Los mataron a todos en el rancho.

Nunca olvidaré lo que sucedió a continuación. Un silencio enorme se tejió. Sentí un profundo dolor, que me oprimía el corazón como queriendo reventarlo y me tambaleé como un borracho. Fue terriblemente extraño. No tenía conciencia de lo que pasaba o trataba de substraerme a ello. Sin embargo, reaccioné y, sin poder evitarlo, mis ojos se inundaron de lágrimas y no esperé una explicación: solo atiné a correr aturdido, sin rumbo.

A mis espaldas escuchaba la voz de Luís, llamándome. Todos salieron a mi encuentro, pero nadie se atrevió a detenerme.

—¡Déjenlo que se desahogue! El pobre, ahora necesita estar solo —ordenó don José—, ya sabrá cómo salir adelante.

En mi desesperación chocaba contra los arbustos, bejucos y lianas mientras corría, lastimándome, cayendo una y mil veces, pero nada me detenía. Corría y lloraba. Buscaba un lugar para desahogarme. No sé cuánto corrí. Realmente nunca lo sabré. Con el rostro cercenado por las ramas, con los puños destrozados por golpear los árboles, seguía buscando un lugar donde ocultarme para llorar mi dolor.

Cuando mi cuerpo no resistió más la alocada carrera, caí de bruces, desfallecido, en un inhóspito rincón de la selva, alejado de todo y de todos. La selva, amiga solidaria con mi pena, permanecía callada y dolorida como yo.

–¡Laura!, ¡Laura! –gritaba desgarrándome la garganta, mientras la selva repetía mi grito por todos los parajes.

Cuando la noche empezaba a nacer, la selva lloró conmigo: un torrencial aguacero golpeaba mi rostro, pero no tan fuerte como me había golpeado la vida. Mis lágrimas y el agua se fundieron en un abrazo para perderse en la tierra húmeda, para irse a habitar las entrañas mismas de la patria malherida. Estaba vencido por el dolor y la desesperanza, y cuando deseé morir para estar cerca de Laura, no tuve fuerzas ni para dar albergue al pesimismo. Solo podía sufrir, sólo eso.

Al fin, vencido por la muerte, atontado por el infortunio, me quedé muy solo y postrado sobre el suelo húmedo, llorando. Pensé en sacar la pistola y darme un tiro. Acabar con ese dolor lacerante. Algo, sin embargo, lo impidió: cuando tenía la certeza de que todo había terminado y de que la vida me había arrebatado todo aliciente, a unos metros de mi cabeza pude ver una orquídea similar a la que le había regalado a Laura aquella vez. Entonces supe que no tenía otra opción que seguir viviendo por ella, por nuestro hijo y por mí, aunque me doliera. No tenía otro remedio que ser consecuente con lo que ambos habíamos soñado.

Epílogo

Han transcurrido treinta y tres años desde la muerte de Laura. Otra vez, abril me hace regresar a mi patria, con la ansiedad del reencuentro con ese lejano país que siempre ha vivido tan pegado a mi dolor. Regresa el mismo hombre, pero despojado de inocencia, aunque, tal vez, más desarmado y sensible que antes. Si aquella vez había llegado tragándome con los ojos el paisaje, hoy mis ojos ciegos no me permiten ver los sitios en los que amé y luché en otro tiempo: la fuente centenaria donde había nacido el amor con sus sobresaltos; la selva en que amasé tanta añoranza y el río que se había llevado mis sueños para no hacerlos volver jamás; pero todos habían quedado en mí como viejas heridas.

Junto a Lucía, mi esposa, y a mi hija Laura, vuelo en un avión rumbo al pasado. En pocas horas arribaremos y tendré la oportunidad de tocar con mis manos tanto recuerdo guardado en la memoria y en el corazón. En estos años, trataba de no sumergirme en él, escapaba de su abrazo tenaz que solo me torturaba. Cuando alguien llegaba a la Argentina y traía noticias sobre la muerte de un amigo lejano, me escondía a llorar mi pena sin testigos, sin que nadie me viera las heridas a flor de piel.

Aún recuerdo los días posteriores a la muerte de Laura. Fueron días de desesperación, de dolor irreprimible. Trataba de mostrar a mis compañeros de destacamento, que también habían sufrido sus propias pérdidas, como Miguel y don José, que sabía que resistir y crecerme ante los golpes de la vida; pero el dolor lacerante me vencía con frecuencia. Entonces, me escondía de todos y despedazaba mi pena, a fuerza de sufrir en un rincón solitario, al amparo de la noche. Fue una lucha interna terrible, en la que tuve que acudir a toda la resistencia que podía encontrar en mí. Fue una lucha devastadora, que me cobraba un alto costo para sobrevivir.

Llegaron entonces malos días para nosotros. El ejército, que antes había permanecido indiferente a nuestra permanencia en la selva, penetró en ella buscándonos. Constantemente éramos atacados desde el aire y por tierra. Este asedio nos hacía movernos con frecuencia y asumir una posición defensiva. No pasaba un día en que no sintiéramos caer a nuestro alrededor las bombas del enemigo, que no hacían más que destruir el hermoso paisaje de la selva. La vegetación y los animales sufrían estos criminales ataques como víctimas inocentes.

En ocasiones, debíamos enfrentar emboscadas que nos preparaban cerca de las estribaciones de la profusa vegetación. Cada día eran más osados y, valiéndose de guías de la zona, penetraban hasta muy adentro, aprovechando las brechas existentes y algunas picas abiertas por nosotros.

Un día fatal, cuando menos lo esperábamos, fuimos atacados por una andanada de obuses. Casualmente, el primer obús detonó justo donde nos encontrábamos descansando luego de una larga caminata. El impacto provocó la muerte de Tomás y Serapio, cegó las valiosas vidas de estos dos humildes indígenas tan valiosos para el destacamento. Yo recibí la fuerza de la explosión a unos metros de distancia. Según me contaron mucho después, perdí el conocimiento y tenía la cabeza embarrada de sangre y tierra. El mundo exterior se convirtió en una densa sombra callada y sin vida.

De inmediato, los miembros del destacamento tuvieron que escapar de la zona, sometidos al constante hostigamiento del ejército. A duras penas se desplazaban a través de la espesura. Luís cargaba mi cuerpo inanimado sobre sus espaldas, en una prueba más de amistad y compañerismo. Lucía tampoco se separó de mí. Marchaba a mi lado tratando de detener el copioso sangramiento proveniente de mis heridas.

Varias horas después, cuando lograron alejarse lo suficiente de la amenaza de los militares, pudieron descansar y atenderme. Lucía, nuestra especialista en primeros auxilios, examinaba el daño que me había causado la explosión. Con cuidado y haciendo gala de los conocimientos adquiridos, vendó mi cabeza. Mucho después supe que temblaba al hacerlo. La vieron nerviosa a mi lado, luchando contra la muerte que quería arrebatarme para siempre. Tenía el reto de salvar al compañero herido, el hombre al que amaba en silencio sin esperar nada a cambio. Y no lo rehuyó. A partir de ese instante y una vez que logró detener la hemorragia, se dedicó estoicamente a curar las heridas que presentaba en el rostro y en la cabeza. Con sus manos delicadas cosió una a una las desgarraduras, tratando de restituir la carne a su lugar. En un sitio muy intrincado de su corazón, sintió una inmensa calma cuando me vio mejorar lentamente.

Mucho después logré recuperar el conocimiento. Traté de buscar a mis amigos y solo atiné a escuchar sus voces a lo lejos. Todo era oscuridad en mi alrededor.

—¡No veo, Lucía! —grité desesperado—, ¡no veo nada!

—¡Calma!... ¡Ten calma, Érico! —dijo pasando su mano por mi cabeza y con voz insegura—, dentro de poco mejorarás y podrás ver de nuevo.

Sin embargo, los días fueron pasando y yo no recuperaba la visión. La dura verdad se iba haciendo evidente. Pensábamos que mi imposibilidad de ver era el resultado de la conmoción sufrida; pero estábamos equivocados. Había perdido la vista para siempre. De un joven lleno de vida y capaz de disfrutar el bello regalo de la luz y del paisaje, me había convertido en un estorbo para mis compañeros.

Llegó el momento en que no me quedó otro remedio que permanecer apenas sin moverme, guiado por los demás para avanzar paso a paso. Hasta para realizar mis necesidades más elementales, debía contar con la ayuda de mis camaradas. Me dolía profundamente el haberme convertido en un obstáculo para ellos. La impotencia me sumió en un estado de desesperación y sufrimiento. Sin Laura, ciego e incapaz de valerme y de luchar, la vida era un suplicio para mí. Un día, no pude resistir más esa penosa situación y mandé a buscar a don José.

—¡Por favor, don José, métame un tiro o déjeme abandonado en la selva! —pedí desesperado—, ya no sirvo para nada.

Un doloroso silencio se levantó entre los dos. No podía ver cómo mi viejo amigo me miraba, pero por su voz pude percibir que sufría hondamente por mí.

—¡No te dejaremos aquí! —contestó con voz quebrada por el sufrimiento—, eres un valioso compañero para nosotros. Para mí, en particular, eres como Edgar, un hijo más. Si lo perdí a él, no dejaré que tú mueras. Es prudente sacarte de aquí para que te atiendan. Mañana trataremos de llevarte hacia la aldea de don Porfirio y de allí a la ciudad. Será un largo y penoso camino, lo sé, pero no podemos dejar que pase más tiempo sin que un médico te examine. Llevas así casi una semana y eso me preocupa. Sé lo duro que es para ti haber perdido la vista y es importante conocer pronto si hay solución a tu ceguera. Hijo mío, debes ser fuerte. ¡Te necesitamos de vuelta!

—¡Regresaré, don José! ¡Regresaré! —atiné a decir, mientras extendía los brazos hacia él—, mi lugar está aquí, con ustedes.

Entonces nos abrazamos y lloramos. El viejo perdió la compostura y lloró junto a mí como un niño. Lloró por el hijo que la vida le había arrebatado hacía unos meses y por este joven, tan cercano a él, a quien la propia vida intentaba destruir para siempre. Nunca sentí, salvo con Laura, esa capacidad que tenemos los humanos de darle un peso a los sentimientos. Eso me pasó esa vez. Entre don José y yo, tal como me había ocurrido con Avendaño, se creó un puente afectivo que validaba la esencia humana de toda la gente sencilla que me rodeaba.

A la mañana siguiente salimos Luís, Pablo, Lucía y yo.

La amiga de Laura se convertiría a partir de ese momento en mi Lazarillo para toda la vida, en la mano incondicional que me acompañaría de ahora en adelante en un largo deambular por el dolor y en la búsqueda de paz para mi alma. Ella estaba allí, ofreciéndome su ternura en esa hora nefasta para mí; tratando de suplir al ser amado que había perdido y a mi madre ausente.

Luego de casi diez días de camino y de muchas dificultades, triunfó la solidaridad de mis amigos y de muchas otras personas que nos ayudaron a llegar hasta la capital. Después de permanecer oculto casi una semana en casa de mi tía, salimos por carretera hacia el exterior.

Nunca olvidaré el dolor inmenso que causé a esas dos viejecitas a las que nunca más volví a ver. Junto a Lucía se entregaron desesperadamente a tratar de reconfortarme. Más de una vez pude sentir a mi tía Luisa llorando mi propia pena. Aunque no podía verlas, sentí sus besos tibios y maternales sobre mi frente y mi rostro malheridos. Aún recuerdo las palabras de la hermana de mi madre al despedirme:

—¡Mi hijo! Le doy las gracias por habernos permitido conocerlo. Usted trajo a esta casa tantas alegrías, que nunca importará lo mucho que sufrimos por usted. No se deje vencer. Piense que Laura nunca hubiera querido verlo triste. Si algo hermoso aprendí de ustedes dos, es que en la vida hay que luchar. No importa que una vez nos venzan las dificultades. Lo importante es resistir y volver a levantarnos. Yo lo amo a usted como una madre, porque usted es el hijo que nunca pude tener. De más está decirle que nunca lo olvidaré. Por último, quería decirle que no vaya a despreciar el amor si se le acerca de nuevo. Se lo digo yo, que lo dejé pasar a causa de mis propios miedos. Hoy no tengo pena de decirle que usted tenía razón: yo amaba a Avendaño, pero fue un amor tardío y tuve miedo de dejarlo crecer. Sé que usted siempre amará a Laura y ella lo merece. Sé también que Lucía lo ama y está dispuesta a no abandonarlo jamás. Ella también merece su amor, hijo mío, no la deje pasar por su lado sin retenerla.

Entonces me abrazó y me besó por última vez. Yo me despedí de ella con la convicción de que debía acopiar fuerzas, no sabía de dónde, para no traicionar el amor de toda esa gente. La vida volvía a empezar y, aunque más desarmado y en apariencia sin motivos para vivir, tenía también muchos motivos para continuar. El recuerdo de Laura; el amor de mis seres queridos; la amistad y el afecto de don José, de Luís y de tantos camaradas; la ternura y la entrega de Lucía; en fin, tantos alicientes significaban para mí un reto que debía asumir: vivir a toda costa.

No había pasado un mes, cuando ya me encontraba en Buenos Aires. Lucía me había acompañado en este largo periplo sin necesidad de pedírselo. Ella sola había tomado la decisión. Mucho después sabría la verdad: no fue sólo por el amor que sentía hacia mí; le había jurado a Laura, a instancias de ésta, que nunca me abandonaría. No le importó dejar a su familia y su patria para seguirme. Para ella lo primordial era acompañar al hombre que amaba, ahora ciego y con el rostro surcado de terribles cicatrices, a un exilio forzado que nunca representaría, sin embargo, renunciar a la lucha. Allí también lucharía junto a mí con la denuncia y la solidaridad.

A partir de entonces comenzó mi larga lucha de años por vencer mi falta de fe en el futuro, más que a mi propia ceguera. Los médicos comprobaron que las heridas recibidas habían afectado mi sistema ocular de forma irreparable. Entonces, con el apoyo de Lucía, de mis padres y de nuevas gentes que iba conociendo, aprendí a leer valiéndome del sistema Braille: mis dedos temblorosos e inseguros iban descubriendo la posibilidad de acceder a un mundo que creía definitivamente perdido. Con la ayuda de una máquina Perkins podía escribir y denunciar lo que había visto y sufrido en mi país. Con la colaboración de Lucía, pude participar en actividades de solidaridad con otros pueblos y hablar contra la represión que padecía mi gente. Cambié las armas por la voz y continué mi lucha con decisión.

Poco a poco volví a sentirme útil y fue naciendo de nuevo la fe en mí. Estaba dispuesto a enfrentar los retos que me había impuesto la vida y acudir al optimismo que había abandonado en las alforjas de mi juventud tronchada. Era la forma más apropiada de pagar la deuda contraída con Laura, Edgar, Felipe, Leticia, Avendaño, Carlos, Tomás y con todos mis mártires amados.

Si Laura me había inculcado con su presencia una fuerza que yo no creía que existiera en mí, Lucía me enseñó el valor de la persistencia. Día a día estuvo a mi lado, animándome, levantándome tras cada caída. Así nació el amor, aunque distinto: no era aquel amor desesperado que había experimentado con Laura, enriquecido por la ternura y la pasión. Era diferente, más calmado, más conforme, más solidario con las tristezas de cada uno.

Recuerdo esa tarde en que íbamos paseando por el Paseo de Luján, adonde tantas veces me habían llevado mis padres cuando niño a jugar y a ver el encanto del lugar. Nos sentamos sobre la hierba y ella me preguntó de repente:

—¿Has olvidado a Laura?

—Sabes que nunca la olvidaré —mi voz salió segura, pero dejó abierta una brecha para que el futuro pasara.

—¡Tú sabes que te amo! —dijo de repente.

—Lo sé, Lucía, lo sé —contesté— y yo también he llegado a quererte, pero me apena que te sacrifiques tanto a mi lado. Tú mereces otro hombre. Yo traigo tantas heridas del pasado que dudo que pueda hacerte feliz.

—¿Laura no hubiera hecho lo mismo por ti? No te pido que me ames como a ella, con esa pasión arrebatada. Siempre te he amado con sosiego, con calma. Ese es el amor que busco. Entonces extendí mis brazos hacia ella, buscándola y la besé por primera vez. Nunca supuse que la ternura me acogería entre sus brazos otra vez; pero en sus labios la hallé, serena, más dispuesta a ofrecerse.

Un día de 1979, Lucía y yo nos casamos e iniciamos una

familia. Ella fue en todos estos años la amiga incondicional, la hija que siempre les faltó a mis padres. Llenó con su presencia nuestro hogar en Villa Madero y se fue convirtiendo en la mejor amiga de mi madre. Por las tardes nos sentábamos todos bajo la parra que se extendía frente a la casa y conversábamos de la patria lejana. Con su ternura supo paliar nuestras penas, sin mencionar nunca sus propios problemas. Estuvo a mi lado cuando les dije adiós a mis viejos y los enterré lejos de la patria. Ella les cerró los ojos y me acompañó hasta el cementerio en esas horas difíciles, como una hermana, como una amiga, como lo hubiera hecho Laura.

Ambos esperábamos cada domingo la visita de los amigos. Pasábamos largas horas conversando del tiempo pasado al que, de repente, dábamos dimensión de presente; nos permitíamos soñar y leer emocionados alguna carta que venía desde lejos, desde donde habíamos dejado una parte del corazón. Lucía se convirtió en ese ser insustituible para mi madurez, tal como había imaginado que llegaría a ser Laura alguna vez. Ella me dio todo en el momento preciso, cuando más lo necesitaba. También de su vientre nació aquel hijo que no pude tener en mi propia patria: una niña. Ella misma me propuso que la llamáramos Laura, no solo en recuerdo de aquella persona maravillosa que había sido el amor de mi breve juventud, sino en memoria también de la amiga fiel, de la compañera de los mejores sueños de ambos, de la que nos enseñó que vivir tiene un precio y hay que pagarlo sin remedio.

Esa había sido mi vida hasta que volví de visita a mi país. El año 1998 era el punto culminante de una larga espera para enfrentar el pasado. No sabía si estaba preparado para ello, pero sentía una honda necesidad interior de hacerlo. Volvería a abrir las viejas heridas sin conocer a ciencia cierta mi capacidad de resistirlo, pero lo haría sin miedo. No podía renunciar a verlos, por última vez quizás.

Luego de pasar los trámites aduanales y migratorios,

fui conducido por mi esposa y mi hija a un gran salón. Un bullicio se levantó de repente en el local. Eran nuestros amigos que nos esperaban. Me vi sacudido por una emoción indescriptible. Fui recibiendo abrazos y besos de gentes a las que no podía ver. Tampoco la bulla y el alboroto me permitían escuchar lo que decían.

Un frágil cuerpo se apretó contra mí con ternura: era don José. Nos abrazamos temblorosos. Sentí sobre mis mejillas sus lágrimas. El anciano lloraba conmigo la tristeza acumulada, la emoción de volver a encontrar en mí a aquel hijo distante, muerto ya, que renacía ahora entre sus brazos.

Luego fue Luís, mi entrañable amigo, que supo vencer su propia ignorancia y complicidad con el enemigo, para convertirse en un combatiente fiel a la causa. Aquel que había compartido conmigo los mejores sueños de su vida, que luchó durante años hasta que la guerra terminó, sin poder realizar sus anhelos, estaba allí, a mi lado. Pude abrazar a sus dos hijos, los que tanto amaron a Laura y vieron en ella a una madre que se les fue un día para no volver nunca más: eran ahora dos hombres maduros y llenos de vida, que trataban de abrirse paso hacia un futuro aún incierto.

Después de saludar a Martha, Antonio y Pablo, marchamos hacia la casa de don José, salimos del aeropuerto hacia nuestro destino. Allí pude saludarlos con más calma. Luego empezó el doloroso recuento de los que se habían marchado: Alfonso, Pedro, Miguel, Manuel, Bartolo, Pascual y Sebastian habían muerto en distintos lugares y momentos durante estos largos años de lucha inconclusa; todos ellos nutrieron la inmensa lista de mártires de la esperanza de nuestro pueblo, muertos queridos a quienes jamás podría olvidar. Benito y Lorenzo todavía vivían, pero no habían podido venir. De la misma manera, ya no encontraría ni a tía Luisa, ni a mi abuela, ni a doña Dolores, quien murió de tristeza al perder a Laura. ¡Cuánto nos había costado el deseo genuino de tener una patria libre!

Mi viejo amigo, haciendo un aparte conmigo, me comentó con una profunda nostalgia:

—Ha pasado tiempo desde que te fuiste. Muchos de los nuestros murieron y sacrificaron su vida por aquel sueño. No alcanzamos la victoria, pero creo con sinceridad que no fue en vano: no nos cruzamos de brazos ante la injusticia y mantuvimos la tradición de lucha de nuestro pueblo. No conseguimos la victoria, pero otros vendrán detrás. Ahora nos toca combatir de otra forma, pero no nos detendremos. ¿No crees que sea hermoso?

—Tiene usted razón, don José. No ha sido en vano. Aunque hayamos salido malheridos y golpeados de la contienda, nos queda la satisfacción de que no le dimos la espalda a la patria. Ella nos lo agradecerá.

Un silencio profundo se extendió entre los dos mientras nuestros corazones latían, más lentos, pero aún lo hacían. Eso era lo fundamental.

A la mañana siguiente fuimos al cementerio. Lucía y yo teníamos el compromiso de ir a ver la última morada de nuestros muertos. Una a una fuimos visitando la tumba de sus padres, de mi tía y de mi abuela. Mi hija Laura, que tenía la misma edad de aquel amor roto y despedazado por la vida, me conducía solemnemente por el largo recorrido dentro del cementerio.

Estuve largo rato frente a la tumba de cada uno de mis compañeros de lucha, de los que pudieron tener el privilegio de recibir un entierro digno, pues muchos de los que murieron combatiendo descansaban en la selva y en la montaña, ubicados solo en un rincón de nuestros corazones. Murieron y fueron enterrados de la forma más sencilla posible, en contacto directo con la tierra por la que se sacrificaron.

Ante la tumba de Avendaño, me vino a la mente el recuerdo de mi viejo amigo y confesor de los primeros tiempos. Con la ayuda de Laurita coloqué una flor sobre el pedazo de mármol frío bajo el que descansaba para siempre. Allí estaba un pedazo querido de mí y el amor callado de mi tía Luisa. El doctor fue un ejemplo de hombre y tal vez quien más influyó en mi disposición de resistir a toda costa las penurias. Si realmente existe el Paraíso, sé que él estará allí ayudando a los demás sin pedir nada a cambio.

Finalmente llegamos a la tumba de Laura. Un silencio sobrecogedor se apoderó de nosotros, conocedores del drama humano que habíamos vivido los dos. Lucía y mi hija me colocaron frente al pedazo de tierra donde descansaban sus sueños inconclusos. Yo no podía ni tan siquiera llorarla a ella y a mi hijo, pues las heridas me habían dañado los lagrimales, y tampoco podía ver su tumba. ¡Tanto recuerdo me vino entonces a la memoria, en forma de una tenaz y permanente desgarradura!

–Laura, amor mío –dije mientras retenía en mi mano derecha la de Lucía– jamás podré olvidarte a ti y a nuestro hijo. Al cabo de tanto tiempo te sigo amando como entonces. Me duele mucho que no hayas podido llegar hasta aquí... Ahora vivo con Lucía y tenemos una niña que se llama como tú. Tal como lo presagiaste, sigo existiendo y soy feliz, sobreviviendo entre el dolor y la ternura. Solo me queda por cumplirte la promesa de ir a Cuba y, aunque no tenga vista, trataré de conocer por ti todo aquello que una vez anhelamos ver los dos juntos. Mañana salgo hacia esa isla maravillosa que tanto sostuvo nuestras ilusiones por alcanzar un mundo mejor. Mucho podría decirte, pero tú sabes que nunca fui un hombre de muchas palabras... ¡Nunca te olvidaré mientras viva!

Entonces caminé con Lucía y mi hija hacia la salida del cementerio. Me sorprendí de que pudiera haber resistido esta prueba dolorosa. Mi corazón estaba endurecido por el tiempo y el dolor, pero la ternura que me había dado la vida, de forma permanente, no había matado en mí la terquedad de seguir viviendo a pedazos. Al salir del cementerio, no me sorprendió que, al pasar bajo las ramas de los árboles, una brisa suave pareciera decirme al oído con la voz de Laura: "¡Te amo, Érico!... ¡Te amo!".

Entonces, lo comprendí. Continuaré mi paso por la vida, cargando conmigo el eterno castigo de no poder renunciar jamás a mi esencia humana y a todo lo vivido. A veces, parecerá que el recuerdo está al alcance de la mano, tangible, como una herida siempre dolorosa. No necesitaré de mucho esfuerzo para acceder hasta el recuerdo más perdido y oculto en mi memoria. La nostalgia será la verdadera culpable de que los recuerdos afloren. La nostalgia, que es como una resina pegada a mi costado, insistente, casi certeza infatigable que no conoce como yo del cansancio, ni necesita sentarse a recordar, andará siempre conmigo adherida a mi propia alma. La nostalgia es así, casi siempre se convierte en una amiga que no nos abandona bajo ninguna circunstancia; nos acompaña en las buenas y en las malas, cuando no queda más remedio que extrañar y dolerse en silencio.

La verdad es que el hombre y la nostalgia vagan siempre por la vida, muy juntos, como acompañantes complementarios e insustituibles. Hasta el hombre que intente estar más solo en el mundo, jamás podrá desprenderse de la nostalgia, porque ella es la constancia de lo vivido; es lo que nos indica que hemos vivido, al menos, alguna vez.

Editorial Letra Viva ©

2013

251 Valencia Avenue, #253
Coral Gables, FL 33114